U0082980

史托納

STONER

John Williams 約翰·威廉斯

馬耀民 —— 譯

John Williams

約翰・威廉斯 | 作者

1922-1994

出生及成長於美國德州。威廉斯雖然在寫作和演戲方面頗有才華，卻只在當地的初級學院（兩年制大學）讀了一年即被退學。隨後威廉斯被迫參戰，隸屬空軍，在軍中完成了第一部小說的草稿。威廉斯退役後找到一間小出版社出版他的第一本小說，並且進入丹佛大學就讀，獲得學士及碩士學位。從 1954 年起，威廉斯開始在丹佛大學任教，直到 1985 年退休。在這段期間，威廉斯是位活躍的講師和作者，出版了兩部詩集和多部小說，著名的小說有：《屠夫渡口》（1960）、《史托納》（1965）及《奧古斯都》（1972）。《奧古斯都》於 1973 年獲得美國國家圖書獎。

馬耀民 ｜ 譯者

畢業於台大外文系、外文研究所碩士及博士班，現任台灣大學外文系副教授，曾任台大外語教學與資源中心主任（2006 — 2012）。博士班時候開始從事翻譯研究，一九九七年完成博士論文《波特萊爾在中國 1917 — 1937》並獲得博士學位，之後研究方向聚焦在一九四九年前中國現代文學與外國文學接觸的相關議題。近年則多探討翻譯倫理之相關論述，以及余光中、葉維廉等詩人兼譯者的複雜現象。在外文系除了教授西洋文學概論、歐洲文學史、文學作品讀法外，翻譯教學也是他關注的重點，連續教授翻譯與習作達二十年之久，曾領導外文系上具翻譯實務的老師先後成立了大學部的翻譯學程及文學院翻譯碩士學程，整合了台大豐富資源，讓台灣最優秀的學生獲得口筆譯的專業訓練，貢獻社會。他從碩士班修業其間即開始從事翻譯工作，除刊登於《中外文學》的學術性文章外，也曾負責國家劇院每月節目單的英譯工作，以賺取生活費，並奠定了翻譯教學的實務基礎。《史托納》是他累積了卅年閱讀文學的經驗及廿年翻譯教學經驗的成果。

Contents

引言

約翰．威廉斯在他這本有關大學生活及個人心靈與思想的經典小說裡的第一頁，便直接了當地說出了主角所給人留下的印記：「史托納的同事在他生前並沒有特別敬重他，現在已很少提起他了；對老一輩的同事來說，他的名字提醒了他們終將到來的結局；而對稍微年輕的一輩，他的名字只是一種聲音，這種聲音無法召喚起他們的歷史感，或與他們自身或事業有任何關連的身分認同。」威廉斯以質樸的散文體，以似乎毫不費力的功夫勾勒出不同層次的思想與感受，把史托納以及與他相關的種種——時間、地點、人——活生生地帶到人世間，以推翻人們對他所做的隨便的、世俗的判決。他冷冽、清晰的思辯能力隱藏起寫作的熱情。

史托納的出身與他父母所耕作的土壤一樣卑微。開始的時候他們的生命力不比他們的黏土頑強多少，但在生動的場景裡，就如他們參加兒子與銀行家女兒的婚禮時所展現的與生俱來的尊嚴與溫順，便顛覆了人們的刻板印象，而小說的結尾，史托納似乎也習得他們緘默與隱忍的力量。

史托納是獨子，雖然是讀書的料，但是除了要繼承他已開始幫忙耕作的土地以外，並沒有多大的願景。一個辛苦工作後的晚上，他父親說，「上星期農業顧問來過⋯⋯說他們在哥倫比亞的一間大學新成立一個學院，叫做農學院，說你該去唸。」

在大學時期他到附近媽媽的表哥的農莊裡打工來支付食宿。那是最陽春的寄宿，工作則是沉重與無情的，但是他堅忍地撐過去，就如同他熬過大學裡與科學相關的課程。「他對土壤化學的興趣普普通通⋯⋯不過最困擾他、最讓他感到憂慮的莫過於必修的英國文學史。」

阿契．史隆教授改變了他的一生。他放棄科學，開始攻讀文學。在這位導師的鼓勵下，他留在大學裡，一邊在表親的農莊做苦工，一邊攻讀碩士學位。畢業典禮當天父母遠道而來，他試圖告訴他們他不再回到農莊去。「如果你認為要留在這裡讀你的書，那便是你該做的事。」在那動人的一幕結束前，他爸爸做了這樣的結論。

小說隨之客觀描述這位助理教授在大學圍牆內的平凡事業：他的教學、他的閱讀與寫作、他的友誼、他與一位理想化的女人談戀愛、他婚後對此人緩慢而痛苦的了解、他溫柔順從的女兒如何成為妻子的戰場。婚姻之外，史托納與一位年輕講師的戀情也糾纏在充滿怨恨與報復的校園鬥爭中。

這段牽涉兩位高知識份子的戀情被以罕有的精緻技巧刻畫得栩栩如生。健康的肉慾追尋背後是他們立足的危險境地，這個局面在他們發現這個光輝的新天地時便已是如此。「他們現在所過的生活是他們從來沒有想像過的。他們從激情發展到性慾，到最後從性慾發展出一種持續更新的情感。」他們研究、聊天、玩耍。「他們學到可以在一起而不說話，也習慣了寧靜。」他們不只在彼此之間尋得樂趣，還尋得意義，這被作者以戲謔和親切的反諷刻畫出來。「就像所有的情人一樣，他們談論很多關於自己的事，彷彿要透過這種方式來了解這個成就了他們的世界。」

這段戀情除了作爲整個故事情節的一環以外，更重要的是在史托納黑暗的婚姻生活中，它是一道光芒，照亮一個願景，強烈暗示一種可能的幸福。

史托納的妻子是一個典型人物，在美國文學不同的感性作家，如奧尼爾、田納西·威廉斯、福克納、史考特·費茲傑羅，等的作品中都可以看得到——美麗、不穩定、受過教育而遵守特權階級的規範——但這種妻子的典型從來沒被如此無情地揭露：

她能接受教育的前提是她得以被保護，使人生中醜惡的事件不會干擾她的生命；她能接受教育的前提，是除了當一個優雅的、成功的、被保護的飾品之外，她再沒有其他的任務了，因為她屬於一個視保護為神聖任務的社經階層……她的道德教育，不論是在學校學的或是在家裡教的，都是負面表列的思考方式，立意在於禁止，而且幾乎都是和性有關的。然而，性慾一環是間接習得的，而且是不被認可的，因此它充斥在她不同層面的教育裡，其能量大部分來自隱性的、說出口的道德力量。她瞭解在未來她對丈夫有一份責任，而且她必須要完成它……她的刺繡十分精巧但無實用價值，她會用水彩渲染出霧茫茫的風景畫，她彈鋼琴的指法精準卻有氣無力。她對自身的身體機能不甚了解，她一生中沒有一天獨自照顧過自己，也從來沒有想過有一天有可能要對另外一個人的幸福負責……威廉．史托納現在已闖進這塊私密的領域。

他們的婚姻基礎不是對彼此的了解，或彼此的共通性，而是性慾。他們性生活不協調是以一般戀人之間純潔的深刻情感，作爲描寫的藍本。

他回到房間時，伊迪絲已經在床上了，被子已拉到下巴的位置。她的臉朝上，閉上眼睛，眉頭微皺，使眉心現出一道折痕。伊迪絲彷彿已經睡著了一般，史托納安靜地褪去衣服，躺到她身旁。他伴著體內的慾望躺了好一陣子，但是這慾望已是無關重要，只屬於他個人。他對伊迪絲說話，彷彿要為他的慾望找一個港口，她沒有回應。他的手觸及輕薄的睡袍下他渴望已久的身體，在她身上撫摸著，但她一動也不動。他再次在寂靜中喚她的名字，然後笨拙卻溫柔地伏到她身上。當他撫摸她柔滑的大腿時，她猛然把頭轉開，提起手臂蓋著雙眼，之後沒發出一點聲音。

當她決定要小孩後，她的性慾變得非常暴力，但懷孕後便完全停止。女兒在出生後，成爲母親內在的混亂，以及對史托納憎恨的焦點。如果這個角色刻畫有瑕疵，那就是她的無情，然而這是基於某種清晰的了解，因此我們接受如此的刻畫，僅視之爲事實，就正如史托納的婚外情會被視爲一種本該如此的事件。

在很多次要角色的刻畫上，作者的筆觸也是同樣精確，對人物心理的觀察也同樣敏銳：「就像很多男人一樣，他認爲他的成功並不圓滿，他有一種不尋常的虛榮感，對自己的重要性極度著迷。他每十到十五分鐘會從背心的口袋裡掏出一隻金錶，看一看，然後點點頭。」史托納的朋友中，才華橫溢的大衛・馬斯達表達了作者對大學的某些觀點，他參加一次大戰而在法國陣亡。入世的歌頓・芬治戰後夾著戰功回到大學，步步踏上文學院院長的職位。儘管芬治有時候會被激怒，但他一直是史托納在大學裡的忠實盟友，也是他的守護者，史托納一生擁有這份純潔的友誼。我們也見證史托納的導師阿契．史隆日漸衰竭，及其替代者訶力斯．羅麥司的崛起，並成爲史托納難以和解的敵人。在一本充滿鮮明角色的小說裡，訶力斯．羅麥司是最複雜的一位。部分衝突性的場面的張力幾乎讓人難以忍受。《史托納》也是一部有關工作的小說，農莊裡艱苦不屈的工作、在一段毀滅性的婚姻中生活、在一個破碎家庭裡以隨時準備妥協的耐心撫養一位女兒、對大部分反應遲鈍的學生講授文學。作者能成功地戲劇化這些幾近不可能的素材，可說是一項小小的奇蹟。

在一次罕有的訪談中，作者這樣看待史托納：

我認為他是一個真正的英雄。很多人讀了小說後認為史托納竟有如此悲哀與糟糕的一生。我認為他的一生極為美好。他的一生比別人都好，這是毫無疑問的。他做他想要做的事，而且對所做的事懷有感情，他認為他所做的事有其重要性。他是重要價值的見證人……對我來說，小說的重點在於史托納對工作的觀念。教書對他來說是一個工作——這是就美好而且可敬的層面而言。他的工作賦予他特殊的身分認同，並成就了他……他對工作的愛才是重點所在。如果你愛一樣東西，你會去了解它；如果你了解它，你會學得很多。缺乏愛就是壞老師的定義……你不會知道你的所做所為會產生什麼樣的後果。我想這總結了我在《史托納》中想要掌握的。你必須要保有信仰。重點是要讓傳統繼續運作，因為傳統就是文明。

約翰·威廉斯有四本著名的小說，《只有夜》、《史托納》、《屠夫渡口》、《奧古斯都》，而《奧古斯都》則為他贏得一九七三年度的美國國家圖書獎。他也曾出版兩本詩集，及一本古典詩集《英國文藝復興詩歌》。四部小說之所以引人入勝不僅因其風格迥異，更因其不同的故事背景。除了清晰的散文風格外，各部小說沒有相似的地方，使人容易認為是不同作者的作品。在威廉斯接受布萊恩·伍力的長篇而迷人的訪談中，（我前面已引用過論及史托納的部分），我們可以清楚了解四部小說之中，就屬《史托納》最個人化，因為它與約翰·威廉斯的生命與事業有著最密切的關係，儘管它並不具自傳色彩。該次採訪在一九八五年進行，剛好是他從工作了三十年的丹佛大學英文系教授一職退休的時候。接近訪談的尾聲時，他埋怨大學教育偏離了原來的純粹學術研究的本質，（其後果難以預測），並朝向一種純粹功利的、講求效率的、以解決問題爲原則的教育模式。此現象同時出現在文科和理工科系，彷彿任何事都可以下定論，都可以量化。然後，威廉斯更明確地埋怨文學教育，以及對文本觀念的改變，「彷彿一部小說，或一首詩是要被研究，被理解，而不是被體驗。」伍力後來開玩笑說，「換句話說，就是要被評注的」，「是的，好像是解謎一般。」最後，伍力再次暗示，「文學不是寫來讓人娛樂的嗎？」威廉斯回答，「絕對是啊。我的天，無趣的閱讀是很愚蠢的。」

《史托納》有非常高層次的娛樂性，威廉斯將其形容爲「逃回現實」而且苦與樂兼備。清晰的散文本身就是純粹的樂趣。威廉斯把故事背景設定在他的前一個世代，讓小說本身所產生的距離感不僅在於其明確和智慧，更在於其冷靜地把辛辣的素材戲劇化。一所大學裡的小小天地延伸至戰爭與政治、經濟大衰退和千百萬「曾經抬頭挺胸忠於自我的人」，以至全人類。

如果說這部小說有一個中心思想，那必然是關於愛，各種不同形式的愛及各種摧毀它的力量，「那並不是一種靈，或者是肉的激情；相反地，它是一種包含了靈與肉的力量；更具體地說，它彷彿僅僅是一種愛。」

——約翰．麥格翰

謹以此小說獻給我之前在密蘇里大學英文系的朋友與同事。他們會立刻看出這是一部虛構的作品，裡面描繪的角色並非根據現實生活中任何人，不論他仍然活著或是已故，而且沒有任何情節會在密蘇里大學裡找到相對應的事件。他們會了解我對密蘇里大學的地理環境或歷史做了一些竄改，因此實際上，它也是一個虛構的地方。

Chapter

I

一九一〇年，十九歲的威廉．史托納進入密蘇里大學就讀大一。八年後，第一次世界大戰方酣，他獲得了博士學位，且獲聘在同一大學任教，直到一九五六年逝世爲止。他沒有擔任過助理教授以上的職位，很少有修過他的課的學生能清楚地記得他。他去世時，同事們捐了一份中古時期的手稿給學校圖書館做紀念。這份手稿可能還可以在善本藏書庫中找到，上面附有這樣的題詞：「贈與密蘇里大學圖書館，以紀念英文系的威廉．史托納——英文系同仁」。

偶爾有學生碰上他的名字，會漫不經心地詢問威廉．史托納是誰，但是他們的好奇心大多僅止於此。史托納的同事在他生前並沒有特別敬重他，現在也已很少提起他了；對老一輩的同事來說，他的名字提醒了他們一個終將到來的結局；而對稍微年輕的一輩，他的名字只是一段音節，這段音節無法召喚起他們的歷史感，或與他們自身或事業有任何關連的身分認同。

他在一八九一年出生於密蘇里中部靠近布恩維爾村的一個小農莊，離大學所在地哥倫比亞約四十哩。儘管父母生他的時候還年輕，父親廿五歲，母親才二十出頭，但史托納在孩童時期，就已經覺得他們很年邁。父親三十歲時看來已五十，撐著已經被體力勞動壓彎了的身體，無望地凝視著那一片年復一年維持他們生計的旱地。母親則只耐心地凝望自己的生命，彷彿那是一段需要她熬過去的漫長時刻。她的眼神帶著滄桑與迷惘，稀薄且漸趨花白的直髮往後結成一個髻，更凸顯出眼角的細紋。

從有記憶開始，史托納已經有要負責的工作。六歲開始要爲骨瘦如柴的母牛擠奶，到屋旁不遠處的豬圈餵豬，撿拾那群弱雞下的蛋。甚至待他開始往離家八哩遠的鄉村學校讀書時，他的每一天打從黎明前到入黑後，仍排滿各種差事。到了十七歲，他的肩膀已經被工作的重擔壓得開始垮下來了。

他的家是寂寞的，他是家中唯一的小孩，家中成員靠著農莊上必須完成的勞務緊緊聯繫在一起。晚上，他們三人坐在亮著煤油燈的狹小廚房裡，只是凝望著黃色的火焰；往往從晚餐到就寢前的一個小時裡，唯一能聽到的是身子在直背椅上移動的聲音，或是房子在歲月摧殘下龜裂的木板所產生的細微吱嘎聲。

屋子大致是方形，沒有上漆的木板呈灰色與棕色，間著白色條紋，經年累月後漸漸與周邊旱地的色彩接近，門廊與門身附近的木材，也已開始凹陷。屋子裡一側是長形的起居室，當中稀稀落落地放了幾張直背椅及粗糙的木桌，及一間常供他們作短暫共聚用的廚房。另一側有兩間臥房，每間都有同樣的床，床架塗上了白色瓷漆，一張單座的直背椅，一張桌子，桌上有一盞燈，一個臉盆。地面是大小不一，沒有上漆的木板。木板因老化而產生裂縫，塵土不斷從裂縫竄出，又每天被史托納的媽媽掃回去。

史托納在學校上課就像在完成他的例行工作一樣，只是相較於農莊上的勞務比較不讓他那麼筋疲力竭。一九一〇年春天，他唸完高中，眼看爸爸隨著歲月消逝而動作越見緩慢，神情越加萎靡，他心想該承擔多一點田裡的工作。

暮春的一個晚上，父子兩人拔了一整天玉米後，吃完晚飯清理好碗盤，爸爸對兒子說：「上星期農業顧問[1]來過。」

---

1 源自十九世紀中葉以後英國農業推廣 (agricultural extension) 的概念，是政府部透過大學設立的成人教育課程，以幫助大學資源延伸至附近社區，主要是教育農民如何應用科學研究與新知識於農業上。此觀念被不同國家沿用後，便有不同名稱與作法，在美國稱爲農業顧問 (county agent)、推廣專家，或推廣教育家，屬於大學裡的行政人員。

威廉的目光從覆蓋餐桌的紅白格子油布揚起來，他沒說話。

「說他們在哥倫比亞的一間大學新成立一個學院，叫做農學院，說你該去唸，要四年。」

「四年，」威廉說。「要花錢嗎？」

「你可以打工來支付食宿，」他爸爸說。「你媽媽的一位表哥在哥倫比亞郊外有房子。買書及其他雜支我一個月會寄兩、三塊錢給你。」

威廉的雙手攤在桌布上，煤油燈下泛起黯淡的微光。他從未到過比離家十五哩遠的布恩維爾村更遠的地方。他嚥一下口水，想要把聲音穩住。

「你想你自己可以應付得了這裡的工作？」他問。

「你媽和我應付得了。我只耕作屋前二十畝地，減輕人力。」

威廉看著他媽媽。「媽？」他問。

她木無表情地說，「照你爸的話去做。」

「你真的要我去？」彷彿期待著一個否定的答案。「你真的要我去？」

他爸爸在椅子上挪動了一下身子，盯著粗糙長繭的手指，裂縫中深陷的泥垢已經再不可能被洗掉。他十指緊扣，雙肘擱在桌面，一種幾近祈禱的姿勢。

「我從來談不上讀書，」他說，還是盯著自己的手。「我讀完六年級就開始在農場工作，年輕時從來沒有上過學。我現在不知道，土地好像不再像我小時候那麼肥沃，一年比一年乾，一年比一年難耕作。農業顧問說有新方法，在大學裡會教你怎麼做。或許他是對的吧。有時候我在田裡工作時會想，」他頓了一下，手指捏得更緊，合抱的雙手停在桌面。「我會想……」他看著雙手，輕輕搖頭，眉心緊皺。「這個秋季你上大學去，你媽和我應付得了。」

這是他聽他爸爸說過最長的一段話。那年秋天他到哥倫比亞，在密蘇里大學的農學院註冊就讀大一。

他到哥倫比亞時，帶了一套從「斯雅士」[2]郵購目錄上訂來的黑色絨布西裝，是他媽媽用賣雞蛋積下的私房錢[3]買的，還有一件爸爸穿過的舊大衣、一條每月到布恩維爾衛理公會時穿的藍色斜紋嗶嘰布褲子、兩件白襯衫、兩套可替換的工作服，及爸爸用即將收割的小麥向鄰居質押借來的二十五元現金。那天一大早，他爸媽用農場裡一輛平板四輪驢車載他到布恩維爾後，他便開始自己的腳程。

那是一個炎熱的秋日，從布恩維爾到哥倫比亞的路上泥塵滾滾。他走了快一小時，才遇上一輛載貨用的四輪車，司機問他要否載他一程。他點頭答應，坐上四輪車的位子。斜紋嗶嘰布褲子從膝蓋以下已沾滿紅土了，平常被風吹日曬呈褐色的臉上，汗水混和了塵土，已結成塊。在漫長的路途上，他不斷地用他侷促不安的手拍拭褲子，並用手指梳攏著一直翹起來的金黃色直髮。

他們到達哥倫比亞時已接近黃昏，司機在鎮外讓史托納下車，指向一組矗立在榆樹樹蔭下的建築物。「那是你的大學，」他說。「這是你要去上學的地方。」

司機駛離後的好幾分鐘裡，史托納佇足不動，瞪著面前的建築群。他從未看過如此雄偉的景象。紅磚建築在廣闊的綠色田野裡拔地而起，中間只被石板小徑及幾個零星小花圃割斷。他的敬畏油然而生，背後更是一陣從未感覺過的、突如其來的安穩與平靜。雖然已經晚了，他還是繞著校園走了幾十分鐘，只是觀看，彷彿他無權進入。

天色幾乎全黑了，他才詢問一個路人灰土鎮碎石徑的位置，他要沿這條路前仕媽媽的表哥吉姆．富特的農莊。他到達那棟將來要打工及居住的白色複式木板屋時，天已入黑。他從未見過富特一家人，對於這個時間到訪感到有點怪。

他們只對他點頭打招呼，仔細地打量著他。史托納尷尬地站在門口，過了一陣，富特才打手勢引他進入狹小昏暗的起居室，那裡放著很多加了軟墊的家具，微弱燈光照亮的桌面放著許多小擺設。他沒坐下。

「吃過飯了嗎？」富特問。

「還沒，先生，」史托納回答。

富特太太向他勾勾食指，便轉身離開。史托納跟隨她穿越幾個房間到達廚房，她打手勢叫他坐到餐桌前，放了一瓶牛奶和幾塊冰冷的方形玉米麵包在他面前。

---

2 Sears & Roebuck 是兩位郵購公司創辦人的姓氏。兩人於一八八八年開始郵購服務，深入農村，大大影響當時農村的消費型態。一八九五年的郵購目錄達五百多頁，於一九〇六年，被稱爲「消費者聖經」。

3 Egg money 是當時美國農村婦女利用農莊上的資源，如雞蛋、奶油等買賣而獲得的金錢，以支付日常生活開銷或不時之需。

他小口地啜飲著牛奶，但嘴巴卻因緊張而乾澀，無法吃下麵包。

富特走進廚房站在太太身旁。他身材矮小，不超過五呎三吋高，有一張瘦削的臉及尖挺的鼻子。他太太比他高了四吋，體型肥胖，一雙眼睛藏在無框眼鏡後面，兩片薄唇緊閉。兩人渴切地看他啜飲著牛奶。

「早上給牲畜餵飼料和水，給豬餵餿水，」富特說話十分急速。

史托納茫然地看著他，「什麼？」

「那是你早上的工作，」他說，「上學前做的，傍晚重複一次，撿雞蛋，擠牛奶。有時間就劈柴，週末我做什麼你就做什麼。」

「好的，先生，」史托納說。

富特端詳了他一陣子。「大學，」他邊說邊搖頭。

所以，爲了九個月的食宿他給牲畜餵飼料和水、給豬餵餿水、撿雞蛋、擠牛奶、劈柴。他還要犂地耙地、挖殘根（在冬天要先破開三吋厚的凍土）、幫富特太太打奶油。富特太太總是袖手旁觀，隨著木製攪拌器在奶水上下拍動而點頭，面色冷峻地表示認可。

他住在木板屋的上層，那裡曾經是儲藏室。簡陋的家具是一張鋪了羽毛墊褥的床，黑色的鐵床架已經開始鬆動，一張破桌子及上面放置的一盞煤油燈，一把站不穩的直背椅，及一個他用作書桌的大箱子。在冬天，他唯一享有的暖氣是從樓下房間透過夾層滲上來的，他用富特夫妻僅能提供的破舊棉被及毛毯裹著身體，往僵硬的雙手吹氣，好讓他翻書的時候不至於把頁面撕破。

他對待大學學業就如他對待農莊上的工作一般，徹底、負責，不帶喜悅，卻也沒有感到半點痛苦。大學第一年的平均分數稍稍低於B；他很高興沒有低於這個分數，但也沒有擔心得不到更高的分數。他有注意到自己有學到從未學過的東西，然而這對他來說，其意義只是他在大二的表現要跟今年一樣而已。

大一結束的暑假他回到父親的農莊幫忙農事。有一次他爸爸問他上學的感覺如何，他回答說很好。爸爸點一下頭，此後便再也沒有問過了。

直到他回學校唸大二，威廉．史托納才瞭解到他為何會上大學。

大二的時候，他已經是校園裡的熟面孔了。他一年四季穿著同一件黑色絨布西裝、白襯衫、領帶，除雙手手腕凸出外套的袖子外，褲腳也已經爬到小腿上來，整套制服彷彿是從別人身上借來的。

隨著富特一家人越來越懶惰，他的工時也不斷增加，往往在漫漫長夜裡他會按部就班地完成他的學校作業。這一年，他已經開始修習相關學程，並準備取得農學院的理學士學位。大二的第一學期，他必須修習兩門基礎科學課，及一門農學院的土壤化學，另加一門英國文學史，這是全校學生必修的營養學分。

理科的相關課程有很多功課，很多東西要背誦，但是開學幾週後，這些課程對他來說已沒什麼困難可言。他對土壤化學的興趣普普通通，他雖不認爲那些一生與他爲伍的棕色土塊比其外表有更深層意義，但已開始淡淡地感到他增進了的土壤知識可能在日後回到父親農莊裡會有用處。不過最困擾他、最讓他感到憂慮的莫過於必修的英國文學史。

英國文學史的老師阿契·史隆，是一位五十出頭的中年男子，他對教學似乎有點不屑和鄙夷，彷彿清楚自己的學問與能以語言表達的學問之間存著一道他不想彌平的鴻溝。他讓大多數的學生感到懼怕及討厭，而他對此感到一種超然的、反諷的樂趣。他的身材中等，長臉上皺紋很深，但刮洗得乾乾淨淨，他常用五指梳攏一頭濃密的花白鬈髮，表現出他不耐煩的姿態。他的聲音發自他幾乎閉合的雙唇，單調而乾癟，語調呆滯而平板，但他修長纖細的手指帶著優雅與說服力地揮動，彷彿給文字賦予了形體，那是他的聲音無法做到的。

離開教室後，不論史托納是在做農莊裡的差事，或者是在密閉無窗的閣樓中昏暗燈光下瞇著眼讀書時，他常常察覺到這個人的形象會浮現在他的腦海中，他無法召喚出任何其他課程的老師的臉龐，或記起任何課程裡任何具體的事物；但是隨時等著進入他的意識的，總是阿契．史隆的形象：他乾癟的聲音、他針對貝奧武夫某些段落隨口說出的輕蔑評論，及他朗誦的喬叟對句。

他發現他不能用他修別門課的方法來修這門文學史。雖然他熟讀作者的作品、生平，及影響，但第一次考試他幾乎不及格，第二次考試亦只有一點點進步。他常常針對文學史課指定的作品一讀再讀，以致花在其他課程的時間漸漸不足，然而，他讀到的還是頁面上的文字而已，看不出他的付出有何助益。

他仔細推敲阿契．史隆在班上所說的話，彷彿在單調而乾澀的語意底下他或許能發現一點線索，引領他到達他想要被引導前往的地方。他眉頭深鎖，緊咬著下唇，從小得難以讓他安坐的椅子上弓著背往桌面靠，雙手緊握著桌邊，因過度用力讓指節上棕色的皮膚泛白。但是史托納和他同學對課程的投入越接近極限，阿契・史隆臉上鄙夷之色便越發強烈，有一次這種態度終於爆發出怒火，而矛頭只指向威廉・史托納一人。

班上已經唸完兩部莎士比亞的劇本，這一禮拜結束前要上商籟。學生們精神已相當緥緊，也感到困惑。學生的處境與講台後面史隆無精打采的神情所產生的張力，是他們感到驚恐的主要原因。史隆朗讀完了商籟七十三，眼睛在教室裡盤桓，嘴唇皺緊，露出一個嚴肅的微笑。

「這首商籟是什麼意思？」他突然提問，然後停頓下來，眼神嚴酷卻帶有因絕望而起的快感，在教室中來回搜尋。「威爾伯同學？」沒有回應。「史密特同學？」講台下傳來了一聲乾咳。史隆陰沉卻睿智的眼睛轉向史托納。「史托納同學，這首商籟是什麼意思？」

史托納吞了一口口水，想要開口。

「這是一首商籟，史托納同學，」史隆用單調的語調說，「一首十四行的詩，按一套格律寫成，這套格律我肯定你已經背熟，它是用英文寫的，我相信你使用這種語言已經好些年了，它的作者是莎士比亞，一位已逝世的詩人，但他在少數人心中仍佔有某種重要地位。」他繼續盯著史托納看了一陣子，然後目光越過台下學生，直視前方的空無。他放下課本，再次吟頌那首詩，他的聲音深沉而輕柔，有好一陣子，他彷彿與文字、聲音與節奏合爲一體：

在那個時分，當迎著冷風顫抖的枝頭上
黃葉，或落盡，或只三三兩兩，
你會在我身上看見，那破舊教堂中
最近曾有鳥兒歌詠的唱經樓。
你會在我身上看見當日之黃昏
如同日落西山後；
沉睡如黑暗緩緩伸展

彌封起所有安息者。
你會在我身上看見那仍在發熱之火
燃燒著他青春的灰燼，
它必將熄滅於病榻之上
耗盡了維生的養分。
　因你所見，將使你熱愛更強烈
　熱愛那即將離你而去之一切。

教室內一陣沉默，有人清了一下喉嚨。史隆用自己平淡的聲調重複了最後兩行。

因你所見，將使你熱愛更強烈
熱愛那即將離你而去之一切。

史隆的眼神再次回到史托納的身上，用單調的語氣說：「史托納同學，莎士比亞先生穿越三百年向您訴說，你聽到了嗎？」

威廉·史托納覺得自己有好一段時間止住了呼吸。再呼氣的時候，他感到空氣從肺部洩出，讓他身上衣服輕微起伏移動，他的眼神離開史隆身上，往教室裡梭巡。窗外的陽光斜斜地落在同學的臉上，彷彿亮光是從他們身上散發出來，照亮了周邊的幽暗。一位同學眨了一下眼睛，一道淡淡的陰影投落在臉頰上吸滿陽光的細毛上。史托納雙手從他緊握著的桌邊鬆開，在他目光的注視下把手背翻了過來，驚嘆著它的深棕色，及指甲鑲嵌在他粗短指尖上的精巧工藝。他感覺到身上的血液隱隱地流過他的大小血管，優美的、輕微的悸動從指尖傳往全身。

史隆再次開口：「史托納同學，他向你說什麼？他的商籟是什麼意思？」

史托納的目光慢慢地、勉強地揚起來。「它的意思是，」史托納說著，雙手微微地提起，感到潤濕的雙眼找尋著阿契·史隆的身影。「它的意思是，」他又說了一遍，但還是沒有把想說的話說完。

史隆好奇地看著他，然後毅然點了一下頭：「下課。」他頭也不回地轉身離開教室。

同學們或嘟嚷抱怨，或喃喃低語，慢吞吞地走出教室，威廉．史托納幾乎沒注意到他們。空蕩蕩的教室裡有幾分鐘他坐著不動，注視著前方地面上因無數學生踩踏而掉漆的窄條木板。他雙腳在地板上來回滑動了一下，聽到鞋底在木板上單調的銼磨聲，一陣粗糙的感覺透過皮底鞋傳來，然後他才站起來慢慢離開教室。

秋天傍晚微微沁涼，透進他的衣服裡。他環視四周，蒼勁古樹上多節瘤的枝幹捲曲盤繞，伸向灰沉沉的天空。趕著上課的學生快步穿越校園，與他擦肩而過。他聽到同學的低語，及鞋跟敲響石板小徑的聲音，他看到他們因低溫而泛紅的臉，正低下來躲過一陣涼風。他好奇地看著他們，彷彿從來沒相遇過，心中感到與他們既疏離又接近。這種感覺在他趕往教室途中一直縈繞心頭，即使整堂土壤化學課教授的講演過去後仍揮之不去，甚至他平常吩咐同學們要記筆記及回家要背誦的段落時所用的低沉聲音，都令現在的史托納感到陌生。

那年的第二學期，威廉．史托納退掉所有的基礎科學課，農學院的學習也陷於停頓。他選了哲學及上古史兩門入門課，及兩門英國文學；暑假時回到父母的農莊，幫忙父親種田，但他沒有提及在大學裡的學業。

到他年長不少後，再回首看他大學的最後兩年，彷彿那是一段屬於別人的不眞實的時間，這種時間不是他所習慣的一刻接一刻流動的，而是一陣一陣斷續的。這一刻與另一刻並置，卻彼此分離，讓他感到他從時間抽離出來，看著它在眼前流過，像一幅凹凸不平的透視畫。

他漸漸地產生一種自覺，是他從來沒有過的。他偶爾在鏡子裡看自己，看自己一張頂著乾燥濃密棕髮的長臉，用手碰觸高聳的顴骨；他看到從袖口凸出來好幾吋的的細小手腕，懷疑別人是否像他一樣感到自己一副滑稽相。

他對未來沒有規劃，也沒有對別人提及他對未來的不確定感。他仍然在富特家工作賺取食宿，然而工時已經不再像前兩年一樣長。每天下午三個小時及週末的半天，他讓富特夫婦盡情差遣，其他時間他則據爲己有。

有些時間，他會留在富特家閣樓的小房間裡，但是在下課後或完成富特家的工作後，他會盡可能回到大學裡。有時候在晚上，他會在潔思樓前的四方院徘徊，那裡常有情侶們漫步細語。儘管他不認識他們，也沒有跟他們說過話，卻覺得與他們有某種親屬關係。有時候他站在四方院中央，望著潔思樓前五根巨柱從冷清的草地冒起，刺進黑夜裡。他知道柱子是多年前一場大火後大學主建築物的遺跡，如今在月光下呈銀灰色，素雅而純潔，似乎代表了他要擁抱的一種生活，就如同一座廟宇代表了它的神。

他在大學圖書館書庫裡數以千計的藏書中漫步，呼吸著皮革、書面布、乾燥的書頁所散發出的霉味，彷彿是一種異國的薰香。有時候他會在書架前駐足，抽出一本書捧在他那一雙大手裡，感受著那仍然陌生的書背、書皮，及溫馴的書頁所產生的顫動，然後他會翻翻書本，這裡讀一段，那裡讀一段，僵硬的手指小心翼翼地翻動書頁，唯恐辛辛苦苦才揭露出來的東西被笨拙的手指撕破。

他沒有朋友，且有生以來第一次感到孤獨。有時候，晚上在閣樓閱讀時，他會從他正在注視的書本抬頭，凝視著被房間中閃爍搖曳的燈光所照射的黑暗角落。如果他凝視的時間夠長夠專注，黑暗會聚合成一片朦朧亮光，把他正在閱讀的內容形象化。他會覺得他抽離了時間，那種感覺就像當日阿契·史隆在教室裡和他對話的情形，過去在眼前的黑暗湧現盤旋，亡者在他面前復活；過去與亡者流進他身處的空間，讓他強烈地感到被壓縮在一種他不能擺脫，也不願擺脫的濃厚稠密的狀態中。催斯坦與伊索德在他面前步過，保羅和弗朗西斯在溫熱的黑暗中旋轉，海倫和英俊的帕里斯兩人飽嚐苦果的臉從幽暗中浮現[4]。他與這些人物相處的經驗，是不可能發生在他與他每天在不同教室擦肩而過的同學之間的，他們在偌大的密蘇里大學哥倫比亞校區裡找到棲身之所、無拘無束地徜徉在美國中西部的空氣裡。

他的希臘文和拉丁文在一年之間已學得不錯，足以讓他閱讀一些簡單的文學作品；這使他的雙眼常因過度疲倦或睡眠不足而充滿血絲。有時候他回想起幾年前的自己，也會對那副好像從棕色的、冷漠的土壤裡浮現起來的奇怪形影感到驚訝。他會想起他的父母，但是那種陌生感，就如同他對過去的自己所產生的陌生感差不多；他對他們有一種矛盾的憐憫，及一種疏離的愛。

---

4 催斯坦爲圓桌武士，受叔父馬克國王的委託，護送愛爾蘭的美麗公主伊索德前往與之成婚，但途中兩人雙雙喝下了春藥，因而產生一段淒美動人的不倫戀。弗朗西斯的丈夫年紀老邁及身體殘障。一天弗朗西斯與小叔保羅同看亞瑟王傳奇，讀到蘭斯洛和吉尼維之愛情故事深受感動而熱吻。然而兩人戀情終被弗朗西斯丈夫發現而將兩人殺害。海倫則因受帕里斯之引誘而私奔，引發特洛伊戰爭。

大四上學期快結束，一天阿契．史隆在課後把他攔下，叫他有空到他研究室聊聊。

冬天的校園瀰漫著中西部微濕的薄霧，雖然快到中午，山茱萸纖細的樹枝上仍閃亮地結著白霜，潔思樓外繞著巨柱往上攀爬的褐色葡萄藤鑲滿彩虹般的結晶，在一片灰濛濛裡眨眼。史托納的大衣已經太破舊寒酸，雖然氣溫已接近冰點，他仍決定不把它穿到史隆的辦公室。他快步走上潔思樓前寬廣的石階，身子不斷顫抖。

相對於外面的嚴寒，建築物內的暖氣顯得特別強烈，黯淡的燈光照射在地板土黃色的磁磚上，從窗戶及兩翼玻璃門上透進來灰濛濛的天色，又使磁磚的色澤更形光亮，櫟木柱子及長期被擦拭的牆壁在昏暗中反射出亮光。地板上迴響著來回走動的沉重腳步聲，人們的細語在寬闊的大廳上顯得黯啞；朦朧的身影緩慢移動，相遇又分離；沉滯的空間裡聚集了來自四壁的油漆味及人們身上毛料織物的潮濕氣。史托納沿著光滑的大理石階梯走往史隆位在二樓的研究室，敲了門，史隆應了一聲，他便進去了。

窄長的辦公室只有最遠端窗戶的光源，擠滿書本的書架一棟一棟直達天花板。靠近窗台處塞進了一張辦公桌，坐在桌前的史隆側過頭來，被窗外照進來的日光刻出一道黑色的側影。

「史托納同學，」史隆聲調木無表情，稍欠半身，暗示他坐到面前的皮椅上，然後又坐了下來。

「我一直在看你的成績單。」他頓了一下，從桌上拈起一個公文夾，打量著，臉帶一分冷淡的反諷，「我希望你不介意我的好奇。」

史托納舔了一下嘴唇，挪動了一下身體。他十指交叉起來，希望雙手消失不見。「不會，」他的聲音低沉嘶啞。

史隆點頭，「好，我注意到你是以農學院學生身分進來，但二年級開始不久你就開始修習文學的課程，對嗎？」

「是的，先生，」史托納說。

史隆往後靠到椅背上，看著天花板上從方形窗格透進來的光，雙手十指指尖輕觸，不一會眼神又回到面前這位一直僵坐著的年輕人身上。

「這次見面主要是要告訴你必須要正式更改你的主修科目，你要決定放棄你當初選讀的課程，並對你最後的選擇做確認。那只需要花五分鐘到註冊組就可以辦好，你會處理好這件事吧，會嗎？」

「好的，先生，」史托納說。

「但我想你已經猜到，這不是我找你來的原因，你介不介意我問一下你未來的計劃？」

「不介意，先生，」史托納看著已經緊緊扭在一起的雙手。

史隆摸摸他放在桌面上公文夾裡的紙張，「我發現你到校時比一般學生稍微大一點，差不多二十歲，是嗎？」

「是的，先生，」他說。

「那時候你是要讀農學院的課程是嗎？」

「是的，先生。」

史隆再次往後靠到椅背上，看著幽暗的天花板，突然直接了當地問道，「那你現在的計劃呢？」

史托納沉默不語。這是他沒有想過，也不想去想的。他最後帶著一點憤恨地說：「我不知道，我還沒有想過這些。」

史隆說：「你有期待過有一天你離開這個像修道院的環境，踏入人們所說的世界裡嗎？」

史托納尷尬地咧嘴而笑，「沒有，先生。」

史隆的指頭敲著桌面上的公文夾，「你的紀錄告訴我你來自農業區，我想你父母是種田的吧？」

史托納點了頭。

「你打算拿到學位後回到農莊嗎？」

「不會，先生，」他自己也被這堅定的聲音嚇了一跳，感到自己驟然做出這個決定十分不可思議。

史隆點點頭，「我應該可以想像一個認眞的文學學生會感到他的技能不太能與土地契合。」

「我不會回去，」彷彿他沒有在聽史隆剛說的話。「我不確切知道我會做什麼。」他對著他的手說，「我不知道這麼快就結束了，今年過完了我就要離開大學。」

史隆隨口而出地說，「你當然沒有絕對要離開的必要。我想你沒有獨立的經濟能力吧？」

史托納搖搖頭。

「你大學四年的成績相當優秀，除了，」——他揚起眉毛微笑——「除了二年級的英國文學史外，你修的英國文學課都拿A；其他科目沒有低於B的。如果你畢業後一年內仍有足夠的經濟能力，我確信你可以完成碩士課程；之後你就可以一邊教書，一邊攻讀博士學位，如果你對這感興趣的話。」

史托納身子往後仰，「這是什麼意思？」他聽到自己的聲音裡帶著一股恐懼。

史隆往前延靠，直到十分接近史托納的臉。史托納看見史隆瘦削的臉上已經軟化了的皺紋，聽到他單調而嘲諷的語調變得溫柔，不帶半點自我防衛。

「你不知道嗎？史托納同學。」史隆說，「難道你還不瞭解你自己？你將要當老師了。」

忽然間史隆彷彿十分遙遠，研究室的四壁往後退，史托納覺得自己懸在一個廣大的空間裡，聽到自己在問，「你是說眞的嗎？」

「眞的。」史隆柔聲地說。

「你怎麼知道的？你爲什麼那麼確定？」

「那是愛，史托納同學。」史隆開懷地說，「你在熱戀中[5]，就是那麼簡單。」

就是那麼簡單。他只知道他向史隆點了頭，支支吾吾說了一些話，然後步出研究室。他的嘴唇激動地震顫起來，指尖發麻；他覺得自己走在夢中，卻強烈地意識到周遭的環境。他緊靠著走廊的木板牆壁前進，覺得可以感覺到木板的溫暖與它的年歲；他慢慢步下樓梯，紋理清晰的冰冷大理石地板在他的腳底下有點滑溜溜的，讓他感到不可思議。大廳上學生的低聲絮語變得清晰可辨，他們的臉近在眼前，陌生卻熟悉。他出了潔思樓，踏進了晨光，灰濛濛的天色好像不再壓迫

5　史托納因受商籟七十三的啓發而進入文學之殿堂，詩中最後兩句「因你所見，將使你熱愛更強烈／熱愛那即將離你而去之一切」，讓他開始人生目標之追尋。

著校園，他朝著天空往遠方看、往上看，彷彿看見一個他無法命名的可能性。

一九一四年六月的第一個星期，威廉．史托納與其他六十個男生及幾個女生在密蘇里大學獲得文學學士學位。

爲了參加他的畢業典禮，他父母借來了一輛四輪輕裝馬車，準備由家裡的灰褐色的老馬來拉動，他們前一天就出發，通宵達旦地完成四十多哩的路程。當他們到達富特家，剛好已經天亮，不眠不休的旅程使他們身子僵直。史托納跑到前院迎接他們，兩人在涼爽的晨光中並肩站著等著他走近。

史托納與父親握手時就像擠泵浦一樣快速簡短，兩人目光沒有接觸。

「還好吧。」他爸爸說。

媽媽點點頭，「你爸和我來看你畢業。」

有好一陣子他們沒有話說。然後他說，「最好先進來吃點早餐。」

廚房裡只有他們三人，因爲自從史托納來了之後，富特夫妻兩人已經習慣了晚起。但是打從一開始，到他父母吃完早餐後，他都沒有膽量向父母說明他已經轉系，而且決定不回到農莊去。有一兩次他正要開口講，但又看到他們的新衣衣領上浮出的兩張褐色臉龐，也想到他們長途跋涉到來，以及他們幾年來一直等待他回家。他僵直地與他們比鄰而坐，直到他們喝完最後一口咖啡，而富特夫妻也剛好起床到廚房來。他便告訴他們他要提早到學校，並約好當天稍晚在畢業典禮上見。

他在校園中到處徘徊，手上提著租來的黑色學士服及學士帽。這些配備又重又麻煩，卻又找不到地方放置。他想著他要告訴父母的一切，第一次感覺到這是一個不能逆轉的決定，而且幾乎希望能反悔。他感覺到他無能力達到他不顧一切所選擇的目標，也同時感覺到他所遺棄的世界對他產生的吸引力。他對於自己以及他父母所失去的感到悲痛，甚至在這悲痛中，他覺得離他們越來越遙遠。

畢業典禮的過程中，他心中仍放不下那種因失去而萌生的悲痛；當他的名字被叫到時，他走上台上，從一位臉龐模糊得只剩絡腮鬍的貴賓手裡接過畢業證書，但是他卻不相信自己在場，而手中的一捲羊皮更沒有實質意義。他心中只有想著父母在台下的人群中不自在地僵坐著。

典禮結束後他載著父母回到富特家，他們要在那裡過夜，到黎明時啓程回老家。

他們在富特家的起居室坐到很晚，富特夫妻兩人陪了他們好一陣子。富特先生偶爾會與史托納媽媽提到某些親友的名字，然後又靜下來。他爸爸坐在直背椅上，張開雙腿，身體微微往前靠，兩隻寬厚的手掌蓋在膝蓋上。最後富特夫妻互相看了一眼，打了個哈欠，說已經很晚了，便回到他們的臥室，剩下他們三人。

又是一陣沉默。他的父母直看著前方地板上自己的影子，不時瞄瞄坐在旁邊的兒子，彷彿不願打擾處在一種嶄新境界的兒子。

幾分鐘後，威廉·史托納身體往前靠，並開口說話，聲音比他預期的更大更有力量，「我應該早一點告訴你們，我應該去年夏天，或今天早上就告訴你們。」

煤油燈下他父母的臉顯得呆滯，毫無表情。

「我要說的是，我不會跟你們回到農莊去。」

三人都愣住了。他爸爸說，「你這裡還有事情要處理，我們明天早上就回去，你可以過幾天才回來。」

史托納雙手揉了一下臉，「這……不是我的意思，我是想要告訴你，我不會再回到農莊了。」

他爸爸膝蓋上的雙手抽緊，身子往後縮到椅子裡，他說，「你闖禍了嗎？」

史托納微笑著說，「沒這回事。我要多唸一年，或者兩年或三年。」

他爸爸搖搖頭，「我今天看到你畢業了，農業顧問說這個農業學校唸四年。」

史托納企圖向父親解釋他的計劃，企圖讓父親瞭解他覺得重要的事及他的目標。他聽著自己的話，彷彿那是從別人的口中說出來的，他看著父親木無表情的臉，彷彿他的話像拳頭打在石頭上一樣。話說完後他低著頭，雙手夾在膝蓋中間，聽著房間裡的寂靜。

最後他父親挪動了一下身子，史托納抬頭，父母親的臉正視著他，他幾乎要哭出來。

「我不知道，」他爸爸說，聲音低沉嘶啞，而且疲憊。「我無法想像會變這樣子，我以爲已傾盡全力，送你到這裡來，你媽和我一直都爲你傾盡全力。」

「我知道，」史托納說，他無法再直視他們。

「這樣好嗎？我這個暑假可以回去一下，幫幫忙，我可以……」

「如果你認爲要留在這裡讀你的書，那便是你該做的事，你媽和我應付得了。」

他母親面對著他，但看不見他。她的眼睛緊緊閉上，呼吸沉重，臉部扭曲得像在忍受著痛苦，雙手已捏成拳頭緊貼著雙頰。史托納驚覺他母親在沉痛地、沉默地哭著，且像一個甚少哭泣的人一般，帶著幾分羞恥與尷尬。他再多看了她一陣，然後沉重地站起來步出客廳，沿著狹窄的樓梯回到閣樓的房間。他在床上躺了好長一段時間，直視著眼前的黑暗。

Chapter

II

史托納獲頒文學學士學位後兩個星期，斐迪南大公在賽拉耶佛遭一名塞爾維亞民族主義者暗殺；秋天還沒到，整個歐洲已陷入戰爭中，戰事的話題在較高年級的同學間持續引發熱議；他們想知道到了最後美國會扮演怎麼樣的角色，而且對自己不明朗的前途萌生一股愉悅感。

但擺在威廉·史托納面前的未來卻是一片光明、確定而且不可改變。對他來說，未來不是一波接一波澎湃的事件、變遷，或者是可能性，而是一片等待他探索的疆域。對他來說，未來是雄偉的大學圖書館，在本質上維持不變的情況下加建左右兩翼、舊的藏書會被移走以容納加添的新書。他在已經決定投身、卻不完全瞭解的大學中看見自己的未來，他知道自己會在那個未來裡改變，而他視那個未來為改變自己的工具，而不是被改變的對象。

那年夏天將盡，就在秋季學期開學前，他回去探望父母。他本想計劃幫忙收割夏天的作物，卻發現父親已經雇用了一個黑人負責勞力工作。他幹起活來沉默認眞，一天差不多可以完成史托納與父親曾經兩人合力才能完成的工作。父母親很高興能看到他，似乎不因他的決定而生氣。可是他發現沒有什麼可以告訴他們的；他已發覺他與父母即將成爲陌路人；不過他覺得他的失去反而增加他對他們的愛。他比原訂計劃提前一個星期回到哥倫比亞。

他開始厭惡花時間在富特家的農莊工作。由於起步較晚，他對學習有一種迫切感。有時候，他浸淫在書本裡，才意識到他所不知道的、他所未讀過的一切；每當他體會到短短的一生不足以讀完該讀的書、學完該學的事時，便感到他辛勞付出所換得的寧靜在瞬間粉碎。

一九一五年春天，他修完了碩士班的課程，要在夏天完成題爲《喬叟〈坎特伯里故事集〉之韻律研究》的碩士論文。在夏天快結束時，富特夫婦告訴他不需要再到農莊工作了。

他早就預期到這個結果，在某種意義上他樂於接受。然而這也爲他帶來了一陣慌亂，彷彿他與他過去的生命之間的最後一重關係做了切割。暑假結束前幾週他回到父親的農莊，爲他的碩士論文做最後潤筆的工作。同時，阿契．史隆已安排他一方面開始攻讀博士學位，一方面教兩班大一英文，他因此可得年薪四百元。他把私人物品搬離富特家閣樓那間已居住五年的小房間，在大學附近找到一間比以前更小的房間落腳。

儘管他只是教一般大一新生的基礎文法與寫作，他仍然帶著一股熱情及對課程的重視來期待這項工作的開始。在秋季學期開始前他花了整整一星期來計劃課程內容，當他在眾多教材及努力達至的課程目標之間掙扎時，他看到了各種可能性；他感受到文法的邏輯，他甚至認爲他看見它如何自我開展，滲透入語言，成就了思想。在一份爲學生設計的簡單寫作練習中，他認爲這有潛力可造就一篇散文且預見了種種美感，而他更期待他的這種認知可以啓發學生。

但是第一天上課，在例行的點名及說明課程大綱後，他面對學生開始講授課程內容，那時他便發現那種新鮮驚奇的感覺還是深藏在他的內心中。有時候他面對學生講課時，他彷彿脫離了軀殼，觀察著一個陌生人面對一群被逼著聚合在一起的人說話；他聽到自己平淡的語調在朗讀他準備好的材料，心情無半點起伏。

然而他在自己修習的課程中感到解放與滿足，他可以再次體驗當天阿契·史隆第一次在班上跟他說話時那種徹底洞悉的震撼，讓他在瞬間從原來的自己變成另外一個人。當他的思想投注在課程內容，緊緊握住文學的力量並企圖了解其本質時，他會自覺到他內在的不斷改變。而當他自覺到這種改變的力量時，他會從自我脫離出來，進入他身處的世界裡，讓自己知道他在閱讀密爾頓的詩、培根的散文、班強生的戲劇的同時也改變了世界，因爲文學以世界爲書寫的對象；而文學作品之所以能改變世界，正因爲這個世界依附在文學作品上。他在班上很少說話，他寫的報告很少讓自己感到滿意。他的報告就像他對他學生講的課一樣，無法揭露他最深刻的體會。

他與幾位同班同學交情開始變得不錯，他們都在系上當兼任教員。其中有兩位較要好的是大衛．馬斯達和歌頓．芬治。

馬斯達是一位膚色黝黑的年輕人，身材瘦小，口齒伶俐，眼神溫和。雖然他比史托納小一歲多，但他和史托納一樣，剛剛開始修讀博士班課程。在系上老師及研究生之間，他是出了名的傲慢無禮，大家都認爲他最後會難以拿到博士學位。史托納認爲他是他見過最才華橫溢的人，對他處處讓步，而沒有半點嫉妒或憎恨。

歌頓．芬治體型壯碩，皮膚白晰，二十三歲的年紀就已經開始發福。他在聖路易一間商科大學畢業後，到哥倫比亞大學的經濟系、歷史系、工程系，試圖獲得更高的學位。他決定修讀文學主要是因爲他在最後關頭在英文系獲得一個小小的教職。他在系上很快便展現出他對文學幾乎全無興趣，但是他很受大一學生的歡迎，也與系上老一輩的教師以及行政單位的工作人員相處十分融洽。

史托納、馬斯達和芬治三人習慣於星期五下午在哥倫比亞鬧區的一間酒館聚會，大杯大杯地喝啤酒，聊天到深夜。雖然這些聚會是史托納唯一的社交活動，他還是常常對他們之間的關係感到疑惑。儘管他們處得不錯，卻沒有成爲密友；他們沒有彼此吐露秘密，除了每週的聚會，他們很少見面。

他們之間沒有人對這種關係提出過任何疑問。史托納知道歌頓．芬治從來沒想過這個問題，但他懷疑大衛．馬斯達是有想過的。有一次，時間已經晚了，他們坐在酒吧後方的一個陰暗角落，史托納和馬斯達認眞地以戲謔的方式談到他們的教學與學業。馬斯達手中握著一顆在免費午餐[1]多拿的水煮蛋，好像握著水晶球一樣，他說，「兩位先生有沒有想過大學的眞正意義這個問題？史托納先生？芬治先生？」

他們微笑搖頭。

「我敢打賭你們沒想過。這位史托納，我想，他把大學視爲一個大倉庫，像一個圖書館，或者妓院，人們自由來去，選擇可以滿足他們的東西；也像一個蜂窩，人們像小蜜蜂一起努力工作；所謂眞善美，就在下一條走廊的轉角處，就在下一本你不曾讀過的書裡，就在你還沒走到的下一個書架上，但你有一天終會到達的。而當你到達後……當你到達後……」他又看了手中的雞蛋一眼，狠狠地咬了一大口，看著史托納，嘴巴動著，黑眼珠裡閃著亮光。

史托納不自在地笑了一下，芬治則拍桌大笑起來，「他講對啦，比爾，他講得太對了。」

馬斯達再嚼了幾口，把雞蛋吞了下去，目光轉向芬治，「而你呢，芬治，你怎麼想呢？」他把手舉起，「你一定會執拗地說你還沒想過，但你是有想過的。在你的直率熱情底下是一顆簡單的心。對你來說，大學是一個做善事的工具……主要是對社會，而當然附帶的是對你。你把它當做一種精神上的開胃消滯茶[2]，每年秋天開給那些小混蛋喝喝，讓他們好好過冬，你是一位體貼的老醫師，親切地摸摸他們的頭，診金就入袋了。」

芬治再次大笑起來，搖著頭，「又來了，大衛，嘴巴關不上了……」

馬斯達把剩下的雞蛋塞入嘴巴裡，滿意地嚼了一陣子，然後喝了一大口啤酒，「可是你們都錯了，」他說，「它是一個庇護所……他們現在叫它什麼？……療養院，給孱弱的、年老的、不滿的人，不然就是給無能者。看看我們三個……我們就是大學了，別人不會知道我們有那麼多共同點，但我們知道，不是嗎？我們太清楚了。」

芬治大笑，「這怎麼說，大衛？」

馬斯達越講越投入，提身跨過桌面，「先說你吧，芬治，用我最溫和的字眼

1 免費午餐 (free lunch) 一詞常出現在 1870 至 1920 年代美國的媒體中，指的是一種餐廳的經營模式。顧客進餐廳點一杯飲料後，便可免費使用午餐，餐點內容從基本到豪華則視不同餐廳而定；餐廳的盤算是希望顧客會點超過一杯飲料，而且常客會在非用餐時間前來光顧。

2 開胃消滯茶 (Sulphur-and-molasses)。一種硫磺與黑糖蜜的混合物，是美國一般家庭自製的飲料，被視爲能強身健體，能治百病。另一常用名稱是「春之補藥」，因人們冬天缺乏活動，必須在春天讓血液運行暢通。

來形容，你屬於無能一類。你自己知道，你並不是眞的很聰明——但這不完全與無能有關。」

「欸，」芬治還是笑著。

「但是你已經夠聰明——剛剛好夠聰明——足以了解你在這個世界會發生什麼事。你是注定失敗的，這點你知道，雖然你有能力當一個王八蛋，但是你又不足以無情到一直當王八蛋，雖然你不是我見過最誠實的人，但也沒有足夠膽量做陰險的事。你一方面有能力做事，卻懶惰到無法努力滿足別人對你的期待，另一方面你也沒有懶惰到足以讓世界忽略你的重要性。而且你的運氣不夠——眞的不太夠。你頭頂沒有光環，臉上一副疑惑的表情。在眞實的世界裡你總是在成功的邊緣，而且會被你的失敗摧毀。所以你是命中注定的、被選上的；上帝把你從外面世界的血盆大口中抓回來，把你安全地放在這裡，和你的兄弟作伴。我對祂的幽默感感到好笑。」

馬斯達微笑著轉向史托納，故意表現出帶有敵意的樣子說，「你也逃不了，我的朋友，絕對跑不了。你是誰？就像你自命的，是簡簡單單的一個鄉下孩子？

喔！不，你屬於那群孱弱者——你是一個不切實際的人，你是一個瘋子，活在一個比你更瘋狂的世界裡，你是在我們美國中西部的藍天下嬉鬧著，卻沒有桑喬作伴的唐吉訶德。你夠聰明了——無論如何比我們這位朋友聰明。但是你有個缺點，就是老不死的孱弱。你以爲這裡有東西，有東西可找。好吧，在這個世界你很快便會發現，你也是注定失敗的。你不會跟它對抗，你會在被它吃乾抹淨後，還躺在那裡思考你做錯了什麼，因爲你總是期待一個不是這樣子的世界，一個不會完成你心願的世界。棉花裡的象蟲，豆莖上的潛蠅，玉米上的木蠹，你無法面對牠們，也打不過牠們，因爲你太脆弱，也太頑強，這世界上沒有你的容身之所。」

「你呢？」芬治問，「你自己又怎樣？」

「喔！」馬斯達靠到椅背上，「我是你們其中一員，事實上甚至更糟糕。我對這個世界來說太聰明了，但我不會因此而閉嘴，這是一種無藥可救的病。我必須要被關起來，那我就可以安心地不負責任，也不會對人帶來傷害。」他身子又往前靠，微笑著面對兩人，「我們都是可憐的湯姆[3]，我們都很冷。」

「李爾王，」史托納嚴肅地說。

「第三幕，第四場，」馬斯達說，「因此上帝、或社會、或命運、或者是任何一個名字都好，爲我們創造了這個簡陋的房子，讓我們可以逃離暴風雨。大學是爲我們存在的，爲世界上一無所有的人存在的，不是爲了學生、不是爲了無私地追尋知識、不是爲了任何你曾經聽過的理由而存在的。我們提供了理由，然後讓少數幾個在外面世界頗爲吃得開的平庸之輩進來，但那只是大學的保護色。就好像中古時代的教會，他們才不管那些平民信徒，甚至也不理會神，我們僞裝，是爲了活下去，而我們會活下去——因爲我們必須要。」

芬治心悅誠服地搖著頭，「你說得好像我們很糟糕似的，大衛。」

「可能吧，」馬斯達說，「我們就算再怎麼糟糕，也總比外面泥淖裡的人好些，那些外面可憐的混蛋。我們沒有爲害，我們說自己想說的，而且有薪水可拿；這是自然美德[4]的勝利，或者已經他媽的蠻接近了。」

馬斯達冷漠地靠回椅背上，不再掛慮他剛剛所講的話。

歌頓·芬治清了清喉嚨，「好吧，」他認眞地說，「你講的或許有些道理，大衛，不過我覺得有點過頭了，眞的。」

史托納和馬斯達微笑互看，當晚就沒有再談這個話題。但在多年之後，在某些零星時刻，史托納會想起馬斯達所說的。雖然這番話對已經決定獻身於這所大學的史托納來說，沒有任何啓示，卻揭露了他們三人之間的關係裡的某種層面，也讓他體會到青年人懷著赤子之心的憤世嫉俗。

一九一五年五月七日，德國潛艇擊沉了英國皇家郵輪盧西塔尼亞號，船上有一百一十四名美國人；到了一九一六年底，德國實施無限制潛艇戰[5]，美德關係持續惡化。一九一七年二月威爾遜總統與德國斷交，四月六日，美國國會宣佈美國與德國進入戰爭狀態。

---

3 湯姆在《李爾王》劇中原爲愛德伽 (Edgar)，葛羅斯特伯爵的兒子，他改裝化名爲「湯姆・白德蘭 (Tom Bedlam)」，服侍他雙眼被挖掉的父親。某日遇上被逐出且瀕臨瘋狂的李爾王，他瘋言瘋語說自己被鬼所折磨，後來才找到一間簡陋的茅屋棲身，並邀請李爾王進去暫住。

4 中世紀經院哲學家認爲人類能展現與生俱來的美德，包括正義、自制、謹慎與堅毅。

5 德國擊沉盧西塔尼亞號爲的是要截斷英國的物資供應，後來發展至不分軍用或民用的船隻，均以潛艇擊沉。戰時美國最依靠作戰國買入軍火作經濟支柱，德國的作戰策略對美國影響甚巨。

美國宣戰後，全國數以千計的年輕人彷彿因某種不確定性的壓力終於結束而獲得解放，湧進各地在數週前成立的募兵站。其實，數百名等不及美國宣佈參戰的年輕人，已早在一九一五年加入了加拿大皇家軍隊，或加入歐洲盟軍當救護車駕駛。這批人中有好幾名是大學裡的高年級學生，雖然史托納不認識他們，但是在大家等待這終將來臨的時刻的日子裡，他們傳奇性的名字便越來越常出現在史托納耳邊。

宣戰當天是星期五，儘管校方還是安排了下一週的課程進度，但是大部分的師生都懶得理會。他們漫無目的地待在走廊上，站成一堆堆的，壓低聲音交談。有時候在緊繃的寧靜後會爆發出一陣近乎暴力的行爲，有兩次大型的反德國示威，學生們手裡搖著美國國旗，口中各顧各地吶喊，有一次簡短的示威是衝著一位教授而來的。這是位滿臉絡腮鬍的德文老教授，在慕尼黑出生，年輕時曾在柏林大學讀書。當他面對那一小群憤怒到滿臉通紅的學生時，他一臉疑惑地眨著眼，向學生伸出瘦長並不斷發抖的手，學生們不知所措，悻悻然解散行動。

宣戰後的幾天，史托納也陷於一陣紛亂，但這種紛亂與其他校園裡大多數人所陷入的情緒有十分大的差異。雖然他曾跟高年級同學及同事們談論過美國參與歐戰，但是他從來不相信會發生。如今戰爭已在他眼前，在他們所有人眼前，他才發現內心有一份強烈的冷漠感。他討厭戰爭為大學帶來的混亂，也無法在身上找到十分強烈的愛國之心，也無法讓自己憎恨德國人。

但是德國人本就是應該被憎恨的。有一次史托納遇到歌頓·芬治正在與一群老一輩的老師聊天，他臉部扭曲，說到那些「匈人」[6]時，嘴巴彷彿在吐痰。稍後，芬治與史托納在幾位年輕講師共用的大研究室裡再碰面時，他的心情已經轉變了。他熱情開懷地砰的一聲打在史托納的肩膀上。

「不能就這樣放過他們，比爾，」他迅速地說道，圓臉上閃著一層油亮亮的汗水，稀疏的金髮一細撮一細撮的躺在頭頂上，「不行，我要入伍了，我已經和老史講過了，他說好。我明天就要到聖路易報名入伍了。」剎那間，他試著定了

6 對德國人貶損的稱謂。一九〇〇中國義和團之亂，德皇威廉二世主張以強硬手段鎮壓，發表「匈人在阿提拉的領導下名流青史，德國之名在中國亦將如是」之演說。後來英國在第一次大戰期間以匈人指稱德國人，做政治宣傳。

定神，讓儀表更有穩重的模樣。「我們都應該盡本分。」然後他露齒而笑，再拍了一下史托納的肩膀，「你最好跟我一起去。」

「我？」史托納說，然後難以置信地立即再說了一次，「我？」

芬治大笑起來，「對啊，大家都決定要報名，我剛與大衛講過，他要跟我一起走。」

史托納搖了頭，彷彿感到一陣暈眩，「大衛．馬斯達？」

「是啊，老大有時講話愛說笑，但是一旦到了緊要關頭，他跟任何人都一樣，他會做他該做的，比爾。」他捶了一下史托納的手臂，「就像你也會做你該做的。」

史托納沉默了一刻，「我還沒有想過啊。」他說，「一切好像都發生得太快了，我要和史隆談談，然後再跟你說。」

「好啊，」芬治說，「你會盡本分的。」他的聲音轉低沉，感情豐富起來。「我們現在都在同一條船上了，比爾；都在同一條船上了。」

離開芬治後，史托納沒有去找阿契．史隆。他反而在校園裡到處打聽大衛．

馬斯達在哪裡。後來他在圖書館的一個讀書室找到他，他正在抽著煙斗，瞪著面前書架上的書。

史托納坐到他的書桌對面。他問他是否已經決定入伍，馬斯達說，「是啊，爲什麼不？」

史托納問他爲什麼，他說，「你蠻了解我的，比爾。我才不管那些德國人，到了這種地步，我想我也不管什麼美國人了。」他把煙斗裡的煙灰敲落在地板上，用腳來回把它掃平。「我會這樣做，大概是因爲我覺得做或不做都沒有關係，而在我回到這座修道院慢慢等死之前，先出去再繞這世界一圈，可能會是一件好玩的事。」

史托納雖然聽不懂，他還是點了頭，接受了馬斯達所說的。他說，「歌頓希望我和你一起入伍。」馬斯達微笑說，「歌頓第一次感覺到自己展現了美德[7]的力量，很自然地他希望全世界的人都能躬逢其盛，好讓他繼續相信這件事。好啊，

---

7 參看「自然美德」之註解。

爲什麼不？加入吧，看看外面世界是什麼樣子可能對你有好處。」他停了下來凝視史托納，「但是如果你要加入，拜託不要說是爲了上帝、爲了國家、爲了我們偉大的密蘇里大學。要爲你自己。」

史托納頓了好一陣子，然後說，「我要和史隆談談，然後再跟你說。」

他不知道他期待史隆會做出什麼反應；但當他在兩壁排滿書的窄長研究室裡與史隆面對面，並告訴他有關他還沒成形的計劃時，史隆的反應讓他感到十分訝異。

史隆一直以來都對史托納維持一種疏離和一種溫文爾雅的嘲弄，這次卻大發脾氣。他瘦長的臉脹紅，憤怒之下嘴邊的法令紋顯得更深，他身子從椅子半起，湊近史托納，拳頭捏緊，然後又坐下來，慢慢地放開拳頭，雙手放在書桌上，雖然手指仍在發抖，聲音卻堅定而嚴厲。

「請恕我剛才的表現。過去幾天，我已經差不多失去了系上三分之一的同事，我認爲已經無法彌補回來了。我不是對你生氣，但是……」他的視線從史托納身上轉到研究室末端高處的窗戶，陽光直射在他的臉上，加深了眼睛四周的皺紋及眼下形成的陰影帶，乍看之下顯得衰老而蒼白，「我在一八六〇年出生，剛好在叛亂戰爭[8]之前，我當然並無任何記憶，我年紀太小了。我也記不得我的爸爸，開戰第一年他就死了，那是胥龍之役。」史隆的目光又迅速轉到史托納身上，「但我看到之後所發生的事，一場戰爭不只殺死幾千個或幾萬個年輕人，它殺掉一個民族內在的一些不能彌補的東西。如果一個民族經歷過夠多戰爭，它很快地只會變成野獸，那種我們，包括你、我、及其他像我們的人們，成爲在泥淖裡撫養長大的生物。」經過一段頗長的沉默後，他輕輕地笑了一下，「一個學者不應該被要求毀滅他一生企圖要建立的東西。」

史托納清了一下喉嚨，怯懦地說，「一切發生得那麼突然，不知怎的我從來沒有這個想法，直到我和芬治和馬斯達談起，入伍的事對我來說還是不太眞實。」

「當然不會，」史隆說，顯得有點焦躁不安，眼神沒有與史托納接觸，「我不會告訴你該如何做，我只是這樣說：這是你要做的決定。國家將來會徵兵，但

8 現通稱美國內戰。史隆用語代表北方聯軍之立場。

是你是可以被豁免的，如果你希望的話。你不怕入伍吧，是嗎？」

「不怕，先生，」史托納說，「我相信不會。」

「那麼你是有權選擇的，你要為自己做選擇，不消說如果你決定入伍，戰事結束後可以歸建。如果你決定不入伍，你可以繼續留在這裡，這當然對你沒有特別的好處；但有可能對你有壞處，不論是在現在或者是未來。」

「我了解，」史托納說。

很長的一段沉默後，史托納知道史隆已經沒有話要跟自己說了。但當他正要站起來離開，史隆又再次開口說話。

他緩慢地說，「你一定要記住你是誰、你選擇未來要變成怎樣的人，以及你現在所做的事有多重要。人類參與了很多戰爭，有勝有敗，但都不是軍事上的，也不會被歷史紀錄下來。你在做決定時要記住這一點。」之後有兩天之久史托納沒有到班上教課，也沒有和他認識的人講話。他留在自己的小房間裡，內心掙扎著。房裡的書本和寧靜圍繞著他，他很少注意到房間外的世界、遠方學生叫囂的聲音、四輪馬車迅速壓過街上紅磚的咔嗒聲，或者是鎮上少有的幾輛汽車引擎排氣的單調突突聲。他從來沒有內省的習慣，並覺得檢視自己動機這回事極為困難，也有一點令人厭惡。他覺得沒有什麼可以提供給自己，他的內心也沒有什麼值得挖掘的東西。

最後他做出決定時，他覺得好像他一直以來都知道這個決定為何。星期五他與馬斯達和芬治碰面，並告訴他們他不會一起去打德國人。

歌頓．芬治心中本來仍然沉醉在那股臻於美德的快感中，他當下就肅穆起來，臉上帶著痛苦的譴責神情，「比爾，你讓我們很失望，」他沉重地說，「你讓我們所有人都很失望。」

「安靜，」馬斯達說。他用銳利的眼神看著史托納，「我本來就想你會決定不去，你一直是一副軟弱纖細相，看似要奉獻於學術，這當然沒什麼關係，但是是什麼讓你做出這個決定？」史托納很長一段時間沒說話，想到前兩天內心彷彿無止境且無意義的沉默掙扎、想到過去七年他的大學生活、想到多年前那些遙遠的歲月裡他與父母生活在農莊裡、想到他奇蹟般從死亡裡復活過來。

「我不知道」，他最後說出口，「所有東西吧，我想。我說不上來。」

「留在這裡不會好過，」馬斯達說。

「我知道，」史托納說。

「但是你認爲値得，是嗎？」

他點頭。

馬斯達笑嘻嘻地用他一貫的反諷口吻說，「一定的，看你一身瘦弱飢餓的樣子。你是注定要失敗的。」

芬治痛苦的譴責變成一種接近羞辱的話鋒，嘶啞的嗓音擺盪在恐嚇與憐憫之間，「總有一天你會後悔的，比爾。」

史托納點頭說，「可能吧。」

他與他們說了再見便轉頭離開。他們第二天便要到聖路易應徵入伍，而史托納要準備下星期的課。他對自己的決定全無罪惡感，到全國性的徵兵開始後，他申請了緩徵，也沒有感到良心的責備；但是他有注意到老一輩教師的異樣目光，而與學生日常的接觸中他也感到學生對他稍微帶點尖刻的蔑視。隨著戰事越拖越長，他甚至懷疑本來表示認同他留在大學的阿契．史隆，已經對他越發冷淡、越發疏遠。

他在一九一八年春天完成了博士學位的相關要求，當年六月將會獲得學位。在頒發學位前一個月，他收到歌頓·芬治的一封信，說他已經完成了軍官訓練學校的課程，被派往紐約市郊的士兵集訓營。信中還說他被允許在餘暇時間到哥倫比亞大學上課，正準備完成博士學位的相關課程要求，預計同年夏天會獲得教育學院的博士學位。

信中還告訴他大衛·馬斯達在入伍剛滿一年後，隨著美軍第一支作戰隊伍前往法國，並在沙托特裡陣亡。

Chapter

III

史托納將要在畢業典禮中獲頒博士學位，在此前一週，阿契·史隆發給他專任講師的聘書。史隆解釋說本來大學並沒有聘用自己畢業生的慣例，但考慮到戰爭時期缺乏受過訓練及經驗豐富的教師，他說服了學校當局破例錄用他。

史托納有點不情願地寫了幾封求職信給幾所大學及學院，彆扭地提出他的學習經歷。當求職信石沉大海，他反覺得莫名其妙地鬆了一口氣，他大概能理解自己的這種感覺。他在哥倫比亞大學裡體驗到的那種安全與溫暖，就如同一個小孩在他家裡應該感覺到的一般，然而他從未在他家有過這種感覺，也不肯定他有能力可以在別的地方找到同樣的感覺。他很感激地接受史隆給他的機會。

但他同時也發現史隆在這場戰爭期間老了很多。他才差不多六十歲，看來已接近七十；他原來鐵灰色蓬亂成一堆的捲髮現在已變白，毫無生氣地平躺在他瘦削的頭顱上。黑亮的眼睛已轉晦暗，彷彿被層層濕氣覆蓋著；瘦長而佈滿皺紋的臉曾經是富有彈性的薄皮革，現在已是乾枯得彈指可破的舊紙張；而低沉單調兼帶諷刺挖苦的聲調已開始聽得出顫抖。史托納看著史隆，他想著：他將要死去——一年內，或兩年，或十年，他將要死去。一種提前到來的失落感籠罩著他，他把頭轉開。

一九一八年的夏天，他老是想著死亡的事。馬斯達的死對他的震撼，是超乎他願意承認的，而美軍在歐洲陣亡的首波名單也陸續公布。他以前想到死亡時，會把它視爲一種文學事件，亦或是緩慢及寧靜的時間對不完美的肉身所做的耗損。他從來沒想過死亡是戰場上激發出的暴力，是破裂的喉嚨噴出的血花。他苦思著這兩種死亡的差異，及這些差異的意義。他感到一種苦澀在他心中油然而生，這是他在摯友馬斯達的心靈上曾瞥見過的。

他的博士論文題目是《古典文學傳統對中古抒情詩的影響》。他花了差不多整個夏天重讀古典與中古拉丁詩人的作品，尤其是有關死亡的詩。他又一次對羅馬抒情詩人面對死亡時的從容與優雅感到訝異，彷彿他們面對死亡的空無，是他們對享受過的豐富生命的禮讚。他也訝異於古典傳統後期的基督教詩人面對死亡，及死亡只模糊地承諾過的另一個豐富狂喜的永恆生命時，所展現的愁苦、恐懼，及幾乎毫不遮掩的憎恨，彷彿死亡及其承諾是對他們有生之日的一種嘲諷。當他想起馬斯達，就覺得他是古羅馬詩人卡圖盧斯，或者是被放逐的較爲溫和及抒情的尤維納利斯。他覺得馬斯達的死亡是另一種放逐，一種更奇異、更恆久的放逐，超乎他能體會的。

一九一八年秋季學期開課時，大家都很清楚歐洲的戰役不會拖太久。德國放手一搏的反攻在巴黎遭到牽制，陸軍元帥富克下令盟軍反擊，迅速迫使德軍退回原點。英軍向北推移，美軍穿越法國東北部阿戈訥被林木覆蓋的丘陵地帶時所付出的慘痛代價，在大眾興高采烈之際也普遍地被忽略了。報紙預估德軍在聖誕節之前會完全潰敗。

這學期就在一種略帶繃緊的親切與幸福感中展開。學生與老師在走廊相遇時相互微笑或充滿朝氣地點頭，老師們或行政單位會容忍學生之間的喧鬧和小規模的暴力行為。一個身份不明的學生徒手爬上潔思樓外的大柱子上，懸掛了一個用稻草填充的德皇肖像，便立即成為了當地的民間英雄。

大學裡唯一一位似乎不被這種普遍的興奮氣氛打動的是阿契·史隆。自從美國宣佈參戰當天開始，他便開始自我退縮，戰爭越接近尾聲，這種退縮便越為明顯。除了因系上相關事務逼得他不得不開口外，他不再與同事們說話，也傳出他的教學變得十分反常，讓學生上課時心生畏懼。他只是單調地、機械地朗讀他的筆記，眼睛從不與學生接觸；很多時候他盯著筆記，聲音慢慢地消失，之後會有一分鐘、兩分鐘，有時候長達五分鐘的寂靜，動也不動，也不回應學生尷尬的詢問。

阿契．史隆是威廉．史托納學生時代就認識的一位充滿朝氣、語帶諷刺的老師，他最後一次看到這種身影，是在該學期初史隆安排史托納教學工作的時候。史隆讓史托納教兩班大一作文及一班高年級的中古英國文學史，然後他用他一貫的諷刺口吻說，「你和很多系上的同事，以及不少我們的學生會很樂意知道我有好幾門課不繼續教了，其中一門是我最喜歡但最不受歡迎的二年級英國文學史，你還記得這門課吧？」

史托納微笑點頭。

「是的，」史隆繼續說，「我想你會記得。我要你接這門課，並不是說這是一份厚禮，而是希望這個安排讓你感到高興，可以在你當年做學生的起點，開始你的正式教學生涯。」史隆看了他一會，眼睛流露出戰前的朝氣及專注，但不久後又恢復其冷淡漠然，轉身笨拙地翻動著散在桌上的紙張。

就這樣，史托納從他最初的起點出發。這位身材高瘦而佝僂的男人，曾經是一個身材高瘦而佝僂的男孩，在同一個教室內，曾經聽著那些把他帶到這個出發點的話語。他從不會走進這個教室而不掃視一下他曾經坐過的位子，常常因爲發現自己不在位子上而感到些微訝異。

那年的十一月十一日，開學剛滿兩個月，停戰協定簽署。消息傳來時是上課的日子，各課程立即結束。學生漫無目的地在校園裡到處跑，舉行小型遊行，集合、解散、再集合，一個接一個。隊伍蜿蜒地步過走廊、教室、辦公室。史托納很不甘願地被捲入其中一支隊伍，步入潔思樓、穿過走廊、上樓梯、再穿過走廊。在被一小撮師生促擁著前進，經過阿契·史隆的辦公室門前時，他瞥見史隆坐在辦公桌前痛苦地哭泣，扭曲的臉袒露著，淚水沿著皺紋流下。

史托納似乎震懾於眼前所見，駐足了一會，又被人群擁著前進。後來他終於脫隊，回到離校園不遠的房間裡。他坐在昏暗中，聽著外面充滿愉悅及如釋重負的叫喊，並想到阿契·史隆彷彿遭受挫敗的哭泣。這個景象只有他，或者是他認爲只有他，能了解，他也知道史隆已徹底心碎，不再是過去的史隆了。

十一月底，很多參加戰爭的人陸陸續續回到哥倫比亞，校園裡到處可見橄欖色軍服，其中准予離開職務參戰而歸建的是歌頓·芬治。他離校一年半的時間裡身材發福了，眞誠坦率的國字臉，過去展現他隨和的個性，現在卻掛著友善中帶著令人畏懼的嚴肅表情。他在軍中官至上尉，總愛帶著父親般憐愛的口吻說「老弟」。他與史托納維持一種帶距離的友善，卻誇張地蓄意對系上較年長的同事表示尊敬。由於在學期中安排課程稍嫌太晚，因此在剩下的整學年的時間，他被安排到一個被視爲掛名的職務，當文理學院院長的行政助理。他的敏銳度足夠讓他注意到新職位的曖昧不明，而他的精明足以讓他看出其無限可能。他與同事保持一種彈性的關係、親切卻不對事情明確表態。

文理學院院長約西亞·克萊蒙是一位蓄著小鬍子的老人，已經超過退休年齡好幾年。克萊蒙目睹自從上一個世紀七十年代開始，這所大學從一所師範學院蛻變到現在的規模，而他父親曾經是早期的校長。他地位鞏固，而且已經成爲校史的一部分，儘管他越來越無力處理公務，卻沒有人有勇氣堅持要他退休。他的記憶早已退化，有時在潔思樓裡的走廊裡迷路，找不到辦公室，需要人像帶小孩般把他帶到他的辦公桌。

他對大學的事務的記憶已十分模糊。當他的辦公室宣佈他將會在家裡爲學院裡退伍的教職員舉辦歡迎會，大部分收到邀請函的人員都認爲這是一個精心設計的玩笑，或者是什麼地方搞錯了。但那不是一個玩笑，也沒有搞錯。歌頓．芬治證實了邀請函的眞實性，明確暗示了是他發起這個歡迎會，並由他全程執行計劃。

約西亞．克萊蒙早年喪偶，獨自與三位與他年齡差不多的黑人僕人住在一棟建於內戰前的大房子裡。這種房子在哥倫比亞附近曾經相當普遍，但隨著獨立的小農戶及地產發展商的出現，已快速地消失。克萊蒙的房子有著旖旎的建築風格，但沒有特色；雖然其整體外型及其寬敞皆屬於「南方」風味，卻不像維吉尼亞州的房子具有新古典主義的剛直不阿。房子刷成白色，窗戶及二樓多處凸出的小陽台上的欄杆都鑲了綠邊。房子周邊的土地延伸至包圍莊園的樹林，十二月寒多中葉子掉光了的楊樹夾道。這是威廉．史托納所靠近過的房子中最輝煌壯麗的一棟，在那個星期五的午後，他帶著幾分惶恐沿著車道上的楊樹前行，最後在大門前與一群他不認識的教員會合，等著被招呼進入屋子。

歌頓．芬治開門讓大家進屋，他身上仍穿著軍服。一夥人踏進一個方形的小門廳，門廳的另一端是一道通往二樓的陡峭樓梯，橡木的扶手擦得亮晶晶的。樓梯的牆上掛著一幅小型法式壁毯，直對著剛進門的客人。壁毯上藍色與金色的材質已褪了色，在樓梯間幾個小燈泡亮起的昏黃的燈光下，原來的圖案已幾乎看不清楚。史托納仰望著壁毯，而和他一起進來的同事則在狹小的門廳裡蠕動。

「比爾，把外套給我。」史托納被這在耳邊發出的聲音嚇了一跳，轉頭看見芬治微笑著，伸手要接過史托納還沒脫下的外套。

「你還沒來過這裡吧？」芬治幾乎是在他耳邊低語。史托納搖搖頭。

芬治轉身向著其他人，指著門廳的右手邊說，「先生們請進到客廳裡，大家都在裡面了。」

他又把注意力拉回史托納身上，一邊說一邊把史托納的外套掛進樓梯下方的大衣櫥裡，「很帥的老房子啊，是附近眞正的名勝。」

「是呀，」史托納說，「有聽人說過。」

「克萊蒙院長是位很體貼的老人家，他叫我幫忙打點今晚的歡迎會。」

史托納點頭。

芬治牽著他的手臂引領他進入客廳，「今晚我們要找個時間聊聊，你先進去，我等一下就來，有幾個人我想要介紹給你認識。」

史托納正想要回話，芬治已經轉頭跟另一群剛進大門的人打招呼。史托納深吸了一口氣，推門進入了客廳。

客廳的暖氣衝著冰冷的門廳襲面而來，彷彿要把史托納推回去。客廳裡的客人緩慢的低語聲，在推門之際被釋放出來，史托納花了好一陣子才適應耳邊那股膨脹感。

大概有二十多人在客廳中四散走動，他當下覺得不認識任何人。他看到穩重的黑色、灰色、棕色西裝，橄欖綠的軍服，秀氣的粉色或藍色的洋裝。人們在溫暖的客廳中慵懶地移動著，而史托納隨著他們移動，並注意到自己的身高和坐著的客人相差甚遠，他也與他認識的人點頭打招呼。

在客廳的另一端有一道前往會客室的門，緊鄰會客室是狹長的餐廳。餐廳的兩扇門皆開著，可看見其中的巨型胡桃木製的餐桌，黃色斜紋桌布上面滿是白色的餐盤及閃亮的銀碗。有好幾個人圍著桌子，桌子的盡頭站著一位身材高瘦、皮膚白晰的年輕女士，她身穿藍色水紋綢的晚裝，正在把茶倒進鑲金邊的瓷杯裡。史托納駐足在餐廳門前，被這位女士的影像吸引住。她修長而眉清目秀的臉正向身邊所有的人微笑，她纖細到近乎脆弱的手指靈巧熟練地操作著茶葉罐與茶杯；看著這位女士，史托納覺得他被自己的笨拙所嘲諷。

好一陣子他都留在門前，聽著這位女士的輕聲細語壓倒她正在招呼的客人口中的咕噥。那女士抬起頭，一下子兩人四目交投，淡藍色的大眼睛似乎內藏一道閃爍的光芒。史托納感到一陣慌亂，回身轉進了旁邊的會客室。他在靠牆的地方找到一張空的椅子坐下，看著他腳下的地毯。他沒有朝餐廳的方向看，卻時而感到那女士的眼光溫暖地掃過他的臉。

客人在他身邊挪動、交換位子、爲找到新的聊天對象而變化著他們的抑揚的腔調。史托納彷彿是一位觀眾，透過一片迷矇觀看身邊的客人。過了一陣子，歌頓．芬治到會客室裡來，史托納站起來穿越房間到他身邊，近乎粗魯地打斷了芬治與一位長者的對話，把他拉到一旁，且未降低音量，要求介紹他認識那位沏茶的女士。

芬治有點生氣地凝視著史托納好一陣子，微慍而起皺的額頭彷彿因睜開了一雙大眼而恢復平整，「你說什麼？」芬治問。雖然他比史托納矮，但卻像是在俯視他說話。「我希望你能引見我，」史托納說，感到臉部一陣溫熱，「你認識她嗎？」

「當然，」芬治說，醞釀起笑意的嘴巴向左右拉開，「算是院長家人的表親吧，從聖路易來看她的姨媽。」芬治笑得牙齒都露了，「比爾老大呀，你要知道，一定的，我會替你引見的，來吧。」

她的名字是伊迪絲．伊萊恩．伯思威克，與父母同住在聖路易，前一年春天剛剛在一個私立女子學院完成一套兩年制的課程，這幾週來到哥倫比亞探望媽媽的大姊，來年春天便要進行歐洲大旅行[1]，這項活動因歐戰結束而得以重新舉辦。她父親移居自新英格蘭，是聖路易一家小型銀行的董事長。他於一八七〇年代前往西部，與密蘇里中部一富戶的長女結婚。伊迪絲一直住在聖路易，幾年前與父母到過東部波士頓短暫停留；她去過紐約看歌劇和參觀博物館。她今年二十歲，曾彈鋼琴，在母親鼓吹之下，愛好藝術。

沒過多久，史托納就已經無法記起在約西亞．克萊蒙家的第一個黃昏，他如何得知伊迪絲的種種，因爲會面的時間很模糊且態度很拘謹，就像那幅掛在門廳階梯牆上的壁毯一樣。他只記得他與她聊天，好讓她可以看著他、靠近他、讓他能享受她回應他的問題，或提出無聊問題時的輕聲細語所引起的快感。

客人開始離去，盡是互道晚安的聲音，各房間的門砰地關上，一一淨空。在

1　十七世紀中葉開始盛行於英國的旅遊活動，是貴族的年輕人完成教育前的一個課程，長達數月，主要前往法國和義大利，以追塑古典文化傳統，也是一種象徵性的成年禮。

大部分客人離開後史托納仍留在那裡；伊迪絲的車子抵達後，他隨著她走到門廳，幫她穿外套。當她要往大門走時，史托納問她第二天晚上是否可以探望她。

她好像沒有聽到他的話，把門打開，好一陣子站著不動，寒風掃進門廳，碰觸到史托納溫熱的臉。她回頭看著史托納，眨了幾下眼睛。她的泛藍的眼神帶著遲疑，卻幾乎毫無畏懼。最後她點頭說，「好，你可以來。」她臉上一絲笑容也沒有。

所以，在一個極度寒冷的中西部的冬夜，他徒步穿越小鎮到她姨媽家探訪她。天上無雲，弦月映照當天下午才降下的一陣小雪。街上杳無人跡，他腳下踩碎乾雪發出的聲響劃破了被壓抑的寧靜。他佇立在那棟他要造訪的偌大房子外良久，聽著那寂靜。寒冷的天氣令他雙腳麻木，但他仍然不動。黯淡的燈光透過窗簾投影在藍白色的雪地上，好似一道黃色的污跡；他覺得屋內有動靜，但又不甚確定。他謹慎地彷彿要完成重大任務一般，沿著小徑走到門廊，敲了門。

伊迪絲的姨媽應了門，並請他到屋內。史托納稍早時得知她的名字是艾瑪·

達利，好幾年前喪偶。她身材矮小圓潤，細細柔軟的白髮在她的臉旁飄動，黑色的眼睛濕潤地閃爍著，說話時輕聲細語得好像在說秘密一般。史托納隨著她到了客廳，坐到這位女主人對面的一張椅墊和椅背都蓋著厚厚藍絲絨的胡桃木製長沙發椅上，他看著沾在鞋子上的雪慢慢融化，濕透了織花地毯上好幾個地方。

「史托納先生，伊迪絲告訴我你在大學裡教書，」達利太太說。

「是的，夫人，」他說完後清了一下喉嚨。

「能夠再次與那所大學的年輕教授聊天實在太好了，」達利太太爽朗地說。「先夫達利先生曾擔任過好幾年的大學董事會的委員，我猜你也知道。」

「我不知道，夫人，」史托納說。

「喔，」達利太太說，「唔，我們常常邀請一些年輕教授來喝下午茶，那是好些年前了，在戰前吧。你有參戰嗎，史托納教授？」

「沒有，夫人，」史托納說，「我留在大學裡。」

「哦，」達利太太說，爽朗地點頭，「你教的是——？」

「英國文學，」史托納說，「我不是教授，只是講師而已。」他知道他的聲音很生硬，但他無法控制，他勉力微笑。

「啊，是的，」她說，「莎士比亞……布郎寧……」

兩人之間一陣沉默。史托納雙手扭在一起，看著地上。

達利太太說，「我去看看伊迪絲準備好了沒，失陪了。」

史托納點頭，並站起來目送她離開。他聽到後面房間傳來熱烈的低語聲，他又多站了好幾分鐘。

忽然間伊迪絲出現在客廳的大門前，臉色蒼白而毫無笑容。他們彼此看著對方卻不打招呼。伊迪絲往後退了一步，然後再往前走，薄薄的雙唇緊繃著。他們嚴肅地握了手，同坐在沙發上，一語不發。

她比他記得的更高一些，而且更脆弱。她的臉瘦而長，她的雙唇維持緊閉，以蓋住她的門牙。她的皮膚晶瑩剔透，只要有稍微的刺激，顏色及溫度都會呈現出來。她一頭紅褐色的長髮，厚厚地盤在頭上，然而令他移不開目光的是她的大眼睛，淺藍得超乎他能想像，就像前一天他們邂逅時一樣。他看著她的眼睛，彷彿被牽引離開他的軀體，進入他無法理解的神秘境地。他覺得她是他見過最美的女人、他衝動地說，「我……想了解妳。」她身子稍微向後退縮，史托納趕忙說，「我的意思是……昨天，在歡迎會上，我們實際上沒有機會說話，我想跟妳說話，但人太多了，會妨礙到我們說話。」

「那是很棒的歡迎會，」伊迪絲含糊地說，「我覺得每個人都很棒。」

「喔，是的，當然，」，史托納說，「我的意思是……」他沒說下去，伊迪絲沉默不語。

他說，「我知道妳和妳姨媽很快就要去歐洲了。」

「是的，」她說。

「歐洲……」他搖了一下頭，「妳一定很期待吧。」

她勉強地點了點頭。

「妳要去哪裡？我的意思是……哪些地方？」

「英國，」她說，「法國、義大利。」

「妳出發的日期是在……春天？」

「四月，」她說。

「五個月，」他說，「時間不長，我希望到時我們可以……」

「我只會在這裡再待三個禮拜，」她衝口而出，「然後回去聖路易，過耶誕節。」

「時間好短，」他尷尬地微笑，「那我一有空就來看妳，好讓我們多了解對方。」

她用幾乎可以說是恐懼的眼神看著他，「我不是說……」她說，「對不起……」

史托納沉默了一會，「對不起，我……但是我眞的很想再來看妳，妳願意的話我就來，可以嗎？」

「喔，」她說，「這樣。」她膝蓋上十根纖細的手指交纏，綳緊的皮膚使指節泛白，手背上淡淡的雀斑越加明顯。

史托納說，「有點糟糕，是不是？妳一定要原諒我，我從未遇過妳這樣的人，而且我說了一些愚蠢的話，如果我讓妳感到困窘了，請妳一定要原諒我。」

「喔，沒有，」她說，嘴巴橫向拉出一個在史托納心中一定認爲是微笑的嘴形，「哪裡的話，我很開心，眞的。」

他不知道要說什麼。他提到外面的天氣，也對弄濕地毯的事表達歉意；她咕噥了一些話。他說到他在大學裡教的課，她疑惑地點頭。然後他們沉默地坐著。史托納站了起來，慢慢地、沉重地移動他的身軀，彷彿十分疲累。伊迪絲木無表情地抬頭看著他。

「唔，」他清清喉嚨，「已經晚了，我……嗳，對不起，我可以幾天後再來看妳嗎？或許……」

他彷彿對著空氣說話。他點點頭說了「晚安」，便轉身要離開。

伊迪絲．伯思威克用尖銳且沒有抑揚的聲調說，「我小時候大概六歲時就會彈鋼琴且喜歡畫畫，我很害羞所以媽媽送我到聖路易桑玳克女子學校讀書，我是裡面最年輕的一個，但沒關係，我爸爸幫我安排好了，因爲他是董事會的委員，起初我不喜歡這樣，但後來我就愛上這一切了，同學們都很乖很有錢，有些成了我一生的好朋友，還有……」

史托納在她開始講話時回過頭來，他感到十分訝異，只是沒有表露在臉上。

她的眼睛凝視前方，臉上毫無表情，開合的雙唇彷彿在閱讀一本隱形的書，卻不理解其內容。他緩慢地走到她身邊坐了下來，但她似乎沒有察覺到，眼睛仍凝視前方，繼續告訴他關於她的過去，彷彿這是出自他的要求。他想要叫她停下來，安慰她、撫摸她，但他沒有動作，也沒有說話。

她繼續說著。過了一會兒，他開始傾聽她所說的話。多年之後，他會發現，除了那個十二月的晚上他們第一次長時間在一起的一個半小時之外，她再也沒有向他說過更多關於她自己的事了。在她說完了之後，他才感覺到他們是陌生人，儘管那種陌生感並不是他認為他後來所體驗到的。他知道他已在戀愛了。

伊迪絲·伊萊恩·伯思威克可能沒注意到那天晚上她對威廉·史托納說了什麼；就算她有注意到，她也不會了解其重要性。但史托納了解她所說的，而且他永遠不會忘記，他所聽到的是一種告白，他認為他所聽到並理解的，是伊迪絲的求援。

在他更了解她之後，他更加了解她的童年。他了解她的童年是那個時代和環境下的標準形式。她能接受教育的前提是她得以被保護，使人生中醜惡的事件不會干擾她的生命；她能接受教育的前提，是除了當一個優雅的、成功的、被保護的飾品之外，她再沒有其他的任務了，因爲她屬於一個視保護爲神聖任務的社經階層。她上私立女子學校，學習閱讀、寫作，及簡單的算術；在她的休閒時間，她被鼓勵去做女紅、彈鋼琴、畫水彩畫，及談論某些較爲溫和的文學作品。她也被灌輸一些有關穿著、儀態、淑女用語，以及道德等的知識。

她的道德教育，不論是在學校學的或是在家裡教的，都是負面表列的思考方式，立意在於禁止，而且幾乎都是和性有關的。然而，性慾一環是間接習得的，而且是不被認可的，因此它充斥在她不同層面的教育裡，其能量大部分來自隱性的、沒說出口的道德力量。她瞭解在未來她對丈夫有一份責任，而且她必須要完成它。

她擁有一段過度拘謹的童年，甚至連最平凡的家庭生活也不例外。她父母以一種帶著隔閡的殷勤對待彼此，她從未見過他們之間有憤怒或愛這種自然的情緒波動。憤怒等於好幾天客氣的沉默，愛則是彼此一句合乎禮儀的情話。她是獨生女，寂寞是她最早的生命情調之一。

因此伴隨她成長的是對上流社會時髦技藝的皮毛知識，但對日常生活必須的技能卻一無所知。她的刺繡十分精巧但無實用價值，她會用水彩渲染出霧茫茫的風景畫，她彈鋼琴的指法精準卻有氣無力。她對自身的身體機能不甚了解，她一生中沒有一天獨自照顧過自己，也從來沒有想過有一天有可能要對另外一個人的幸福負責。她生活的步調像一種低沉的蟲鳴聲，一成不變，每天被母親看管著。小時候在她畫畫或彈琴時母親會花數小時呆坐在那裡看她，好像兩個人除此之外沒什麼事可做。

十三歲那年伊迪絲渡過一般少女在性徵上的轉變，同時她的體型也發生了不尋常的改變。在短短的幾個月中，她長高了幾乎一呎，使得她的身高與一般成年男人差不多。她一直無法面對難看的身材和使她尷尬的性別特徵，這更加強了她羞怯的個性。她在學校與同學疏遠，在家裡沒有傾訴的對象，越來越向內心裡鑽。

威廉·史托納現在已闖進這塊私密的領域。一些伊迪絲從未料想過的、屬於她本能的力量，使她把幾乎已經踏出大門的史托納喚了回來，使她拼命地以極快的速度說話。這是她從未講過，而且再也沒有講過的話。

緊接著的兩個星期，他們幾乎每天晚上都會見面。他們一起去大學新成立的音樂系贊助演出的音樂會；在不太寒冷的晚上他們會在哥倫比亞的街上嚴肅地漫步；不過大多數時間他們會逗留在達利夫人的客廳裡。他們有時聊天，有時候伊迪絲會爲史托納彈奏一曲，史托納會聆聽，並看著她了無生氣的手指在琴鍵上跳動。自從他們在第一個晚上見面後，他們的談話內容奇怪地轉變成與彼此無關的主題，他沒有辦法把她從保護區裡帶出來，經過好幾次讓她感到難堪的時刻之後，他放棄了。然而他們之間有某種安逸自在的氣氛，讓他以爲彼此有了默契。在她要回聖路易前的那個星期，他對她表白愛慕之意，並向她求婚。

雖然他並不眞的知道她會如何對待他的表白與求婚，但她的泰然自若讓他感到訝異。在他做了表示之後，她以一種愼重卻非常大膽的眼神注視了他很久。這讓他想起那個晚上他提出探望她的要求後，寒風中她在大門前回頭看他的場景。後來她垂下眼睛，臉上露出的驚訝讓他難以置信。她說她從不當他是結婚對象，也從未如此想像過，她不知道。

「妳肯定知道我愛妳，」他說，「我不知道如何隱藏起來。」

她帶著點憤怒的語氣說，「我不知道，我一點都不知道。」

「那我必須再次告訴妳，」他語帶溫柔地說，「妳必須要習慣，我愛妳，我不能想像生活中沒有妳。」

她彷彿充滿惶惑地搖頭，聲音微弱地說，「我到歐洲的旅行……艾瑪姨媽。」

他忍不出笑了出來，充滿強烈信心地說，「啊，歐洲，我會帶妳去歐洲，有一天我們會一起去歐洲。」

她後退了兩步，指尖按著額頭，「你要給我時間想想，我要和媽媽和爸爸談過後才可以開始考慮……」

這就是她所能夠承諾的。她表示在她回去聖路易之前的這幾天不會再與他見面，而且她會在和父母談過，並且把一切在心裡安排好後，再寫信給他。那天晚上他離開之前彎身要吻她；她把頭轉開，面頰輕擦過他的嘴唇。她緊緊握了一下他的手，把他送出大門口，再沒有看他一眼。

十天後他收到她的來信。那是一封以十分正式的口吻寫成的短箋，並未提到他們兩人之間發生過的事，只是說她希望他能與她的父母會面，而且大家都十分期盼在他來到聖路易時能見見他，有可能的話最好是下個週末。

就像他所預料的，伊迪絲的父母以一種冷漠的形式主義來對待他，並徹底摧毀任何他能感到自在的可能性。伯思威克夫人每問他一個問題，都會在他的答案後面回應一個拉長語氣的「是」，充滿著懷疑的口吻，並用好奇的眼光看著他，彷彿他的臉上沾了污跡，或是鼻子在流血。她像伊迪絲一樣身材高瘦，起初史托納還毫無預期地被兩人的母女臉嚇一跳。伯思威克夫人的臉部多肉，看來昏昏欲睡沒有力氣，談不上清秀，且深深地印著某種習慣性的不滿。

賀拉司・伯思威克身材也很高大，體重相當驚人，幾乎可說是肥胖。他近乎光禿的頭上只有一縷白髮盤繞著，下顎懸著好幾層的下巴。他對史托納說話時目光會直接越過他的頭頂，好像看到史托納身後有東西出現，而當史托納回應他的問題時，他粗壯的手指會在西裝背心門襟的滾邊上輕敲著。

伊迪絲以對待一般訪客的態度和史托納打招呼，隨即漫不經心地走開，忙著一些瑣碎的小差事。史托納的眼睛追隨著她，但無法讓她看他一眼。

這是一間史托納待過最大最高貴的房子。房子內的房間樓面很高很幽暗，裡面放滿了不同大小形狀的花瓶、大理石鑲面的桌子、五斗櫃和箱子上沉沉發亮的銀器，還有花毯覆蓋的精巧家具。他們緩慢地穿越好幾個房間到達一間寬敞的會客室。伯思威克低聲告訴史托納他們習慣坐在那裡與朋友閒聊。史托納坐在一張單薄的椅子上，在身子的壓力下椅子似在搖動，因此他不敢挪動身體。

伊迪絲消失不見，史托納幾乎瘋狂地環顧四周找尋她。但是她差不多兩個小時後才回到會客室，那時史托納已經與她的父母「談話」完畢。

那場「談話」是間接的、暗示的，緩慢而且被多次冗長的沉默所干擾。賀拉司．伯思威克在距離史托納頭頂幾吋高的地方對自己的生平做了簡短的演說。史托納因而知道伯思威克來自波士頓，父親晚年因一連串魯莽的投資使自己經營的銀行倒閉，毀了自己在新英格蘭的志業和兒子的前途，（「被壞朋友出賣，」伯思威克對著天花板宣稱。）因此這位兒子在內戰後不久來到密蘇里，準備要向西發展，但他走得再遠也從沒有超過他偶爾出差的地點堪薩斯市。他在聖路易一家小銀行找到第一份工作後便沒有離職，心中謹記著父親的失敗，或該說被出賣。年近四十，他在銀行穩穩地佔了副董事長的閒缺後，便與當地一戶好人家的女兒結婚，並生了一孩子。他想要的是兒子，不是女兒，這是他毫不避諱寫在臉上的另一項失望。就像很多男人一樣，他認爲他的成功並不圓滿，他有一種不尋常的虛榮感，對自己的重要性極度著迷。他每到十至十五分鐘會從背心的口袋裡掏出一隻金錶，看一看，然後點點頭。

伯思威克夫人比較少開口說話，也較少直接談及自己，但史托納很快就對她有所了解。她屬於典型的南方女性，在有著優良傳統卻家道中落的環境裡成長，總是推定家庭素質不符生活環境所需。在這種生活下她期待著情況會有所改善，卻又無法明確說出要改善什麼。她帶著一種習慣性的不滿與賀拉司·伯思威克結婚，讓不滿成爲她的一部分。她滲透各層面的不滿與痛苦年復一年地增加，已經沒有任何解藥可以舒緩了。她的聲線尖細，發出的所有聲音都帶著絕望的調子。

到他們開門見山提及那次會面的主題時，已經接近黃昏了。

他們告訴他伊迪絲是他們的寶貝、他們多麼關心她未來的幸福，以及伊迪絲的諸多優點。史托納尷尬地坐著，深以爲苦，企圖要做一些他希望是合適的回應。

「她是十分優秀的女孩，多麼地善解人意，」伯思威克夫人以她一貫的痛苦神情說，臉上的皺紋刻得更深，「沒有任何男人……沒有任何人能完全了解那種……那那種……嬌貴。」

「對，」賀拉司．伯思威克簡要地說。接著便開始詢問所謂的史托納的「前途」。史托納盡其所能地回答；他從未想過他的「前途」，並對自己的前途原來是如此微不足道而感到訝異。

伯思威克說，「那就是說你除了你的職業外，並無任何……資產？」

「沒有，先生，」史托納說。

伯思威克搖頭表示不悅，「你知道……伊迪絲有一些優勢，一個好的家庭、僕人、唸好的學校。我懷疑……我恐怕，以你的……唉，條件，會無可避免地……」他的聲音慢慢消失。

史托納感到一陣噁心，以及憤怒。他隔了一陣子才開始回答，他盡力讓自己的聲音顯得單調無表情。

「先生，我必須告訴你我從來沒有考慮過物質上的事，伊迪絲的幸福當然是我的……如果你認定伊迪絲不會幸福，那我必須……」史托納頓了下來，一時語塞。他想告訴伊迪絲的父親他對她的愛、肯定兩人在一起會幸福，以及他們將要過的生活。但他瞥見賀拉司．伯思威克臉上的憂慮、失望，和類似恐懼的表情，便驚訝地說不出話來。

「不，」賀拉司．伯思威克趕緊接著說，收起臉上的表情。「你誤會我了，我只是想把一些未來可能出現的……困難……攤開來講。我肯定你們年輕人已經談過這些問題，我也肯定你有你的想法，我尊重你的判斷，而且……」

事情就這樣決定了。伯思威克夫人再說了幾句話後，便開始感到好奇她的女兒這段時間到哪裡去了。她用她尖細的聲音呼喚她的名字，而伊迪絲很快就進來了。她沒有看史托納。

賀拉司．伯思威克告訴伊迪絲他與她的「年輕伙子」談得很愉快，並祝福他們。伊迪絲點點頭。

「好，」她媽媽說，「我們必須計劃一下，春天結婚，或許六月。」

「不，」伊迪絲說。

「怎麼了，寶貝？」她母親爽朗地問。

「要的話，」伊迪絲說，「我想要趕快進行。」

「年輕人沒耐性，」伯思威克清了清喉嚨說。「不過你媽媽說的對，寶貝，我們需要計劃一下，那需要時間。」

「不要，」伊迪絲再強調，她堅定的語氣引起大家的注視，「一定要快。」

會客室中一陣沉默後，他爸爸以出奇溫柔的語氣說，「很好，寶貝，就按你的意思吧，你們年輕人自己去計劃。」

伊迪絲點頭溜出會客室，嘴裡嘀咕著一項她要去進行的事。史托納再次看到她時已經是晚餐的時候，他們在賀拉司·伯思威克主導的一片寂靜中渡過。晚餐後伊迪絲爲大家彈鋼琴，但指法很僵硬，而且彈得很糟，也彈錯了不少地方。她便宣稱她感到不舒服，回到自己的房間去。

當夜在客房裡，威廉·史托納難以入眠。他凝視著黑暗，沉思著今天在他生命中出現的奇異經驗，並首次懷疑他的決定是否明智。他想到伊迪絲，才再次感到有點放心。他以爲每個男人都會像他一樣忽然間感到不確定、抱持一樣的懷疑。

第二天早上因爲他要搭早班車回哥倫比亞，早餐後他剩下的時間不多。他想雇一部手推車到火車站，但伯思威克先生堅持要讓他的僕人用馬車載他。伊迪絲答應幾天內會寫信給他談結婚計劃。史托納向伯思威克夫婦道謝並告辭，兩人陪他和伊迪絲走出門。史托納差不多到達大門時，聽到背後響起急促的腳步聲，他回頭看見伊迪絲。她高挑的身軀僵立著，臉色蒼白，直直看著史托納。

「威廉，我會努力當你稱職的妻子的，」她說，「我會努力的。」

這是他來到這裡後第一次聽到有人喊他的名字。

Chapter

IV

爲了一些她不願明說的理由，伊迪絲不想在聖路易結婚，所以婚禮就在哥倫比亞的艾瑪．達利寬敞的客廳舉行，那裡是兩人第一次見面時待了好幾個小時的地方。婚禮在二月的第一週舉行，剛好是學期結束後一段停課的日子。伯思威克夫婦從聖路易前來，從未與伊迪絲碰過面的威廉的父母則從農莊坐板車，在婚禮前一天的星期六下午到達。

史托納想要把他們安置在旅館裡，但他們情願住在富特家，儘管自從威廉不再在他們家打工後他們已經變得冷淡疏遠。

「我們住不慣旅館，」他爸爸認眞地說，「而且富特他們答應讓我們住一晚。」

那天晚上他租了一輛雙輪馬車載他們到鎭上艾瑪．達利家，好讓他們看看伊迪絲。

達利夫人到門口等他們，尷尬地匆匆瞥了威廉的父母一眼，請他們到會客室裡。他的父母小心翼翼地坐下，彷彿新的硬挺衣服讓他們不敢移動。

「我不知道伊迪絲在忙些什麼呢，」達利夫人咕噥了幾句，「我失陪一下。」

便離開了會客室去找她的外甥女。

過了很長一段時間，伊迪絲從樓上下來，不情願地緩步進入會客室，輕蔑的神情裡帶著幾分驚慌。

他們站了起來，好一陣子四人尷尬地站著，不知道該說些什麼。後來伊迪絲僵直著身子趨前先後與威廉的媽媽和他的爸爸握手。

「您好，」他爸爸以莊重的口吻說，把她的手鬆開，彷彿擔心它會被捏碎。

伊迪絲匆匆看了他一眼，想微笑，卻又收回去，「坐下，」她說，「請坐下。」他們坐下來。威廉說了一些話。他的聲音聽起來有點緊張。

在一陣沉默中，威廉的媽媽靜靜地、驚嘆地，彷彿把心中所想的大聲說了出來，「天啊，她眞是一個美人，不是嗎？」

威廉笑了一下，溫柔地說，「是呀，媽媽，她眞的很漂亮。」

之後，雖然他們的眼神會在彼此交會後，轉而注視會客室中較遠的角落，不過彼此的對話變得比較自然。伊迪絲發出低沉的聲音說她很高興與他們會面，也很抱歉之前沒有去見他們。

「等我們安定下來……」她頓了一下，威廉不知道她是否要繼續說下去，「我們安定下來後你們可以來看我們。」

「謝謝您，」他媽媽說。

他們的談話延續著，只是中間夾了不少冗長的沉默。很明顯地伊迪絲越來越焦慮，有一、兩次沒有回應別人的問題。威廉站起來後，他媽媽也站了起來，也顯出焦慮的神情。但他爸爸仍坐著，直視著伊迪絲，很長一段時間眼睛停留在她身上。

他最後說，「威廉一直是個好孩子，我很高興他娶得一位好妻子，一個男人需要一個妻子，可以幫忙他，給他舒適的生活，妳要對他好，他需要有人對他好。」

一種因驚訝而起的反射作用讓伊迪絲的頭微向後仰，睜大了眼睛，威廉以爲她生氣了，但她不是生氣。威廉的爸爸與伊迪絲對看了很久，視線沒有絲毫動搖。

「我會努力的，史托納先生，」伊迪絲說，「我會努力的。」

然後他爸爸站了起來，笨拙地鞠了個躬，「有點晚了，我們先回去了。」他和身邊長得不怎麼好看、黝黑又矮小的妻子往門外走去，留下伊迪絲和兒子兩人。

伊迪絲沒有與他說話。但是當他轉身說晚安時，威廉發現淚水在她的眼眶裡打轉。他彎身吻她，感覺到她纖細的手指在他的手臂上施加微弱的力量。

二月午後清澈明朗而寒冷的陽光斜斜射入達利夫人房子正面的窗戶後，被大客廳裡來回走動的人影截斷。他的父母彆扭地站在一角，伯思威克夫婦一小時前才坐早班車到達，站在威廉父母旁邊，但沒有理會他們。歌頓·芬治沉重的身軀焦急地四處移動，似乎正主導著某些事情。客廳中有幾個史托納不認識的人，是伊迪絲或是她父母的朋友。他聽到自己和身邊的人說話、感覺自己在微笑、聽到一些彷彿隔著多層厚重織物傳來的諳啞聲音。

歌頓·芬治身穿黑色西裝站在他身旁，臉上的汗水閃亮，焦慮地咧嘴而笑，「準備好了嗎，比爾？」

史托納感覺到自己在點頭。

芬治說，「在劫難逃的人要提出最後要求嗎？」

史托納微笑搖頭。

芬治拍拍他的肩膀，「緊跟著我，聽我的指令，一切都在掌握中，再幾分鐘伊迪絲就要下來了。」

他不知道當一切結束後他是否還會記得這些，一切都很模糊，他的視線彷彿透過一層薄霧。他聽到自己問芬治，「牧師呢？——我沒看到，他在嗎？」

芬治笑了起來，搖著頭說了一些話。然後一陣低語聲在客廳中響起，伊迪絲從樓梯上走下來。

穿著白色禮服的伊迪絲好像是一道冷光射進客廳來。史托納不由自主地走向她，只感到芬治的手在他的手臂上用力，把他制止住。伊迪絲臉色蒼白，但是仍對他微微地笑。之後她站在他身旁，兩人齊步前進。一位身材矮胖，五官模糊，穿著圓領襯衫的陌生人站在他們前面，對著手上一本白色的本子喃喃自語。威廉聽到自己對著寂靜回話，並感到伊迪絲在他身旁顫抖。

緊隨著的是一段頗長的寂靜，然後是一陣低語聲，再來是笑聲。有人說，「親吻新娘！」他感覺自己轉動了頭部。芬治對他咧齒而笑。他低頭向伊迪絲微笑，感到一陣暈眩。他吻了她，她的嘴唇和他的一樣乾。

他感到他的手像泵浦一樣被擠壓，人們歡笑著拍他的背，整個房間裡的人都在轉動，新的客人從門外進來。似乎有一個裝滿水果酒的巨型雕花玻璃碗出現在客廳末端的一個大桌子上，還有一個蛋糕。有人把他和伊迪絲的手湊在一起，有一把刀；他知道他要引領著她的手切蛋糕。

之後他與伊迪絲被分開，他已無法在人群中看到她。他說話、歡笑、點頭，並環顧四周看看能否找尋到伊迪絲。他看到他父母仍杵在房間的同一個角落裡，她母親在微笑，父親的手彆扭地擱在她的肩膀上，他想靠近他們，但無法擺脫那些要跟他講話的人。

後來他看到了伊迪絲，她正在跟她爸爸、媽媽和姨媽在一起。她爸爸雙眼梭巡整個客廳，眉頭略皺，似乎顯得不耐煩；她母親在哭泣，泛紅的雙眼自顴骨以上腫了起來，嘴巴抿著，兩邊嘴角下彎，像一個小孩。達利夫人和伊迪絲在她兩旁，彼此手臂扣著。達利夫人對她說話，語速很快，好像企圖要解釋什麼。雖然隔了一段距離，威廉仍看得出伊迪絲沉默不語，她的臉龐像一副面具，蒼白而無表情。不一會，他們把伯思威克夫人帶離了客廳。直到茶會結束，歌頓・芬治在他耳邊說了些話，然後把他從一個通往小花園的側門推出去後，他才再次看到伊迪絲。她在那裡等著，爲了要保暖而包得緊緊的，衣領翻了起來，讓威廉看不到她的臉部。歌頓・芬治笑著說了一些威廉聽不懂的話，推著他們沿著小徑走到街上，上了一輛正在等著的四輪馬車，前往火車站。直到他們上了前往聖路易的火車準備歡渡未來一週的蜜月，他才明白一切已經結束，而他身邊是一位妻子。

他們隨之進入新婚的懵懂階段，但是他們的懵懂相較於一般人有極大差異。他們兩人皆是處子之身，也自覺經驗不足；對在農莊長大的威廉而言，生命不同階段的流程只讓他覺得稀鬆平常，然而對伊迪絲來說，這卻是一個極大的迷團，而且令她難以想像。她一竅不通，且心中有一股力量使她不願意了解。

因此，就像很多夫妻一樣，他們的蜜月是一場失敗；但是他們不會承認這場失敗，直到很久以後，他們才了解這次失敗的重要性。

他們在星期日的深夜到達聖路易。在火車上他們被身旁好奇的或羨慕的陌生人團團圍著，伊迪絲顯得容光煥發，幾乎可說是無憂無慮。他們歡笑著，手牽著手，談論未來的日子。到了城裡，在威廉叫了一輛馬車載他們到飯店後，伊迪絲的興致已差不多到達歇斯底里的地步。

國賓飯店雄偉的大門是由棕色人工切割的石塊砌成。伊迪絲仍然笑著，威廉幾乎抱著她穿過大門，進入那個像密室般幽暗、冷清、沉重的大廳。伊迪絲當下安靜下來，身子靠著威廉，搖晃著緩步走向大廳另一端的接待處。到進入房間後，她已經覺得十分不舒服了，全身發抖像得了熱病，發紫的嘴唇與她白得像粉筆的皮膚呈現強烈對比。威廉想找醫生，伊迪絲卻堅持說她只是疲累，需要休息。他們神情凝重地談及這繃緊的一天，伊迪絲暗示那件一直不時地困擾著她的事。她沒有直視威廉，用平淡的語調喃喃自語地說她希望他們有個完美的新婚夜。

威廉立即回答說，「已經很完美了，以後也會一樣完美。妳必須休息，我們的婚姻明天才開始。」

就像他聽聞過或是取笑過的新婚丈夫一樣，他的新婚夜沒有與妻子同床，他修長的身體僵硬地蜷曲在沙發椅上，睜著雙眼等著漫漫長夜過去。

他們的套房在飯店的十樓，俯瞰整個城市，由伊迪絲的父母安排及付費，作爲他們的結婚禮物。他一大早就起來，溫柔地喚醒伊迪絲。幾分鐘後，她從臥房出來，雙手給睡袍的飾帶打了個結，睡眼惺忪地打著哈欠，稍稍地微笑了一下。威廉的喉嚨緊緊地揪著，感到他對她的愛。他牽起她的手，站在客廳的窗前往下看。汽車、行人、馬車在他們腳下窄長的街上爬行，讓他們感到遠離塵世及種種欲求。在一棟棟方形紅磚大廈之外的遠方，密西西比河上淡灰綠色的河水在晨光中蜿蜒。在彎曲的河道上像玩具般來往移動的內河船隻和拖船，從煙囪噴出大量的蒸汽把冬日的冷空氣染得灰白。威廉心中的平靜感油然而生，他緊緊地環抱著妻子，兩人俯視一個似乎充滿希望並靜待他們探索的世界。

他們很早就用完早餐。伊迪絲神清氣爽，看來已經從前一晚的小病恢復過來，再次顯得十分快活。她以親暱及溫暖的眼神看著威廉，使他以爲這是感激與愛的表現。他們沒有再提前一天晚上的事，伊迪絲不時看著她的新戒指，在手指上轉動著調整它的位置。

他們包得緊緊地在寒冷的聖路易街上走著，身邊的行人慢慢地多起來。他們瞧瞧櫥窗裡的商品，談談未來，並嚴肅地思考如何實現。威廉開始拾回他在開始追求這位已經成爲他妻子的女士時所展現的那種自在及能言善道的本事。伊迪絲依偎著他的手臂，史無前例地注意著他所說的一切。十點左右他們在一間小巧溫暖的店裡喝咖啡，注視著窗外寒冷天氣中匆匆而過的行人。他們叫了一輛馬車到藝術博物館，館內兩人臂挽著臂穿越挑高的陳列室，穿越從油畫反射回來鮮豔奪目的光彩。在那安寧裡、在那溫暖裡、在那油畫和雕像形成超越時代的氛圍裡，威廉・史托納對著走在他身旁高挑纖細的女人，心頭湧起一陣愛慕之意，內在暗暗地一股激情升起，溫暖的、感官的，就如同從牆壁上反射出來的色彩一般。

他們傍晚離開博物館時已經陰雲密佈，開始下起微雨，但威廉・史托納身上仍縈繞著博物館內醞釀起來的暖意。入黑後不久，他們回到飯店，伊迪絲到臥房休息，威廉點了一份輕便的晚餐送到房中，他心血來潮跑到樓下的餐廳點了一瓶香檳，吩咐酒保一小時內把酒冰好再送到樓上來。酒保憂愁地點頭，並告訴他香檳酒不怎麼好。因爲該年的七月將要全國實施禁酒令，此時釀酒已經是不合法，飯店裡各類香檳酒的庫存已經低於五十瓶。酒保說香檳酒要收較高的費用。史托納微笑答應。

雖然在父母家裡某些慶祝的場合中伊迪絲會小喝兩杯，卻從來沒喝過香檳。他們在客廳中的方桌用餐時，她焦慮地偷看冰桶裡古怪的酒瓶。威廉把房間的燈關上，色澤黯淡的銀製燭台上兩根白蠟燭在黑暗中發著光，一高一低。兩人說話時，燭光在他們中間閃爍，勾勒出黑色酒瓶上的平滑弧線，在碎冰上輝耀。兩人都感到焦慮，快樂又顯得拘謹。

他很不熟練地把香檳瓶蓋推開，伊迪絲被爆裂聲嚇得跳起來。從瓶口噴出的白色泡沫濕透了他的手，也因他的笨拙兩人笑起來。他們喝了一杯後，伊迪絲便裝作有點微醺。他們又再喝一杯，威廉覺得她看起來全身倦怠，臉部平靜下來，眼神因憂慮而變得深沉。他站起來繞過小餐桌走到她的身後，把雙手放在她的肩上，驚覺到她嬌嫩的肌膚上自己粗重的手指。在他的觸摸下她的身體顯得僵硬，他雙手溫柔地移動到她纖細的頸部兩邊，再觸及她細細柔軟的紅褐色髮絲，僵硬的脖子上青筋猛烈地震顫。他雙手抱著她的手臂輕柔地往上提，使她從椅子站了起來，並把她轉向自己。她燭光下淺藍的、近乎透明的雙眼睜得大大，毫無表情地看著他。他感到一陣疏離的親密感，並對她的無助感到憐憫，喉頭積聚的慾望讓他無法說話。他輕輕把她推向臥房，感到她身體掠過一陣迅速而強烈的抗拒，但同時又感到這種抗拒被某種意志力壓抑下來。

他讓漆黑臥房的門維持敞開，房外的燭光微弱地閃爍著。他輕聲細語彷彿要給她安慰並消除她的疑慮，但是他的話悶在嘴巴裡，連自己也聽不清楚。他把手按在她身上，摸索著想解開她的衣扣，她無情地把他推開，在黑暗中可以看到她閉著雙眼，嘴唇繃緊。她轉身背對威廉，快速地鬆開她的裙子，任其卸到腳下。她的雙臂和肩膀袒露，彷彿因寒冷而顫抖，她以平淡的語氣說，「你先到外面，我一下子就好。」他撫摸她的手臂，輕吻了她的肩膀，但她沒有轉頭。

在客廳裡他凝望著餐桌上閃爍的燭光，晚餐的杯盤之間是那大半瓶香檳。他倒了一點到杯子裡，啜了一口。酒已經微溫了，有點過甜。

他回到房間時，伊迪絲已經在床上了，被子已拉到下巴的位置。她的臉朝上，閉上眼睛，眉頭微皺，使眉心現出一道折痕。伊迪絲彷彿已經睡著了一般，史托納安靜地褪去衣服，躺到她身旁。他伴著體內的慾望躺了好一陣子，但是這慾望已是無關重要，只屬於他個人。他對伊迪絲說話，彷彿要爲他的慾望找一個港口，她沒有回應。他的手觸及輕薄的睡袍下他渴望已久的身體，在她身上撫摸著，但她一動也不動。他再次在寂靜中喚她的名字，然後笨拙卻溫柔地伏到她身上。當他撫摸她柔滑的大腿時，她猛然把頭轉開，提起手臂蓋著雙眼，之後沒再發出一點聲音。

事後他躺在她身邊，輕聲細語地表達他的愛。她已張開雙眼，凝視著黑暗中的他，木無表情，忽然間她掀開被子直奔浴室。他看見浴室燈光亮起，並聽到她大聲地、痛苦地嘔吐的聲音。他呼喚她的名字，並走到浴室門前。浴室已經鎖上，他再次喚她的名字，卻沒有回應，他回到床上等著。數分鐘的沉寂後，浴室的燈關上，門打開了。伊迪絲從浴室出來，身體僵硬地走回床上。

「是香檳的關係，」她說，「我不應該喝第二杯的。」

她蓋上被子，轉身背對著他。不久，她的呼吸變得平順，已經熟睡了。

Chapter

V

他們比計劃早兩天回到哥倫比亞。煩躁不安，加上因孤立而起的緊張讓他們彷彿活在監牢裡。伊迪絲說他們眞的應該回去哥倫比亞，威廉可以備課，她也可以開始在他們的新公寓裡安定下來。史托納當下答應了，並告訴自己，一旦回到自己的地方，回到熟悉的人群和環境之中，一切都會變得更好。那個下午他們收拾好行李後，傍晚便搭上火車回到哥倫比亞。

在婚前忙亂、模糊的日子裡，史托納在一棟看來像穀倉的屋子裡找到一間位在二樓的公寓，距離大學五個街區之遠。那是一間沒有家俱，採光不良的公寓，一個小臥室、一個小廚房、一個大客廳，客廳的窗戶開在高處。前任房客是一位在大學裡教書的藝術家，不太喜歡整齊乾淨，深色寬條的地板上塗了各種強烈的黃色、藍色和紅色，牆上滿是顏料及髒污。史托納感到這裡既浪漫又寬敞，認爲是這一個開始新生活的好地方。

要伊迪絲搬進這間公寓，就如同要她打敗一個頑強的敵人一般。雖然她不習慣於體力勞動，她還是把地板上及牆上的大部分顏料刮去，洗擦掉她覺得從四方八面滲進來的污垢。她雙手起了水泡、臉部繃緊、眼部浮出黑眼圈。史托納企圖幫忙時，她會緊閉嘴巴搖頭拒絕。他需要時間做研究，她說，並強調那是她的工作。如果他硬要幫忙她，她會變得不高興，感到自己被羞辱。他困惑無助地收手，看著伊迪絲繼續冷冰冰地、笨拙地擦拭著已經發亮的地板和牆壁、縫製窗簾並高低不平地掛到高處的窗戶、修理他們購置的二手家俱，漆完一次又一次。雖然伊迪絲手腳不靈光，卻沉默地、極度狂熱地工作，到下午威廉從大學回到家時，她已經筋疲力盡。她會硬撐著煮晚餐，吃幾口後咕噥幾句，便閃身回到臥房裡，睡得像吃了安眠藥一樣，直到第二天威廉出門上課後才起來。

才一個月，他已知道他的婚姻是一場失敗；不到一年，他已經不再抱有任何改善它的希望。他學會沉默，也不再堅持要付出自己的愛。每當他溫柔地與她說話或撫摸她，她會轉過身，封閉自我，一語不發，緊隨著的是好幾天的堅持，把自己推向一個疲憊的新極限。源於兩人未說出口的保守倔強個性，他們仍是同床共枕；有時候在晚上熟睡中，她無意中碰觸到他，那麼，有時候，他的執著及理性就會被他的慾望摧毀，他就會覆到她身上。假使她從熟睡中被完全喚醒過來，她會全身繃緊僵硬，以熟悉的姿勢把頭別向一邊，埋在枕頭裡，忍受侵犯。這時候，史托納會盡快完事，內心厭惡自己的匆促，也對自己的激情感到後悔。偶爾她因睡得太熟處於半醒的狀態，變得比較順從，在濃濃的睡意中咕噥著，那是抗議抑或是驚訝，他也說不上來。他漸漸地開始期待這種稀有並難以預期的時刻，因為在那種昏睡的寧靜中，他可以假裝她是有反應的。

他也不能跟她談及他認為她是不快樂的。他試圖這樣做的時候，她會視為那是對她的能力或對她這個人的懷疑，她會憂鬱地與他疏離，就如同他跟她做愛時一般。他把這種疏離歸咎於他的笨拙，並認為應該對她的感受負責。

在無所適從下他仍暗暗展現他的果敢。他嘗試用一些小方法來討好她。他買禮物給她，她會冷淡地接受，有時候會溫和地批評這些花費；他會帶她到哥倫比亞郊外的樹林裡散步或野餐，但她很容易感到疲累，有時候身體會不舒服；他會像在追求她時一樣，與她談及他的工作，但是她的反應已流於敷衍，顯得滿不在乎。

最後，雖然他知道她會害羞，但還是盡量溫柔地堅持他們要開始找些樂子。他們會邀請系上的年輕講師或助理教授到家裡喝下午茶，也舉行過幾次小型的晚餐派對。伊迪絲並未表示她喜歡或不喜歡這些活動，但她總是十分狂熱與著迷地做事前準備，以致客人到達後，她已因為太過緊張和疲累而進入半歇斯底里狀態，雖然除了威廉之外沒有人看得出來。

她是稱職的女主人。她與客人談話時所展現的精力及自在的態度，在威廉的眼中似是一個陌生人，而她在客人面前與威廉的親密與愛憐，常使他感到訝異。她叫他小威，讓他感到一陣莫名的感動，而有時候她會把她的纖手擱在他的肩膀上。

但是當客人離開後，她便收起虛假的外表，展露她內在的破敗。她把客人講得十分難聽，誇大地想像別人會對她羞辱或忽視，靜靜地拼命細數她認為自己不可被原諒的缺失。在客人走後的杯盤狼藉中她呆坐著沉思默想，不理會威廉的叫喚，只是簡短地、精神恍惚地回應，語調單調平淡。

她只有一次在客人面前卸下虛假的外表。

他們婚後幾個月，歌頓．芬治與一位他從軍時派駐紐約期間偶有來往的女孩訂了婚，女孩的父母也是哥倫比亞當地人。芬治的院長助理一職已獲得解除，而且大家都知道約西亞．克萊蒙死後，他是接任院長的首選之一。史托納邀請他和他的未婚妻到家裡晚餐，以慶祝他就任新職及宣佈訂婚的消息，雖然稍嫌太遲。

那是五月底的一個溫暖日子，他們在入黑前開著一輛黑得發亮的雙門旅行車到達，引擎發出幾陣響聲後芬治才熟練地把車子停在史托納的房子前面。他按了幾下喇叭，並歡樂地揮著手，直到威廉和伊迪絲從二樓走下來。芬治身旁坐著一位身材矮小，皮膚黝黑，有一張圓圓笑臉的女孩。

芬治介紹卡羅蓮．溫蓋特給他們認識，四人寒暄了一下，芬治便忙著扶卡羅蓮下車。

「覺得車子如何？」芬治用拳頭重重敲了幾下擋泥板，「漂亮吧，是卡羅蓮爸爸的，我也想要買一部一樣的，那麼……」他的聲音漸漸減弱，眼睛瞇成一線，冷冷地若有所思地打量著車子，彷彿那就是未來。

然後他變得愉快起來，也恢復他的幽默感，假裝神秘兮兮把食指放在唇上，賊頭賊腦地四周瞄了一下，從車子前座拎出一個褐色大紙袋，低聲說，「私酒，剛下船的，朋友啊，掩護我，或許我們可以把它帶到屋子裡。」

晚餐時一切都很順利。在史托納眼中芬治比幾年前親切友善多了，他想起那些星期五課後他和芬治和大衛．馬斯達三人喝啤酒聊天的日子。他的未婚妻卡羅蓮很少說話，當芬治說了笑話跟她擠眉弄眼時，她會開心地笑。史托納知道芬治是眞誠地喜歡這位黝黑的美麗女孩，而這位女孩的沉默是出自她對芬治強烈的愛，這讓史托納感到一陣帶著嫉妒的震驚。

連伊迪絲也稍微放鬆了緊張的情緒，暫時擱下了拘謹，愉快地笑著，笑聲也顯得很自然。芬治頑皮地搞笑，在某種程度上與伊迪絲變得熟稔，而史托納也了解，這種熟稔程度是他身爲她的丈夫卻也永遠達不到的，今天似乎是伊迪絲數月來最快樂的一天。

飯後芬治從冰箱取出褐色的紙袋，從裡面拿出幾個深咖啡色的瓶子。這是他在單身宿舍的衣櫥裡高度秘密而且十分講究地私釀的啤酒。

「根本沒地方放衣服了，但是一個男人必須保有他的價值觀。」

芬治白皙的皮膚及頭頂上日漸稀疏的金髮反射出亮光，小心翼翼地，細瞇著眼睛，像煉丹師測量稀有物質一般，把啤酒從瓶子倒入玻璃杯裡。

「必須要很小心，」他說，「瓶底有很多沉渣，倒太快會把它倒到杯子裡。」

他們各喝了一杯，對芬治的美酒大肆恭維。芬治的酒的確是出奇地好，不甜而且酒精濃度不高，色澤也漂亮。伊迪絲喝完一杯後甚至又喝了第二杯。

大家開始有點微醺，茫然地、傷感地笑著，看到彼此的另一面向。

史托納向天花板的燈光舉杯，「不知道大衛會覺得這杯啤酒如何。」

「大衛？」芬治問。

「大衛．馬斯達。還記得他多愛喝啤酒嗎？」

「大衛．馬斯達，」芬治說，「我的大衛老兄呀，眞他媽的可惜。」

「馬斯達，」伊迪絲帶著醉意微笑說，「是你那位在打仗時死去的朋友嗎？」

「是，」史托納說，「就是他。」積存已久的悲傷湧上心頭，但他還是對伊迪絲微笑。

「大衛老兄呀！」芬治說。「伊迪絲，你的先生和我和大衛曾經是死黨，當然是他認識你之前囉，大衛老兄呀！」

他們想起了大衛．馬斯達，會心一笑。

「他是你們的好朋友？」伊迪絲問。

「他是我們的好朋友，」史托納點頭。

「沙托特裡，」芬治把酒乾了，「戰爭眞是地獄呀。」他搖搖頭，「他老兄，他可能正在某處笑我們吶，他不會對自己感到遺憾的。我懷疑他有沒有眞正看過法國。」

「不知道，」史托納說，「他才到那裡一下子就死了。」

「如果他沒有看過法國就可惜了，我一直認爲那是他參戰的主要理由，看看歐洲。」

「歐洲，」伊迪絲很明確地說。

「是呀，」芬治說，「大衛老兄要的不多，但他的確想在死之前看看歐洲。」

「我曾經也打算去歐洲的，」伊迪絲微笑著說，雙眼無助地閃爍。「記得嗎小威？結婚前我正要和艾瑪姨媽去歐洲，你記得嗎？」

「我記得，」史托納說。

伊迪絲笑得有點刺耳，看似一臉困惑地搔著頭，「好像是很久以前的事了，但不是，是多久以前呀，小威。」

「伊迪絲——」史托納說。

「我看看，本來是四月要去。然後是一年。現在是五月。我本來……」忽然間她眼中盈滿淚水，儘管她還是挺著僵硬的燦爛笑容。「再也去不了了，我猜。艾瑪姨媽很快就會死了，我再沒有機會……」

她隨之哭泣起來，僵硬的嘴角上雖還有些微笑意，雙眼的淚水卻已潰堤。史托納和芬治站了起來。

「伊迪絲，」史托納無助地喚她的名字。

「啊，不要管我。」她的身體以一種奇怪的扭動姿勢站了起來，面對著他們，眼睛緊閉，雙手在身體兩側捏起拳頭。「你們所有的人！別管我！」她轉身跌跌撞撞地走進臥房，砰地把門摔上。

好一陣子大家說不出話，聽著伊迪絲低沉的啜泣聲，後來史托納說，「你們要原諒她，她太累了，而且不舒服，壓力……」

「一定一定，我了解，比爾。」芬治空洞地笑了起來。「女人嘛。我想我自己很快也會習慣的。」他看了卡羅蓮一眼，又笑起來，但聲音放輕了。「好吧，現在不打擾伊迪絲了，代我們謝謝她，告訴她菜色很好，等我們安定下來後你們再來我家。」

「謝謝，歌頓，」史托納說，「我會轉告她的。」

「不用擔心，」芬治說，隨手搥了史托納的手臂一下，「這很平常。」

歌頓和卡羅蓮出門後，新車引擎聲響起，轟隆而去，沒入黑夜。史托納站在客廳中央，聽著伊迪絲單調卻有規律的啜泣聲。那是一種枯燥且沒有夾雜任何情緒的聲音，延續著彷彿不會停止。他想安慰她，他想撫慰她，但不知道該說什麼。所以他站在房門外聽著，過了一陣子，他才發現他是第一次聽到伊迪絲哭。

自從那個與歌頓．芬治及卡羅蓮．溫蓋特災難性的聚會後，伊迪絲似乎已經認命了，比婚後任何一刻都來得平靜。但是她不想讓任何人進入她的世界，也不願意離開自己的公寓。大部分的生活所需，都是由史托納按照伊迪絲寫在一小張一小張的藍色便條紙上的品項完成購買。她在獨處時是最快樂的；她可以連好幾個小時都坐著做針黹或繡桌布及餐巾，嘴唇彎出深沉內斂的微笑。她的姨媽艾瑪·達利更頻繁地到家裡來探視她。當下午威廉從大學回來時，往往會看到兩人在一起喝茶聊天，但聲音細得像在耳語一般。兩人會禮貌地向他打招呼，其實史托納明白她們心中會因他回家而感到掃興；達利夫人通常在他回家後幾分鐘內便會離開。他學會如何對伊迪絲構築的世界不予干涉並加以尊重。

一九二〇年的夏天伊迪絲到聖路易探親，他則回家一週探視父母，他自從婚後就沒有看過他們了。

他在田裡工作了一、兩天，幫助他父親與黑人農工，然而他腳下的濕暖土塊及鼻中嗅到的新翻土味並未在他心中喚起回家或甚至是熟悉的感覺。他回到哥倫比亞渡過餘下的暑假，爲他下學年要教的一門新課程做準備。他每天都把大部分時間花在圖書館裡，有時候要到深夜，才穿越流動在溫熱的夜空裡濃郁的忍冬花香，及黑暗中像鬼魅般索索地轉動的山茱萸上嬌嫩的葉子，回到公寓，回到伊迪絲身邊。過度專注於模糊不清的文本讓他雙眼發紅，頭腦漲滿他所閱讀過的材料，而指頭也因翻動古籍的皮革、紙張和硬板書皮而變得麻木無感，但是他敞開了一個讓他能短暫獲得滿足的世界。

系務會議中出現了一些新臉孔，那些以往熟悉的反而沒有來。自大戰以來史托納觀察到阿契．史隆日漸衰竭的健康已無以挽回。他的雙手顫抖，也無法集中精神表達他要說的話。系所的存在只是靠著它古老歷史所聚積的能量，或者只是因爲它的傳統。

史托納在教學上展現認眞而強烈的態度，雖讓一些新進同仁十分敬佩，卻使老同事們稍稍擔心起來。他形容憔悴，體重下降，背部顯得更加佝僂。那年的第二學期他把握機會多兼了一些課以獲得額外鐘點費，爲了多點額外收入，他也執教新開設的暑修課程。他心中有一個未成形的想法，他要存下足夠出國的錢，好讓他能夠使伊迪絲看到她爲了他而放棄前往的歐洲。

一九二一年的夏天，他爲了找尋一首拉丁文詩的參考資料，再次翻閱他自從三年前拿到學位後便擱置下來的博士論文。他重讀了一遍，認爲寫得很不錯。他懷著一點點膽怯，考慮把內容重寫成一本書。他雖然正完全投入暑期的教學工作，仍重讀了大部分他使用過的原始資料，並開始把研究範疇擴大。到了一月底，他確定了成書的可能性；初春時，他已經胸有成竹，可以開始寫初稿了。

也是在同年的春天，伊迪絲平靜地、幾乎是冷漠地告訴他，她想要一個小孩。

這個決定來得突然，也沒有明顯的跡象，因此在那天出門上第一節課前幾分鐘的早餐時間，伊迪絲以突襲的方式做了這個宣佈，彷彿她也是忽然想到。

「什麼？」威廉說，「妳說什麼？」

「我想要有個小孩，」伊迪絲說，「我覺得我想要一個小孩。」

她原本正在小口啃著一片吐司，用餐巾的一角擦了擦嘴唇後，她專注地微笑著。

「你不認爲我們該有個小孩嗎？」她問，「我們結婚快三年了。」

「當然應該，」威廉說。他小心翼翼地把咖啡杯放回盤子上，沒有看她。「妳確定嗎？我們從來沒談過，我不希望妳是……」

「喔，當然，」她說，「我很確定，我想我們應該有個小孩。」

威廉看看手錶，「我遲到了。我希望我們有多點時間能談談，我希望妳認眞決定。」

她略蹙雙眉，「我已經告訴你我很確定了，你不想要嗎？爲什麼一直問我呢？我不想再談這件事情了。」

「好了。」威廉說，坐在椅子上看了她一陣子，「我得走了。」但他沒有離開，他尷尬地伸手到餐桌上撫著伊迪絲纖細修長的手指，直到她縮了回去。他站起來，幾乎膽怯地小心繞過餐桌到伊迪絲身後，收拾他的書本和論文。一如往常，伊迪絲進入客廳等他出門。他在她的臉頰輕吻了一下——那是他已經好一陣子沒有做過的了。

到了門口他回頭說，「我……我很高興妳想要個小孩，伊迪絲，我知道我們的婚姻在某些地方讓妳失望。我希望這個決定能在我們之間產生一些改變。」

「是的，」伊迪絲說。「你要遲到了，趕快。」

他離開後伊迪絲在房中央站了好幾分鐘，眼睛注視著緊閉的大門，好像試圖要想起些什麼。然後她神不守舍地在樓板上踱步，從一處走到另一處，彷彿無法忍受她的衣物在她的身體上滑動並發出窸窸窣窣的聲音。她把已經讓她感到粗硬的灰色塔夫綢晨衣上的扣子解開，任其滑到地上，雙手在胸前交叉抱著自己，隔著法蘭絨睡衣搓捏著上臂。最後她停了下來，目標明確地走到臥室把衣櫥的門打開，露出裡面的穿衣鏡。她向著光源調好鏡子的角度後退後兩步，細看鏡中深藍色睡袍上細長的十指。她雙眼凝視著鏡子，解開睡袍上的扣子，往頭頂掀起脫掉，揉成一團甩到衣櫥裡，赤裸著身子站在晨光中。然後她在鏡子前轉動身體，細細檢視自己的身軀，彷彿那是屬於別人的一般。她細小下垂的乳房上的雙手往下滑到她修長的腰部及平坦的腹部。

她離開鏡子走到還沒有收拾好的床前，拉起了床罩，隨便摺起來放到衣櫥裡。她把床單撫平後躺了下來，雙腿伸直，雙手放在身體兩側，她動也不動，眼睛睜得大大，直瞪著天花板，從早上到整個下午都等待著。

到傍晚威廉．史托納回到家時天已經差不多黑了，但他沒看到燈光從二樓的窗戶透出。他心中微微感到不安，沿著樓梯上到二樓，把客廳的燈打開後發現空無一人，「伊迪絲？」他呼喊她的名字。

他進到廚房，看見早餐用過的杯盤仍在小餐桌上。他迅速地穿過客廳，開門進入臥房。

伊迪絲赤裸地躺在空蕩蕩的床上。當房門打開，客廳的燈光照到她的身上，她轉頭向著他，但沒有起來。她的眼睛睜得大大地凝望著他，嘴裡發出輕微的聲音。

「伊迪絲！」他走到她的面前跪著，「妳還好嗎？怎麼了？」

她沒有回答，但嘴裡發出的聲音越來越強，身子挪動到他身旁。忽然間她雙手像爪子一般伸向他，嚇得他幾乎往後倒下，也因此她只抓住了他的衣服，藉此把他扯到床上她身邊去。她的嘴巴張得大大地湊近他，呼著熱氣；她的雙手伸向他，扯著他的上衣，探索著他的身體，雙眼一直睜開凝視著，神情專注，彷彿她的眼睛不屬於她自己，而且無視一切。

這股情慾像是一種飢餓感，強烈到似乎與她的自我切割開來，也讓他對伊迪絲有了嶄新體認。一當它被滿足後，就立即從她的內在又滋長起來，使他們兩人的生活只是密切地期待著這種情慾出現。

之後的那兩個月，是威廉和伊迪絲唯一有過的激情時期，然而他們之間的關係並沒有改變。史托納很快便了解讓他們的肉體湊在一起的力量與愛沒有多大關係。他們以一股強烈卻疏離的決心讓肉體結合，抽離，再結合，但沒有足夠的力量滿足他們的需求。

偶爾在白天的時候，當威廉還在大學裡，伊迪絲的需求強烈得讓她坐立不安。她會離開公寓去街上來回快走，或漫無目的地前往不同的定點。然後再回到家裡，拉起窗簾，脫去衣服，蜷縮在半亮半暗中，等待威廉回家。他一踏進門，便會發覺她已站在面前，狂野貪婪的雙手已不能自己，把他拉到臥房裡昨夜或當天早上完事後仍未整理的床上。

伊迪絲在六月懷孕，並同時開始生病，直到她整個妊娠期結束仍未完全復原。幾乎在她懷孕的同時，甚至是她還在計算生理期及被醫生確認懷孕之前，她對威廉兩個月來的飢渴已然停止。她讓她丈夫清楚知道她無法忍受他的手接觸她的身體，而他也感到彷彿連看她一眼也是一種侵犯。他們飢渴的激情已成回憶，最後，史托納把它看作是一場夢，一場與他們兩人都無關的夢。

曾經是他們激情的競技場的地方，變成了她的病榻。除了早上起來舒緩一下孕吐之苦，或在下午花幾分鐘在客廳裡蹣跚地踱步之外，她幾乎整天臥床。到下午或傍晚威廉從大學趕回家後，便清理房間、洗碗盤、準備晚餐，然後把飯菜端到她面前。儘管她不想與他一起用餐，卻似乎蠻享受飯後能與他喝杯清茶。就這樣，他們每晚都有段短暫的時間像老朋友或精疲力竭的冤家，安靜地閒聊。伊迪絲很快便會入睡，而威廉會回到廚房完成其他家務，之後他會在客廳的沙發前架起一張桌子，開始改學生的作業或備課；午夜過後他會從沙發後方取出摺疊好的毛毯蓋上，屈著身體躺下，斷斷續續地睡到天亮。

一九二三年的三月中，一個女嬰經過三天的陣痛後出生。他們把她命名爲葛瑞絲，以紀念伊迪絲死去多年的一位姑姑。

儘管還是一個初生嬰兒，葛瑞絲已經十分漂亮，五官輪廓清晰，一頭薄薄的絨毛般的金髮。出生幾天後，暗藍的膚色褪去，呈現明亮的粉色。她很少哭鬧，而且似乎已能感知周遭的環境。威廉當下就愛上她了，他會對葛瑞絲表達他無法對伊迪絲表達的情感，而且出乎意外地發現了照顧她的樂趣。

葛瑞絲出生後的差不多一年中，有部分時間伊迪絲都是臥床不起的，雖然醫生無法找到原因，但家裡總瀰漫著一股她會長期臥病在床的恐懼。威廉雇用了一名婦人早上到家裡照顧伊迪絲，而他也重新安排課表，好讓他可以在下午提早回家。

就這樣，威廉有一年多的時間從事家務，並照料兩個無助的人。他天還未亮就起來改作業和備課；回大學之前要餵飽葛瑞絲、準備他和伊迪絲的早餐及自己的午餐。課後他回到公寓裡，掃地、除塵、清潔。

對女兒來說，比起一名父親，他更像是一名母親。他幫她換尿布、洗尿布；他幫她選購衣服，並負責修補的工作；他餵她食物、當她難過時把她抱在懷裡搖晃。伊迪絲偶爾會惱怒地要求照看小孩，威廉會把小孩交給她。她會在床上撐起身，安靜地、不自在地抱她一陣子，好像她是陌生人的小孩。之後她會開始疲累，嘆一口氣便把嬰兒遞給威廉，然後，似乎被某些不明的情緒所影響，她會哭泣一下，擦擦眼淚又轉過頭去。

就這樣，在生命的第一年裡，葛瑞絲·史托納只熟悉父親的觸摸、他的聲音，以及他的愛。

Chapter

VI

一九二四年初夏某一個星期五的下午，幾位同學目睹阿契·史隆進入他的研究室。星期一的清晨潔思樓的管理員在例行性清理教員研究室內的廢紙簍時發現了他。他僵直地坐在辦公桌前的椅子上，頭部歪向一個奇怪的角度，雙眼恐怖地凝視著前方，管理員大喊著飛奔出空蕩的潔思樓。他的遺體稍晚被搬離研究室，幾位早到的學生在走廊上徘徊，看著擔架上床單蓋著的彎曲身形被抬下樓梯到救護車上。稍晚他的死亡時間被確定介於星期五晚上到星期六清晨之間，明顯是自然死亡，但是沒有官方的明確認定。他整個週末維持同一個姿態，凝望著前方遠處，但是威廉·史托納總覺得是一股憤怒與絕望之情讓史隆情願使心臟停止跳動，彷彿是對這個曾經嚴重出賣他以致讓他無法苟活的世界擺出最後一次沉默的姿態，表達他的愛與蔑視。

史托納是葬禮中抬棺人之一。在葬禮的儀式中他的心緒無法集中在牧師所說的話，但他知道那是空話。他記憶中的史隆是他第一次在教室中看到的那個男子，他記得兩人第一次的單獨對話，他心中想到的是這位與他有君子之交的朋友日漸枯竭的身軀。儀式結束後他提起把手把灰色靈柩移到靈車上，他提著的窄窄箱子輕得讓他不相信裡面躺著一個人。

史隆沒有家人，只有他的同事和幾個朋友從鎮裡來到這裡，聚集在窄小的墓穴旁邊，以嚴肅、尷尬，或尊敬的心情聆聽牧師講的話。也由於他沒有家人及親友來服喪，當靈柩緩降到墓穴時，只有史托納在哭泣，彷彿他的哭泣會減低這最後安息的寂寞感。他也不知道他是在爲他自己、爲他部分歷史及他的青春的入土，或是爲了這曾經裝載他所愛的人的可憐殘軀而哭泣。

歌頓·芬治載他回到鎮上，途中大部分時間兩人都沒有說話。後來接近鎮上，歌頓問及伊迪絲；威廉說了一些話，接著詢問卡羅蓮的近況，歌頓回答了，接著是一段冗長的沉默。快到達威廉的公寓之前，歌頓·芬治再次開口。

「我不知道，整個喪禮我一直想著大衛·馬斯達，想著大衛死在法國，和史隆坐在辦公桌前，死了兩天；好像是同一種死亡。我不太熟悉史隆，但我猜他是個好人；至少我聽說他曾經是。現在我們要聘人進來，也要爲系裡找個系主任。就好像要生生不息，繼往開來。眞讓人感慨。」

「是的，」威廉說完之後就沒有再開口了。但他瞬間對歌頓·芬治產生好感；

他下車並看著歌頓駛離他家，強烈地體會到另一部分的他，以及他的過去，已經慢慢地、幾乎不知不覺地離他而去，並沒入黑暗裡。

歌頓・芬治除了助理院長的職務外，也身兼過渡時期的英文系系主任，而他當下的職務是要找人替代阿契・史隆。

直到七月，聘用之事才底定。芬治召集了那些暑假期間仍留在哥倫比亞的英文系同仁，並宣佈阿契・史隆的接班人。芬治告訴他們接班人會是訶力斯・羅麥司，是十九世紀文學的專家，剛從哈佛獲得博士學位，但已在紐約南部一間小型人文學院教過幾年書。他有很好的推薦函，已開始發表著作，而且是以助理教授等級起聘。芬治強調有關系主任一職，校方並無任何計劃；而至少未來一年內，他仍會擔任過渡時期的系主任。

在剩下的暑假裡，羅麥司成爲謎一般的人物，也是系上專任教員們揣測的對象。他在期刊發表的文章被挖出來、閱讀、傳閱，並獲得應有的肯定。羅麥司在新生入學指導期間並沒有出現，並在新生註冊前一週週五的全校教員大會缺席。

學生註冊期間，系上成員在長桌後坐成一排，疲憊地幫助學生選課及填寫極其例行性的表格，但仍不忘偷偷地環視四周，注意新臉孔的出現。然而羅麥司仍是沒有出現。

直到註冊工作完全結束後星期二傍晚的系務大會上，大家才看到他。那時候，因兩天來單調的註冊工作令人麻木，且新學年的開始讓人極度緊張，英文系的同仁已經差不多忘了羅麥司這個人。潔思樓東翼的大講堂內大家累癱在辦公椅上，既厭惡卻又期待地舉頭看著講桌後的歌頓．芬治以寬大仁慈的眼神俯瞰與會人員。講堂裡迴盪著低沉的嗡嗡聲、椅子上的滾輪刮擦地板的聲音、偶爾某人故意發出沙啞的笑聲。歌頓．芬治舉起手，手掌向著眾人；嗡嗡的聲音稍歇。

雜音的減少足以讓所有人聽到講堂後方的大門在輾軋聲中被推開，及木地板上特殊的緩慢的拖曳的腳步聲。他們回過頭來，細語的嗡嗡聲停止。「這是羅麥司」，有人輕聲耳語，但是聲音尖銳得讓講堂中所有人都聽見了。

他把門關上，向前走了幾步，然後站在那裡。他身高才五呎出頭，身體嚴重地變形，左肩膀到頸部隆起，左手臂無力地垂在身旁。他的上半身沉重且彎曲，使他看起來好像不斷忙著讓身體保持平衡。他的雙腿瘦小，右腿僵直，所以走起路來一顛一簸。他站著時頭部向前叩了好幾次，彷彿正在檢視腳上擦得光亮的黑皮鞋及黑褲上明顯的皺褶。最後他抬起頭，伸出他的右臂，露出繫著金色鏈扣的袖口，蒼白細長的指縫間夾了一根香菸。他深深地吸了一口，吹出一縷細細的白煙。大家都看到他的臉。

那是一張會很受女性歡迎的明星臉，修長、尖削、情感豐富，輪廓深邃。他的額頭高而窄，有青筋突出，熟透小麥般的金黃色濃密的捲髮從髮線筆直地往後梳攏成有點誇張的蓬巴杜髮型[1]。他把菸蒂彈落地上，在鞋底下碾碎，然後開口說話。

「我是羅麥司。」他頓了頓；他的聲音厚實而深沉，咬字精確，且有一種戲劇性的共鳴，「我希望我沒有干擾大家開會。」

會議繼續進行，然而沒有人在用心聽歌頓．芬治的話。羅麥司獨自一人坐在

1 Pompadour。因法皇路易十五之情婦蓬巴杜夫人（1721-1764）喜愛此髮型而得名。

講堂的後方，邊抽菸邊看著挑高的天花板，明顯地不在乎那些不時轉過頭來看他的臉孔。會議結束後，他仍坐在椅子上，讓同事們走過來自我介紹，並說一些該說的話。他以一種虛假得異乎尋常的謙恭簡短地跟每一個人打招呼。

之後幾個星期，大家很明顯地了解到羅麥司沒有意願融入密蘇里州哥倫比亞的社會、文化，及學術的習慣。雖然他對同事有一種僞裝的親切，但是他從不接受任何社交的邀請，也不主動擴大他的社交圈，他甚至不出席克萊蒙院長每年在家裡舉行的招待會，雖然這個盛會已成爲傳統，而且大家必得參加。他從來不出席大學舉辦的音樂會或學術演講。據說他的課十分生動，而且在教室裡的行爲也異常古怪。他是受歡迎的老師，下課時同學們都圍在他的講桌前，在走廊上尾隨著他。他偶爾會邀請學生到他的住處聊天或欣賞用留聲機播放的弦樂四重奏。

威廉·史托納想要更進一步了解他，但是不知如何著手。他有問題時會找他談，也會約他吃晚飯。當羅麥司以虛僞的禮貌或冷淡回應，就如同他對待其他人一般，並且拒絕他的晚飯邀請時，史托納就想不出其他方法了。

要過了好一陣子史托納才發現訶力斯·羅麥司吸引他的原因。史托納從羅麥司的高傲、能言善道，及不讓人討厭的憤世嫉俗中，看見了一個變形的卻清晰可見的大衛．馬斯達的身影。他很想用他和馬斯達講話的方式與羅麥司講話。但他不能，儘管他對自己承認有這種想法。他年輕時候的拘束和彆扭仍揮之不去，但是可能讓這段友誼建立得起來的那股熱忱和坦白已經消失無蹤。他知道他和羅麥司的友誼是不可能的了，這讓他感到悲傷。

通常在晚上，做好家務、洗好碗盤、把葛瑞絲安頓好在客廳一角的搖籃裡之後，他便開始著手修訂他的書。那年年底，寫作完成了；雖然他並非全然滿意，還是把它寄給出版商。意料之外地，那本書被接受了，並計劃在一九二五年的秋天出版。也因爲這個出版計劃，他升等助理教授，並獲得終身聘任。

他的書被接受出版的幾個禮拜之後，他的升等案就通過了。升等案通過的同時，伊迪絲宣佈她和女兒要到聖路易一週去探望她的父母。

不到一週她便回到哥倫比亞，身心備受折磨，並感到疲累，但私底下暗自得意。她提前折返，是因爲她無法承受照顧一名嬰兒的壓力，而長途跋涉讓她疲累不堪，無法親自照顧葛瑞絲。但她此行是有所成就的。她從手袋中取出一疊文件，把其中一張條狀的單子遞給威廉。

那是一張六千元的支票，支付給威廉．史托納先生及夫人，上有賀拉司．伯思威克醒目的、潦草得幾乎難以辨認的簽名。「這是什麼？」史托納問。

她把其他文件遞給他，「是貸款，」她說，「你只要在上面簽名就好，我已經簽了。」

「但這是六千元啊！用來做什麼？」

「買房子，」伊迪絲說，「一個眞正屬於我們的房子。」

威廉．史托納再看了看文件，很快地翻了翻。他說，「伊迪絲，不行，我很抱歉，但是，想想看，我一年的收入才一千六百元，我們一個月要還款六十元——那是我半個月的薪水啊。另外還有稅金和保險，我……我看不出我們如何辦得到，妳應該先跟我說說。」

她的臉霎時變得愁苦，轉過身去，「我是想給你一個驚喜，我能做的那麼少，至少這是我可以辦得到的。」

他語帶抗議地表示感激，但伊迪絲無法接受安撫。

「我是想著你和小孩，」她說，「你會有個書房，而葛瑞絲會有個花園玩耍。」

「我知道，」威廉說，「或許再過幾年吧。」

「再過幾年！」她複述這句話，接著是沉默。後來她不耐煩地說，「我不能這樣活了，不要了，一間公寓。我到哪裡都聽到你的聲音，聽到小孩的聲音，還有……那個味道。我——受——不——了——那——個——味——道！日復一日，尿布的味道，我——我受不了，我逃不掉。你知道嗎？你知道嗎？」

最後，他們接受了貸款。史托納決定至少這幾年放棄暑假讀書寫書的自我要求，投入暑期班的教學工作。

伊迪絲負責找房子的工作。從晚春到初夏之間她不知疲倦地進行著，似乎讓她的病不藥而癒。每當威廉下課回來，她便離家，往往要到黃昏才回來。她有時候走路，有時候因爲她與卡羅蓮·芬治已建立了一種不需太拘謹的友誼，她會坐她的車外出。到六月底，她找到她要的房子，簽了買賣合約，並訂定八月中點收房子。

那是一棟兩層樓的房子，離大學只有幾個街區之遠。前屋主疏於保養使房子顯得破舊，牆壁上深綠色的油漆已開始剝落，而且草地因雜草蔓生而呈褐色。但前院十分寬闊，房子內部也十分寬敞，有一種衰落的壯麗氣勢，而伊迪絲想像著她將會恢復它的原貌。

她向父親多借了五百元買家具，在暑期課結束到新學期開始之間的空檔，威廉重新粉刷了房子。伊迪絲希望把房子刷成白色，所以他要連刷三層，才能讓原來的深綠不會透出來。九月的第一個星期，伊迪絲忽然決定要舉行派對，她說是慶祝喬遷之喜。她堅定地宣佈了這個安排，彷彿認爲這是一個新的開始。

他們邀請系上所有在暑假結束前就回學校的人，以及一些伊迪絲在鎮上認識的人。出乎眾人意料之外地，訶力斯．羅麥司接受了邀請，這是他來到哥倫比亞一年以來首次接受邀請。史托納向私酒商買了幾瓶琴酒，歌頓．芬治答應帶些啤酒，而伊迪絲的艾瑪姨媽貢獻了兩瓶陳年雪梨酒給不能喝烈酒的客人。伊迪絲不太願意提供酒水，因爲嚴格來說這是違法的。但是卡羅蓮．芬治暗示大學裡的人不會認爲這是不妥的，因此伊迪絲答應了。

那年秋天來得早。九月十日就下了一場輕雪，那是註冊的前一天，到了晚上到處都結了冰。到了週末派對舉行當天，寒冷的天氣趨緩，因此空氣只是沁涼沁涼的。然而樹上的葉子已經掉光，草地已轉褐色，一片蕭條的景象預告著嚴冬將至。外面沁涼的天氣、前院裡光禿禿的楊樹和榆樹，以及暖洋洋的室內正準備開始的聚會，使威廉・史托納遙想起了某一天。他本來不太確定他要回想起什麼——後來他知道那是幾乎七年前的那一天，那天他到約西亞・克萊蒙豪宅裡，初次認識伊迪絲。這對他來說是那麼遙遠，那麼久遠，他無法計算這幾年來發生過的變化。

派對前一整個星期，伊迪絲沉醉在狂熱的準備工作裡。她雇用了一個黑人女孩一星期，幫忙準備工作及招呼到時的客人。她們兩人擦洗地板和牆壁，爲家裡的木質部分打蠟，清理家具上的塵埃，並把家具一搬再搬地安排位置。所以，到了聚會的當晚，伊迪絲已經精疲力竭，雙眼已經有了黑眼圈，她的聲音已經瀕臨歇斯底里的程度。客人預計七點鐘會到，在六點鐘，伊迪絲再算了一次杯子，發覺與預估的人數不合。她大哭起來，跑到樓上，哭著說她不要管了，她也不會下樓去了。史托納試圖安撫她，但是她不理不睬。他叫她不用擔心，他會找到足夠的杯子。他告訴女傭他很快就回來，便匆忙離家。他花了快一個小時才找到還沒打烊的店家，到選好了杯子回到家，早已超過七點了，第一批客人也已到達。伊迪絲在客廳裡，微笑著與客人在一起聊天，彷彿沒發生過任何事。她裝作不在意地與威廉打了個招呼，叫他把紙袋放到廚房裡。

就像其他的聚會一樣，大家東拉西扯地找話題，興致來得快卻也無以爲繼，又天南地北地轉到別的話題；笑聲則是簡短的，帶有幾分神經質，在客廳的不同角落的不同人群間一陣一陣猛然傳出。客人漫不經心地在不同人群間遊走，似乎在靜靜地佔據不同的戰略位置。有幾個客人像間諜一般，隨著伊迪絲或威廉的引領在屋子裡逛，口中評論著鎮外到處新建的、結構單薄的房子怎麼也比不上這間老房子。

到了十點鐘，大部分客人的餐盤上已經放滿切片的火腿和火雞、醃漬杏桃，及各類的配菜，像小番茄、芹菜梗、橄欖、泡菜、脆蘿蔔和花椰菜；幾位喝醉的客人已經不能進食。到了十一點，大部分的客人已經離開，剩下的只有歌頓·芬治夫妻兩人、幾位史托納在系上已經認識好幾年的同事，以及訶力斯·羅麥司。羅麥司醉意已濃，雖然沒有明顯表現出來；他步伐小心，似在崎嶇的路上提著重物，瘦削蒼白的臉上亮著一層薄薄的汗水。酒精讓他變得多話，儘管他說話用字仍是精確的，但聲音中的反諷語氣已然消失，自我防衛也似乎被撤走。

他提及他在俄亥俄州寂寞的童年，儘管他的父親是當地一名成功的小型企業主。他說到他身體的殘缺將他迫入孤立之地，也說到他無法理解也無力抗拒的羞恥感。他也說到他日以繼夜地獨自在房中，以閱讀來逃避扭曲的身體所賦予他的限制，漸漸發現到一股自由的力量，而當他了解到這股力量的意義後，它便越發強烈。當他說到這裡，威廉·史托納毫無疑問地在羅麥司身上找到一種親切感。他知道羅麥司曾經經歷過一種轉變，一種透過文字而獲得卻不能形諸於文字的頓悟，就如同他在阿契·史隆的班上所經歷過的一般。羅麥司的頓悟發生得早，而且在他個人身上，所以它幾乎已成爲他的一部分，其程度尤過於史托納。但其結果的重要性，於這兩人極爲相似，雖然他們可能都不願意向對方，甚至是對自己承認。

他們談到凌晨四點，雖然他們持續在喝酒，但他們的聲音越來越小，到最後兩人沉默不語。他們被聚會後狼籍的杯盤所圍繞，比鄰而坐，彷彿在荒島上兩人互相取暖，彼此激勵。後來歌頓與卡羅蓮提議羅麥司坐他們的便車回去，羅麥司握著史托納的手，問及他的書，祝他出版成功。他走向坐在直背椅上的伊迪絲，並與她握手，感謝她的招待。彷彿被一種潛藏的衝動所驅，羅麥司微微彎身親吻了伊迪絲的嘴唇；伊迪絲提手撫著他的頭髮，在眾人的目光下維持了好一陣子。那是史托納看過的最純潔的吻，也似乎是最完美自然的。

史托納送客人到大門，看著他們走下階梯，直到他們遠離門廊上的燈光所及的範圍。他被冷空氣籠罩著，深吸了一口氣，胸中的酷冷讓他神清氣爽。他不情願地把門關上，回頭看見空蕩蕩的客廳，伊迪絲已經到樓上去。他把燈關上，穿越凌亂的房間到樓梯間。他已經開始熟悉這棟房子，他緊握著看不見的扶手沿著樓梯往上走。到了二樓他因半開的臥室門照亮了走廊而看得清楚，他沿著走廊進入臥房，地上的木板嘎吱作響。

伊迪絲的衣服紊亂地甩在床邊的地板上，床罩草率地掀開；她躺在平整的白色床單上，赤裸的身體反射出淡黃色亮光，四肢敞開的睡姿讓她看來放縱淫蕩。威廉湊近床邊。她睡得很熟，在燈光引起的幻覺下，她微微張開的嘴巴似乎呼喚著激情與愛。他站著看了很久，感到一陣疏離的憐憫、勉強的友誼、熟悉的尊重，也感到一股令他厭倦的悲哀，因爲他知道他眼前所見已經不再讓他迸發出他曾經有過的慾念，也知道她的存在不會再像以前一樣讓他感動。他的悲哀稍微減緩後，他輕輕地爲她蓋上被子，關上燈，躺在她的旁邊。

第二天早上，伊迪絲感到疲倦與不適，整天在房間裡。威廉清理房子並照顧女兒。星期一他遇見羅麥司，想以一種延續聚會當晚的誠懇語氣和他說話。羅麥司以反諷的口氣回話，帶著冷冷的怒氣，有關那天的聚會他沒有再提起，日後也絕口不提。他彷彿已經在他與史托納之間找到某種敵意，不願放手。

就如同威廉之前所擔心的一樣，房子眞的幾乎成了一項毀滅性的財務負擔。雖然他費心管理他每月的收入，但是到月底還是捉襟見肘，必須動用他暑假兼課儲存下來的收入，但這份積蓄也漸漸無以爲繼。買房子的第一年他便欠了伊迪絲父親兩個月的貸款，收到來信建議他們應有健全的財務規劃，語氣冷淡，一副公事公辦的態度。

然而他也開始感受到擁有資產的喜悅，享受到預料之外的舒適。他的書房就在一樓客廳的旁邊，有高窗向北。白天書房內光線柔和，嵌板板材滿溢古雅的亮度。他在地窖發現一批木板，清除了污跡和霉斑後，竟也與書房中的嵌板頗爲匹配。他把木板整理了一下，拼湊出一個一個書架，可讓自己被書本圍繞著。在一個二手家具店他花了幾塊錢買下幾張破舊的椅子、一張長沙發椅及一張舊書桌，並花了好幾個星期修復它們。

當他在書房施工，當他的書房日漸成形，他在裡面工作時，他才體會到多年來連他也不曾發覺的、深藏於內心某處的一個影像，彷彿那是一個難以啓齒的秘密。他很清楚這個影像是一個地方，而這個地方實際上就是他自己本身。因此，當他在建構自己的書房時，他是在試著定義自己。當他爲了做書架而打磨著舊木板時，他看見粗糙的木板變平滑，灰色霉斑被刨掉後恢復原木豐潤的紋理及質感，當他修復舊家具並安排它們的位置時，他實際上是慢慢地在形塑他自己，把自己重新組合，讓自己變得可能。

所以，儘管承受著定期的重複性的房債及生活壓力，他接下來的幾年過得很算是愉快，活得就如他當年還是個年輕研究生時或是他新婚時所夢想的一樣。伊迪絲沒有像他曾經期望過的一般參與他大部分生活。實際上，他們彷彿陷於僵局而進入了漫長的休戰狀態。他們大部分的生活沒有交集，伊迪絲將沒有訪客的家保持得一塵不染。當她沒有在掃地、除塵、洗刷或擦拭的時候，她會留在她的房間，並似乎感到滿足。她從來不踏入威廉的書房，彷彿對她來說不存在。

威廉仍負責大部分照顧女兒的工作。下午從大學回到家後，他把葛瑞絲從二樓的嬰兒房抱到書房玩，自己在一旁工作。她在地上靜靜地、滿足地玩耍，安於孤單一人。偶爾威廉會和她說話，她會停下來看看他，嚴肅的臉慢慢地綻放笑靨。

有時候他會請學生到家裡來討論或聊天，他會用書桌旁的電爐爲學生烹茶，而當學生忸怩地坐在椅子上，注意到他的藏書，稱讚他女兒的漂亮時，他會對學生產生一種難以言喻的好感。他會因妻子沒有出現而對學生表示歉意，並解釋說她身體不舒服；到最後，他發現不斷重複的道歉不但難以解釋清楚，反而更強調了她的不在場。他選擇不再說了，希望他的沉默比努力解釋來得體面。

他的生命中除了伊迪絲的缺席外，其他一切都差不多是他想要的。不在備課、批改作業或讀論文的時候，他便努力研究和寫作。他希望盡快成為有名的學者和老師。他謹慎而謙虛地期待他第一本書的成績，而這種態度是適當合宜的。一位評論者說它「平淡無奇」，而另外一位說它是「稱職的概論」。剛開始時他為自己的著作感到驕傲，捧在手上，撫摸著樸素的書皮，翻翻書頁，其嬌嫩與生命力就像一個小孩一般。印刷本面世後他又再讀了一遍，他因這本書沒有比他預期的更好或更壞而稍微感到驚訝。不久之後他就看膩了，但每次想起它及它的作者時，他無不對自己的蠻勇及肩負的責任感到驚嘆及難以置信。

Chapter

VII

一九二七年春天的一個晚上，威廉·史托納回家得晚。路上濕潤溫暖的空氣中洋溢著花朵含苞待放的香氣；蟋蟀在花影下蛐蛐低鳴；遠處一輛落單的汽車對著周圍的寂靜發出巨大而挑釁的嘎嘎聲，揚起一陣塵土。他緩步走著，睡意濃濃的初春吸引著他，灌木叢和樹上鮮豔奪目的綠色小蓓蕾都讓他著迷。

進門後他發現伊迪絲站在客廳的另一端看著他，將電話聽筒持在耳邊。

「你回來晚了，」她說。

「是的，」他的口氣顯得愉悅，「博士生論文口試。」

她把聽筒給他，「找你的，長途電話，從下午開始打來要找你，我說你在學校裡，他們一個小時就打來一次。」

威廉接過聽筒答話，但電話那頭沒有人回答，「喂，」他再說了一次。

一個陌生而聲線微弱的男子的聲音回應。

「是威廉·史托納嗎？」

「是，你哪位？」

「你不認識我，我是路過的，你媽媽請我打過來。我打了一個下午了。」

「是的，」史托納說。他拿聽筒的手開始顫抖，「有什麼事嗎？」

「是你爸爸，」聽筒的另一端說，「我不知道該如何說起。」

那乾涸、簡短而帶幾分驚恐的聲音說著，威廉神情呆滯地傾聽，好像聽筒另一端不存在任何人。他聽到的是有關他父親的消息。聽筒裡的聲音說他一星期來一直感到十分不適，但由於他雇用的農工無法獨自趕上犁田和播種的進度，儘管在發高燒，還是一大早就下田幫忙完成一些播種的工作。農工在上午發現他面向犁過的田裡倒下，不省人事。農工把他抱到屋裡，放到床上，急忙去找醫生；但是到了中午他便去世了。

「謝謝你打來，」史托納呆板地說道。「請告訴我媽媽我明天會回去。」

他把聽筒放好，凝視著聽筒上鐘形的話筒良久。他回頭看，伊迪絲正用期待的目光望著他。

「嗯，怎麼了？」她問。

「我爸爸，」史托納說，「他死了。」

「喔，小威！」伊迪絲說，然後點點頭。「那麼你這個禮拜可能會不在家。」

「是的，」史托納說。

「那麼我會請艾瑪姨媽來幫忙照顧葛瑞絲。」

「好的，」史托納呆板地說，「好的。」

他匆匆找了同事代課一個星期，第二天一大早便坐公車前往布恩維爾。從哥倫比亞到堪薩斯市的公路，中間穿越布恩維爾。他十七年前第一次到大學的時候，也是走這條路，不過現在已變得寬闊平坦，路旁的麥田和玉米田上整齊筆直的圍籬從公車的窗戶迅速掠過。

他離開以後，這麼多年來布恩維爾的變化不大。有幾棟新的建築物落成，幾棟舊的則被拆毀，但鎮上仍保留著它的荒蕪與脆弱，死氣沉沉的彷彿一切都是暫時的，隨時可以被取代的。雖然大部分的街道這幾年已經鋪平，鎮上仍籠罩在一片薄薄的塵土中，少數鐵輪的運貨馬車仍到處可見，輪子刮到路面或人行道的混凝土時會擊出火花。

他家的房子也沒有多大的改變，或許比以前更乾更灰。屋子牆板上的油漆已完全脫落，門廊上沒有上漆的木板更向下凹陷。

屋子裡有一些人，都是鄰居，但史托納一個都不認得了。一個高瘦穿黑西裝白襯衫，繫著蝶形領結的男人，彎身向著他坐在直背椅的母親，他母親身旁是一個躺著他爸爸的窄小木箱。史托納穿越房間，高瘦男人趨前跟他打招呼，他暗灰色的眼睛像兩片上過釉的陶器碎片，他以深沉厚實的男中音聲調熟練地說了些話，他稱呼史托納「弟兄」，提到「喪親之痛」和「神把他帶走」等，並問史托納要不要跟他一起禱告。史托納沒有理會，直走到母親面前，母親已是淚流滿面。淚眼模糊的史托納看到媽媽向他點頭，並從椅子站起來。她挽著他的手臂說，「看看爸爸」。

她引領他到靈柩旁邊，媽媽虛弱的碰觸他幾乎感覺不出來。他俯視著，直到他的視線漸漸清晰，他才感到一陣訝異，身子急縮了回去。他看到的軀體彷彿屬於一個陌生人，乾癟而瘦小，臉部像一層牛皮紙做的面具，眼睛的位置只是兩個烏黑的凹坑，他身上深藍色西裝外套對他來說顯得異常地大，交叉放在胸前的雙手就像動物脫水的爪子。史托納轉身看媽媽，他知道他的目光仍帶著幾分恐懼。

「你爸爸這兩個禮拜瘦了很多，」她說，「我叫他不要到田裡，但是他在我起床前就出去了，他瘋了，他病得瘋了，不知道自己在做什麼，醫生說他一定是瘋了，不然不會這樣。」

她說話時史托納清楚看到，她好像也死了一般，她的一部分已經永遠隨丈夫進入棺木裡，不會再回來了。他看著母親，她的臉龐瘦削乾癟，緊繃得幾乎在心情放鬆的情形下，部分牙齒也會從雙唇之間露出來，走路也是有氣無力。他嘴裡低吟了兩句，便離開了客廳，到他以前的臥房。他站在空空的房中，眼睛一陣燥熱，無法哭出來。

葬禮該安排的事都已經安排好，該簽的文件也已簽妥。他父母有購買喪葬保險，與其他鄉下地方的人無異。在世時，他們就是手頭再緊，也會每星期繳交幾塊錢保險金。當他母親從臥房的一只老舊皮箱裡拿出保險單時，場面令人心碎。鍍金的精美文字已開始剝落，廉價的紙張也因歲月而佈滿裂痕。她與母親談及未來，他希望她一起到哥倫比亞，他說那裡有很多房間，而伊迪絲會歡迎她來作伴。這個謊言讓他的心揪了一下。

但是他母親不會和他回去哥倫比亞。「很不對勁，」她說，「你爸爸和我……我差不多一生都住在這裡，要搬到別的地方我會感到不對勁，還有拓比」——史托納這才想起拓比是他爸爸多年前雇用的黑人農工——「拓比說只要我有需要，他會待在這裡，你爸爸在地下室給他弄了一個不錯的房間，我們可以的。」

史托納勸了很久，她就是不答應。後來他瞭解她只想死，而且想死在她居住的地方。他知道讓她做她想做的事，是她應得的一點點尊嚴。

他把父親葬在布恩維爾郊外的一小塊墓地，再與母親回到農莊裡。那天晚上他睡不著。他穿好衣服走到他父親年復一年工作，直到生命結束的農地裡。他試圖想起父親，但那張他少年時代熟悉的臉無法出現在他的腦海中，他跪在地上抓了一把乾土，捏碎，並看著月色下黑色沙粒從指縫間漏走，他在褲管上拍掉塵土，起身回到屋裡。他還是睡不著，躺在床上望著房中唯一的窗直到天亮，直到農地上的暗影消失，直到一片灰色荒蕪之地延伸至無垠的天際。

父親去世後，史托納盡可能在週末回到農莊去；每次看到母親，都會發現母親日漸消瘦、蒼白和平靜，彷彿只有她凹陷卻明亮的眼睛仍活著。在她最後的日子裡，她沒有和史托納說一句話，躺在床上雙眼直視，眼神微弱地閃爍著，偶爾嘴裡傳來一聲喟嘆。

他把她葬在她丈夫旁邊。葬禮結束，爲數不多的送葬者離去後，他獨自站在十一月的寒風裡看著兩塊墓地，一個是新墳，另一個墳上土丘已築成，並長出絨毛般的短草。他環視那一小片埋葬著無數像他父母的人的荒蕪無樹的墳地，並循著平地往農莊的方向，向著那個他出生長大的，他父母消磨一生的地方看去。他想到年復一年他們爲那片土地付出的代價，而它卻毫無改變——或許是更荒蕪、更吝於回饋。毫無改變。他們的生命耗費在無趣的勞動、意志力的崩壞、智力的麻木。現在他們躺在他們貢獻了生命的土地裡；慢慢地，年復一年，他們會被吞噬；慢慢地潮濕與腐敗會侵擾裝載他們的松木，慢慢地碰觸到他們的肉體；最後會消耗淨盡他們最後一絲所有。他們會成爲那片他們很久以前曾經貢獻他們生命的無情土地的毫無意義的一部分。

他讓拓比留在農莊過冬，一九二八年的春天他準備出售農莊。他與拓比協議農莊出售前他可以留在那裡，栽植作物所賺得的都歸他所有。拓比努力把農莊收拾了一下，整修了房子，給小穀倉重新粉刷一遍。儘管如此，農莊還是直到一九二九年的春天才找到合適的買家。買家一開價他就接受了，兩千元多一點；他給了拓比幾百塊，到八月底他把剩下的款項匯給他的岳父，減輕哥倫比亞房子的貸款。

那年十月[1]，股票市場崩盤，在地報紙報導了關於華爾街、破產、名人沒落的新聞。哥倫比亞沒什麼人感到衝擊，那是一個保守的地方，幾乎沒有人投資股票或債券。然而新聞開始報導全國各地不少銀行破產的消息，使鎮上一些人開始感到半信半疑；有幾個農戶提取他們的積蓄，不過有更多人在當地銀行家的慫恿下增加了存款。但是要到聖路易一家名爲商業信託銀行的私人銀行倒閉後，人們才開始眞的恐慌起來。

消息傳來時，史托納正在大學的飯堂午餐，他當下立即回家告訴伊迪絲。商業信託銀行是提供他們家抵押服務的銀行，伊迪絲的父親是該銀行的董事長。伊迪絲下午致電聖路易與媽媽聯絡上，她媽媽心情愉悅，並告訴伊迪絲她爸爸已向她保證不必擔心，幾個禮拜後就一切如常了。

三天後賀拉司·伯思威克便去世了，是自殺的。一天早上他像平常一樣懷著愉悅的心情進入銀行的辦公室。銀行已關門停止營業，他與幾位還在工作的行員打招呼，告訴秘書他不要接聽任何電話後，便把辦公室的門鎖上。大約十點鐘，他向自己的頭部開了一槍。那支左輪手槍是前一天買的，放在公事包攜進辦公室裡。他沒有留下遺書，但是辦公桌上排得整齊的文件說明了一切，他要說的只是一場財務破產。就像他在波士頓時代的爸爸一樣，不僅用了自己還用了銀行的錢做愚蠢的投資，一敗塗地的結果讓他無法想出任何解決的方法。但結果顯示，他的破產程度沒有像他自殺時所想像的那麼徹底。房地產變賣償債後，還能保住家裡的祖屋，而聖路易郊外的一些不動產還足夠提供他妻子小量的收入，安享餘生。

---

1 一九二九年十月廿九日華爾街發生股災，引發了所謂經濟大恐慌（Great Depression）。

但是這些都是後來才知道的事。威廉·史托納接到賀拉司·伯思威破產及自殺的電話後，便禮貌地把消息告訴伊迪絲，那是他和她之間的疏遠程度所能容許的。

伊迪絲顯得平靜，彷彿這是她意料中之事。她好一陣子看著史托納，不發一語，然後搖搖頭失神地說，「可憐的媽媽，她怎麼辦？一直都有人在照顧她，她怎麼活呢？」

史托納說，「告訴她」——他尷尬地頓了一下——「告訴她，如果她想的話，可以來跟我們住，我們很歡迎她。」

伊迪絲對他投以一抹微笑，奇怪地綜合了好感和蔑視，「喔，小威，她寧願去死，你懂嗎？」

史托納點頭，「我大概能理解，」他說。

當天晚上伊迪絲離開哥倫比亞到聖路易奔喪，並打算看需要而決定待在那裡多久。她去了一週後寄來一封短信通知他要多待兩星期陪她媽媽，也可能會更久一點。她總共待了差不多兩個月，而威廉和他的女兒兩人留在偌大的房子裡。

伊迪絲離去後的前幾天，空蕩蕩的房子異常地令人心神不安，讓史托納感到意外。但他慢慢習慣了這種空虛感，並開始樂在其中。不出一個禮拜，他覺得那是他多年來未嚐過的快樂，而想到伊迪絲終有一天要回來，心裡便感到一陣淡淡的遺憾，他已經不需要掩飾這種感覺。

那年春天葛瑞絲已滿六歲，秋天便入學讀一年級。每天早上他打點好她上學的事務，下午從大學回家，也剛好是女兒從學校回到家裡的時間。

六歲的葛瑞絲身材高瘦，紅褐色的頭髮偏金黃，皮膚白晰無瑕，深藍色的眼睛近乎嫣紫。她個性平靜愉悅，能在身邊事物中找到樂趣，這讓他感到彷彿是一種對他緬懷的過去所表達的崇敬。

有時候她與鄰居小孩玩耍，但更多時候會與他父親坐在偌大的書房裡，看著他改作業、閱讀或寫作。她跟爸爸講話，然後兩人聊起來——那種安靜與認眞，讓史托納感到一種出奇不意的親切，令他感動不已。葛瑞絲會在泛黃的紙上畫一些技巧稚嫩卻十分迷人的圖畫，認眞地拿給他看，或者朗讀一年級讀本給他聽。晚上當史托納安排她睡覺後回到書房時，他會注意到她不在身邊，同時會因爲知道她在樓上安然入睡而感到放心。他幾乎沒有注意到，他啓蒙了她的教育，他看見她在他面前長大，臉上開始展露發自內心的智慧，心中充滿了驚奇和愛。

伊迪絲過年前不會回到哥倫比亞，所以威廉·史托納和他的女兒一起過耶誕節。當天早上他們交換禮物，女兒送給不抽菸的爸爸一個手工做的煙灰缸，那是她在她唸的大學附設實驗小學裡完成的作品。威廉從鎮上一家店裡挑了一件裙子送她，還有幾本書和一盒彩色筆。他們差不多整天坐在小小的聖誕樹前聊天，看著冷杉樹上閃爍的燈飾及深綠色針葉叢裡的金屬亮片，像深藏的火種，不停地眨眼睛。

耶誕假期可說是忙碌的學期中的一個奇特暫時停頓，這段時間裡，威廉·史托納開始明白兩件事：他開始體會到葛瑞絲對他的存在而言是如何重要，他開始了解他或許有可能成爲一名好老師。

他本已經準備好要承認他從不是一個好老師。自從他笨手笨腳度過教授大一英文的前幾年後，他已經發覺他對這個科目的了解，與他在班上對學生所授予的知識之間，有一道鴻溝。他以爲這道鴻溝可以用時間和經驗來弭平，然而兩者都無法完成這個使命。他最堅持的東西，正是他在班上企圖傳達時，最嚴重失眞的；最有趣的地方往往在他的言詞中變調；最讓他感動的地方往往在他嘴裡轉變爲冷漠。他自覺到的力不從心讓他深以爲苦，也成爲慣性的感覺，就如同他下垂的雙肩，是他身體的一部分。

然而，在伊迪絲逗留聖路易期間，他授課時偶爾會發現自己十分沉迷在講題裡，以致於忘了自己的不適任、忘了自己、甚至忘了他面前的學生。他偶爾會陷入一股熱忱裡，變得口吃、手舞足蹈，還會把準備好的上課討論大綱拋諸腦後，脫稿演出。起初他對此類脫序行爲感到困擾，彷彿他對自己的講題過度自信，因而對學生道歉。但是當學生開始在下課後圍上來、當學生的報告裡開始展現些微的想像力和對文學產生一種試探性的愛好時，他便更有信心從事一些他從來不被認可從事的事。在最烏黑、最冷漠的印刷體裡，透過微妙的、陌生的、出人意表的文字搭配，表達出對文學、對語言、對謎樣心靈的愛，一種他埋藏在心底的、彷彿是不當的、危險的愛，開始展現出來，起先是試探性的，繼而是大膽的，然後是他引以爲傲的。

對於這個新發現，他感到既悲哀卻又受到鼓舞。他覺得他無意中欺騙了他的學生和自己。過去一直追隨他的學生曾經披荊斬棘按照機械式的步驟修課，現在開始用疑惑和憤恨的目光看他；以前沒修過他的課的學生開始來旁聽，並在走廊相遇時與他點頭。他的論述更有信心，有一股溫暖而嚴謹的感覺凝聚心頭。他懷疑儘管晚了十年，他已經開始發現他是誰，而這個新形象比起他曾想像過的有超過也有不足。過去他僅僅是一位秉持書本爲眞理的人，現在他覺得他終於開始成爲一位老師，他被賦予文學藝術的尊嚴，而這份尊嚴與他作爲人的愚蠢、懦弱或不足沒有太大關係。這個體悟他不能明言，卻改變了他，以致於這個改變讓每個人都清楚看見其存在。

因此，當伊迪絲從聖路易回來，馬上就注意到他的改變，他竟已變得讓她難以理解。她毫無預警地搭乘下午的火車回來，直接穿過客廳到書房。她的丈夫與女兒正靜靜地坐著，她以爲她的突然出現及她外表的改變可以帶來驚喜。但是當威廉抬頭看她時，她一看到他吃驚的眼神，便立刻看出在他身上眞正發生的轉變，而這種轉變如此深刻，甚至掩蓋了她外表轉變所產生的影響。她心中帶了距離卻有點吃驚地自忖：我比我以前更了解他了。

威廉因她的出現及她改變的外型而吃驚，但兩者已無法像以前一樣讓他感動。他看了她一會才從他的書桌站起來，穿過書房，莊重地迎接她。

伊迪絲把頭髮剪短了，頭上帶著帽子，緊緊地裹著頭部，使短髮緊貼著臉部，看來像一個參差不齊的框框罩在頭上。她塗了亮麗的橘紅色口紅，兩小塊胭脂讓顴骨更顯突出。她穿了一件近幾年年輕婦女愛穿的短裙，素淨的從肩膀連到膝蓋以上。她對著丈夫不自然地微笑，又穿過書房到女兒面前。女兒坐在地上，抬頭靜靜地、仔細地看她。她勉強地跪下，新裙子讓雙腿繃得緊緊的。

「小葛瑞絲，我的寶貝，」她的聲音在威廉耳中聽起來既冷淡又做作，「有沒有想媽咪呀？有沒有以爲她不再回來了呢？」

葛瑞絲輕吻了她媽媽的臉，嚴肅地看著她。「你看起來不太一樣，」她說。

伊迪絲大笑著站起來，旋了一圈，雙手抬得比頭還高。「我有新裙子、新鞋子，還有新髮型。妳喜不喜歡？」

葛瑞絲一臉疑惑地點頭。「妳看起來不太一樣，」她又說了一遍。

伊迪絲笑得更開心了，露出了一塊口紅在牙齒上留下的污跡。她轉身問威廉，「我看起來不太一樣嗎？」

「是的，」威廉說，「很迷人，很漂亮。」

她搖著頭向他大笑，「可憐的小威呀，」她說著，頭轉向他的女兒，「我不一樣了，我相信，」她告訴自己，「我眞的相信我不一樣了。」

然而威廉·史托納知道她這句話是對他說的。在那一刻，他也知道伊迪絲正試圖向他宣佈一場新的戰爭的開始，雖然她並非有意、也不了解其意義，甚至她可能全然不知道自己這麼做了。

Chapter

VIII

這個戰爭的開始，一部分是伊迪絲在父親去世後逗留在聖路易「老家」的日子裡產生轉變的結果，而且在威廉．史托納發現自己可能成爲一個好老師後，他身上出現的緩慢轉變更讓這場戰爭加劇，最後以針鋒相對及蠻橫無理告終。

說來奇怪，伊迪絲在父親的喪禮上完全無動於衷。在冗長的儀式中她的坐姿挺直，面容嚴肅，到瞻仰遺容的時候，她的神情亦無改變。但是到了墓園，當靈柩緩降到鋪著人造草皮的墓穴時，她把木無表情的臉藏在手心裡，直到有人輕拍她的肩膀，她才抬起頭來。

喪禮後她花了好幾天待在房間裡，那個她渡過成長期的房間。她每天只在早餐和晚餐與母親見面，訪客以爲她因過度憂傷而自我隔絕。「他們很親的，」伊迪絲的媽媽曖昧地說，「比表面上看起來還要親。」

但是她彷彿是第一次進入那個房間一般，自在地觸摸牆壁和窗戶看看是否堅固。她從閣樓搬來一個箱子，滿是她童年時的玩意；她檢視了書桌的抽屜，已經超過十年沒有人動過它了。她懷著一種出神忘我的安逸感，彷彿時間已在掌握之中，逐一過濾她的東西，把玩著、移過來、移過去，以儀式般的謹慎來檢查她的物件。她找出一封小時候收到的信，從頭到尾讀一次，好像剛收到一樣。當她找到一個被她遺忘了的娃娃時，她對它微笑，並親吻它橘黃色的臉頰，好像一位剛收到禮物的小孩一般。

最後，她把童年的玩意整齊地分成兩堆。一堆是她自己買的玩具和小裝飾品，一些私密的照片和同學的來信，一些遠房親戚送的禮物；另一堆則包括了她父親給她的，或是與父親有直接或間接關係的東西。她的注意力集中在第二堆物件上。她木無表情、不帶一絲憤怒或喜悅，有條不紊地一件一件拿起來，把它弄壞。書信、衣服、洋娃娃體內的填充物、針墊、圖畫全丟到壁爐裡燒。洋娃娃身上以陶土或陶瓷做的頭、手、手臂和腳則放在壁爐前的地板上敲得粉碎。最後她把燒不掉或敲不碎的部分全數集成一堆，拿到她房間旁的浴室裡，扔進馬桶沖走。

當工作結束，房間裡的煙霧漸漸退去，地板清掃乾淨，少數留下來的物件放回五斗櫃後，伊迪絲·伯思威克·史托納坐在梳妝台前看著鏡子裡的自己。梳妝鏡背後的鍍銀已不復昔日明亮，且漸漸剝落，因此她的映像有些殘缺的地方，有些地方照不出來，呈現出一張奇怪的不完整的臉。她三十歲，髮絲上青春的光澤開始失色，眼部四周開始長出細紋，臉部肌膚漸漸往高聳的顴骨收緊。她朝鏡子裡的影像點了點頭，猛然站起來，走下樓，與母親愉悅地、親密地聊天。這是多大以來的第一次。

她說她想做一些改變，她維持現狀已經太久了，還談到她的童年，談到她的婚姻。根據一些從她口中說來也是相當模糊或不確定的原委，她定下了一個自己要追求的新形象。差不多在她逗留在聖路易陪伴母親的兩個月裡，她專心致力於達成這目標。

她開口向母親借一筆錢，母親卻不假思索地把錢慷慨贈與她。她買了一整個衣櫥的新衣服，燒光所有從哥倫比亞帶來的衣物；她按當時最新的流行把頭髮剪短；她買了化妝品和香水，每天在房間裡練習使用。她學抽菸，她學習新的說話方式，聲音尖利並略帶英國腔，有點刺耳。她帶著這外在的、控制得宜的，和內在的、秘密潛在的變化回到哥倫比亞。

剛回到哥倫比亞的幾個月裡，她瘋狂地參與活動。她似乎不必再對自己裝病或裝脆弱。她加入了一個小劇團，對被分配到的工作十分投入；她設置並繪製布景、爲劇團募款，也演出一些小角色。當史托納下午回到家時，會看到客廳滿是她的朋友，而這些陌生人會把他視爲干擾者。史托納會對他們禮貌地點頭並退到書房裡，耳畔模糊聽見的是四壁之外他們滔滔雄辯的聲音。

伊迪絲買了一個二手的直立式鋼琴，靠在客廳與書房的牆壁旁。她在婚前不久放棄了練琴，現在差不多要重新開始練習音階和一些對她來說已經太困難的練習曲，一天練兩、三個小時，多半在葛瑞絲睡覺以後。

被史托納邀請到書房討論的學生人數越來越多，也越來越頻繁；伊迪絲已不再滿足於留在二樓，被孤立在聚會之外。她會堅持奉上茶或咖啡，之後會坐在書房裡。如果時間允許的話，她會高聲愉悅地說話，企圖把話題轉向她的小劇場，或音樂，或她計劃要重新開始的油畫和雕塑。學生們覺得又困惑又尷尬，漸漸不再來了，而史托納便開始在大學飯堂或在校園附近的小店與學生喝咖啡聚會。

他沒有和伊迪絲談及她新的行爲模式。她的活動只讓他感到些許厭煩，然而她似乎十分快樂，雖然有點過了頭。但畢竟他是該對伊迪絲的人生新方向負責的人，他一直無法在他們的共同生活中或婚姻中爲伊迪絲找到任何意義。因此，當她在和他不相干的空間裡找到任何的意義，或走向一條他不會走的路時，她是正確的。

他因成功的新老師形象，及在較優秀的研究生間漸佳的口碑而受到鼓舞，決定在一九三〇年的夏天開始寫一本新書。他現在差不多把空餘時間全部耗在他的書房裡，他與伊迪絲還維持著同睡一間房的假象，但他很少進去，尤其絕不在晚上進去。他睡在書房的小沙發椅上，甚至在書房的一個角落做了一個小櫃子來放他的衣物。

他能與葛瑞絲作伴。在她媽媽不在家的那段日子裡，她已養成習慣在書房裡與父親渡過大部分的時間；史托納甚至爲她設置一套小桌椅，讓她有讀書做功課的地方。他們多半兩人一起用餐；伊迪絲常常不在家，在家的時候會頻繁地招呼劇場朋友在家聚會，而這是不能讓小孩子出現的場合。

後來，伊迪絲又突然開始常留在家裡。三人又開始一起用餐，伊迪絲還會稍微打理一下家務。家裡顯得寧靜；鋼琴已沒有人彈奏，琴鍵上蒙了一層塵埃。

他們的生活已經到了甚少談及自己或對方的狀況，不然維持在兩人之間共同生活下去的微妙平衡會遭到粉碎。因此在經過漫長的猶豫及反覆推敲可能的結果後，史托納才詢問她發生了什麼事。

「什麼意思？」伊迪絲問。

「妳的朋友，」威廉說。「他們有一陣子沒來了，妳好像也沒有像以前一樣參與那麼多劇場的工作。我只是在想是不是發生了什麼事。」

伊迪絲用近乎是粗獷的手勢，拎起餐盤旁邊那包香菸，抖出一根來，塞進嘴裡，用另一根她只抽了一半的菸蒂上的殘火點燃起來。她深深吸了一口，仍把菸叼在嘴裡，頭斜斜地向後抬起，因此當她看著威廉時，瞇成一線的眼睛是探詢的、算計的。

「沒發生什麼事，」她說，「我只是對他們和工作感到無聊，一定要發生什麼事嗎？」

「不，」威廉說，「我只是以爲妳可能身體不舒服或怎樣。」

說完之後他便不再想這個話題，不久便離桌返回書房。葛瑞絲在她的書桌前專心地閱讀，桌燈照亮了她的頭髮，也在她認眞的臉上勾勒出明顯的弧線。這幾年她長大了，威廉心想；一陣微弱的、不能說是讓人難受的哀愁短暫地哽著他的喉頭，他微笑著快步走向他的書桌。

不久他便完全投入他的工作。前一天晚上，他已經趕上學校課程的正常進度，報告已經打好分數，連下週所有的課堂討論大綱也已經準備好。眼前的，以及未來好幾個夜晚，他都會有自己的時間可以用在他的新書上。他還不是很清楚他的新書的重點，大抵是要以第一本著作爲基礎，再擴大關切的時期和處理的範疇。他想要研究文藝復興時期的英國文學，並延伸探討古典及中古拉丁詩對這時期的文學的影響。他還在計劃階段，亦正是這階段給予他最大的樂趣：考慮不同研究方法的可能性、排除某些研究策略、未被探索的可能性中隱含著的謎題和不確定因素、不同選擇的結果……他所預期的可能性讓他興奮得不能自已，他站起來走動一下，在一種忐忑的歡愉中和女兒講話，正在閱讀的女兒抬頭看他，回應他的話。

她體會到他的情緒，他所說的一些內容讓她發笑，然後兩人便會任意地笑作一團，彷彿是兩個小孩子一般。忽然間書房的門被打開，來自客廳的強光直照到書房每一個陰暗的角落，伊迪絲的身影也被背後的強光清晰地勾勒出來。

「葛瑞絲，」她清楚地緩慢地說，「妳爸爸要工作，不可以打擾他。」

好一下子父女兩人因突如其來的干擾而目瞪口呆，不動也不說話。後來威廉勉強開口說，「沒關係，伊迪絲，她不礙事。」

伊迪絲似乎沒聽到威廉的話，她說，「葛瑞絲，有聽到我說的話嗎？立刻出來。」

手足無措的葛瑞絲離開椅子，穿越書房，途中停下來，先看了父親一眼，再看了母親。伊迪絲正要再開口，但威廉立即打斷她的話。

「沒關係，葛瑞絲，」他試著溫柔地說，「沒關係的，跟媽媽去。」

當葛瑞絲踏出書房門進入客廳時，伊迪絲對她的丈夫說，「這小孩太自由了，那麼安靜，那麼退縮，很不自然。她一直都太孤單了，她應該活潑點，和同年齡的小朋友玩，你知不知道她一直以來多不快樂？」

他還來不及回應，她便把門關上了。

好一陣子他動也不動，看著書桌上滿滿的筆記和攤開的書本，然後才慢慢走回他的書桌前，百無聊賴地整理他的紙和書本。他又站著好幾分鐘，眉頭深鎖，好像想要回憶起什麼似的，然後又回頭走到葛瑞絲的小桌椅旁；他站了好一會，就跟他站在自己的桌前一樣久。他關上桌燈後，小小桌面灰色一片，了無生氣。他走到自己的沙發椅躺了下來，雙眼盯著天花板。

他漸漸才體會到這件事的嚴重性，因此他在好幾個星期後才確認伊迪絲在做什麼，而當他最後做確認時，他幾乎一點也不訝異。伊迪絲使用她的聰明和技巧，使他無法找到一個可以合理埋怨的原因。那個晚上她突然近乎野蠻地闖進書房，史托納回想起來覺得那宛如一場突擊。其後伊迪絲的策略轉變成更間接、更平靜、而且更全面，是一種以愛與關懷作爲僞裝的策略，使人無法抗拒。

伊迪絲現在幾乎都在家裡。從早上到葛瑞絲放學前，她會忙於重新佈置葛瑞絲的臥房。她從書房取走那套桌椅，將表面整修了一下，重新刷成淡淡的粉紅色，並用顏色相配的綢緞做成褶襉，把桌邊圍起來，使它完全不像葛瑞絲使用過的桌子。一天下午，她帶著沉默的葛瑞絲在身邊，逐一檢視威廉爲她買的衣服，把大部分丟掉，並承諾葛瑞絲在週末會帶她到城裡買一些更稱身的、更「像女孩」的。

她也的確這麼做了。那天傍晚，伊迪絲疲累卻得意洋洋地帶著大包小包回家，疲憊不堪、渾身不舒服的女兒穿著一件硬梆梆的、上了漿的裙子，自腰身以下像氣球般膨起來，裙擺上滿是褶襇，露出的雙腿，像兩根淒涼的棍子。

伊迪絲買給女兒很多洋娃娃和玩具，女兒玩耍時她總是徘徊監視著，彷彿那是她的責任；她開始給女兒上鋼琴課，女兒練習時她會坐在她身邊，兩人擠在長凳上。她會找小藉口爲女兒開派對，請鄰居小朋友參加，然而小朋友都穿著硬梆梆的正式服裝，一副心有不甘的樣子，悶悶不樂。她嚴格指導女兒的閱讀和功課，不允許她花在上面的時間超過她規定的長度。

伊迪絲的訪客都是鄰居的媽媽。她們會在早上孩子上學的時間來喝咖啡和聊天；下午會帶著孩子來，看他們在客廳玩耍，在小孩的喧鬧和奔逐中東拉西扯地聊天。

在這些日子的午後，史托納通常會在書房裡，他會聽到那些母親們在小孩的聲音之上大聲地一來一往。

有一次，當聲音靜下來，他聽到伊迪絲說，「可憐的葛瑞絲，她那麼喜歡她爸爸，但他只有那麼一點點時間給她。他的工作，妳知道的；他又要寫一本新書了……」

他好奇地，近乎冷漠地看著他一直拿著書的雙手，它們正開始發抖。它們抖了好一陣子，直至他把雙手硬塞到口袋的深處捏成拳頭、按實，才能控制得住。

他現在很少看到女兒。三人會同桌吃飯，但是在這種場合他都幾乎不敢和她說話，因爲每當他這樣做，而葛瑞絲也回應他的話的時候，伊迪絲便會很快挑剔起她餐桌禮儀的不當之處，或者是她的坐姿，而她說話之尖刻會讓女兒整頓晚飯下來悶不吭聲，情緒低落。

身形瘦削的葛瑞絲變得更消瘦；伊迪絲溫和地取笑她「長大不長肉」。她的雙眼變得小心翼翼，近乎謹慎；她曾經安靜祥和的神情，現在是遊移在陰沉，或是近乎歇斯底里的欣喜與活潑的兩個極端間。她已經很少微笑了，儘管她的笑聲常常響起。而當她微笑的時候，便彷彿有一隻鬼魅掠過她的臉。有一次，伊迪絲在樓上，威廉與女兒在客廳擦肩而過。葛瑞絲害羞地向他微笑，他本能地跪在地上抱她。他感到她的身體繃緊，變得不知所措，一臉驚恐。他輕輕地放開她站了起來，隨便說了幾句話，便退回自己的書房去。

第二天早上，雖然他知道會趕不上九點鐘的課，他還是留在餐桌旁直至葛瑞絲出門上學。伊迪絲看著葛瑞絲出了大門後，並沒有回到飯廳，他知道她在避著他。他走到客廳，他的妻子坐在沙發的一端，手裡拿著咖啡和香菸。

他開門見山地說，「伊迪絲，我不太喜歡葛瑞絲現在的情況。」

她好似在舞台上收到演出提示一般，當下就回話，「你是什麼意思？」

他坐到沙發的另一端，與伊迪絲保持一段距離。一股無助的感覺突然湧上他的心頭，「妳知道我是什麼意思，」他疲憊地說，「對葛瑞絲寬容點，不要逼得太緊。」

伊迪絲在茶碟上捻熄了香菸，「葛瑞絲從沒有比現在更快樂過，她現在有朋友，有事情要做。我知道你忙得沒空注意到這些，但是——你一定看得出她最近比以前外向太多了。而且她會笑了，她往常從來不笑的，幾乎從來不會。」

威廉帶著幾分錯愕地看著她，「妳真的這麼認爲，是嗎？」

「我當然這麼認爲，」伊迪絲說，「我是她媽媽。」

她眞的這麼認爲，史托納心裡明白了。他搖頭。

「我一直都不想對自己承認，」他心情平靜地說，「妳眞的很恨我，是嗎？伊迪絲？」

「什麼？」她的聲音確實帶著驚訝。「喔，小威！」她響亮地，豪放地笑起來。「別傻了，當然不會，你是我的丈夫。」

「不要利用孩子，」他的聲音不禁顫抖起來。「妳沒有必要這麼做；妳知道的。怎樣都可以。如果妳繼續利用葛瑞絲，我會……」，他沒有說下去。

過了一刻，伊迪絲說，「你會怎樣？」她平靜地，毫不猶豫地說，「你大不了就是離開我，你不會的，我們大家都知道。」

他點頭，「我想妳是對的。」他失神地站起來走進他的書房。他從衣櫥拿了大衣，從書桌旁提起公事包，當他再度穿越客廳時，伊迪絲再次跟他說話。

「小威，我不會傷害葛瑞絲。你應該知道。我愛她。她是我唯一的女兒。」

而他知道這是事實；她眞的愛她。這個事實幾乎讓他哭出來。他搖了搖頭，便出門去了。

他傍晚回家的時候，發現白天裡伊迪絲找了附近的一個臨時工，把他所有的東西搬出書房。他的書桌及沙發擠在客廳的一角，旁邊雜亂地堆放著他的衣服、論文和他所有的書。

她說由於她現在較常在家，她決定重新開始畫畫和雕塑，而他的書房向北採光，是全家唯一能有適度的照明的地方。她知道他不會介意搬動；他可以用屋子後方的玻璃陽台，那裡比原來的書房離客廳更遠，讓他有更安靜的地方工作。

但是陽台小得不能好好放置他的藏書，也不夠地方放下原來的書桌或沙發，他只好把它們收納到地窖去。到了冬天陽台很難暖得起來，而在夏天，他知道太陽會直射玻璃所包圍的陽台，幾乎是待不下人的。然而他還是在那裡待了幾個月。他找到一張小桌子當書桌，買了一部移動式的暖爐，以緩和一下入黑後隔著薄薄牆板滲進來的冷空氣。晚上他到客廳的沙發上裹著毛毯睡覺。

過了幾個月雖然不舒服卻相對平靜的生活後，他漸漸發覺每當他下午從大學回到他現今當作書房的空間時，一些廢棄的零星家庭用品——破掉的桌燈、小片小片的地氈、小箱子、一盒一盒的小飾物或小擺設——凌亂地堆放著。

「地窖太潮濕了，」伊迪絲說，「這些東西會壞掉的，你不介意我放這兒一陣子吧？」

一個春天的下午，下著暴雨，他回到家發現陽台一面窗戶破了，雨水毀了幾本書，一些筆記被淋得濕透無法閱讀；幾個禮拜後，一天他回家發現葛瑞絲和她幾個朋友被允許進來玩，更多的筆記，以及他手稿的前幾頁被撕得支離破碎。「我只讓他們進去幾分鐘而已，」伊迪絲說，「他們是需要一些地方來玩耍，但是我不知道，你該跟葛瑞絲談談，我告訴過她你的工作對你而言有多重要。」

自此他便放棄了。他盡量把他的書搬到大學裡那間與三位較年輕的講師共用的研究室；此後他待在大學的時間比以前待在家裡的時間長得多，如果他不可避免地提早回家，那也是他因爲寂寞而想稍稍看女兒一眼，或和她說說話。

但他研究室裡能放書的空間不多，這使他寫書的進度往往因必需的資料不足而被打斷；此外一位十分認眞的年輕同事習慣在晚上安排與學生討論，認眞的對話從房間另一端傳來轉變成窸窣的聲音，使他分心，難以專注。他對他的書本失去興趣，進度緩慢，以致於停頓。最後他明白晚上到研究室來只是爲了找尋一個避難所、一個避風港、一個藉口。他閱讀與研究，最後找到一點安慰、一點樂趣，或甚至是一種漫無目的的學習，一種他曾經隱隱約約地嚐過的喜悅。

伊迪絲也放鬆了對葛瑞絲的緊迫盯人，及對她的過分關懷，讓這小孩開始不時綻出微笑，甚至能較爲輕鬆地與他講話。這使他覺得仍可活得下去，或甚至偶爾感到快樂。

Chapter

IX

自從阿契．史隆死後歌頓．芬治暫代系主任，該職務年復一年地延續著，而在這段時間裡，年復一年地，課程安排妥當，有人執教、人力遇缺則補、瑣碎的系務有人處理，讓系上全體同仁習慣了這種非正式的無政府狀態。大家都知道，一當芬治有可能當上他實際已掌握職務的文理學院院長一職時，系上便會聘用固定系主任。約西亞．克萊蒙彷彿不朽，雖然已很少有人看到他在走廊上遊蕩。

系上同仁以自己的方式生活，教著去年教過的課，課堂之間到彼此的研究室串門子。他們只會在每學期初正式地見面，也就是當芬治舉行那馬虎隨便的系務會議，以及當研究院院長發通知邀請他們爲差不多完成論文的研究生當口試委員的時候。

這些口試佔用了史托納越來越多的時間。讓他訝異的是，他的教師身分開始享有一點點的知名度；他必須要婉拒好些同學修習他名爲「拉丁傳統與文藝復興文學」的研究所研討課，而他在大學部的文學史一直都是修課人數額滿的課程。有幾位研究生要求他指導論文，另外幾位則希望他當論文的口試委員。

一九三一年的秋季，他的研究所研討課在註冊前就收滿了學生，很多學生是在前一學年的期末，或在暑假時就與史托納安排好修課事宜。開學一星期後，他已經上過一次研討課了，一位學生來到史托納的研究室要求加簽他的課程。

史托納坐在辦公桌前，手拿著修課學生的名單，準備要給他們分配口頭報告的課題，由於很多學生是新臉孔，讓他尤感困難。那是一個九月的午後，他打開了辦公桌旁的窗戶。陽光下，龐大建築物正面的陰影，使得屋前翠綠的草坪上展現出清晰的建築物外形，它的半圓球頂及參差不整的屋脊線的暗影深綠了草坪，且隨著太陽的移動，暗影默默地伸向校園及更遠處，陣陣涼風飄進窗戶，也帶來清新芬芳的秋天。

敲門聲響起。他轉身向著敞開的門口說，「請進。」

有人拖著腳步從走廊的昏暗走進研究室的亮光裡。昏昏欲睡的史托納向著昏暗處眨了眨眼睛，看到一位他曾經在走廊上遇過卻不認識的學生。這位年輕人的左臂僵直地垂在身旁，左腳拖著地板走路。他的圓臉氣色蒼白，牛角眼鏡框呈圓形，旁分的黑髮向兩面展開，緊緊貼在圓圓的頭顱上。

「是史托納博士嗎？」他問，聲音又高又尖，而且短促，但口齒清晰。

「是的，」史托納說，「請坐。」

這年輕人坐到史托納辦公桌旁木製的直背椅上，左腿伸直，他那因永久的扭曲而揑成一個半封閉的拳頭的左手就擱在腿上。他微笑著點頭，以一種自我貶抑的奇怪口吻說話。「先生，你可能不認識我，我是查爾士·華爾克，二年級博士生，是羅麥司博士的助理。」

「是的，華爾克先生，」史托納說，「我能幫你做甚麼嗎？」

「嗯，先生，我想請你幫個忙，」華爾克再露出微笑。「我知道你研究所的課人數已經額滿，但是我很想加入。」他頓了一下，然後直截了當地說，「羅麥司博士建議我來找你談談。」

「我了解，」史托納說，「華爾克先生，你的專長是……」

「浪漫詩人，」華爾克說，「羅麥司博士要指導我的論文。」

史托納點點頭，「你修課進度如何？」

「我希望兩年內修完課，」華爾克說。

「嗯，這樣比較簡單，」史托納說，「我每年都開課，這個班現在眞的太滿了，已經不太像研討課，再加一個人就完了。如果你眞的想修這門課，爲什麼不能等到明年呢？」

華爾克的目光轉離開史托納身上，「嗯，坦白說，」他臉上再次露出一抹微笑，「我是因爲不清楚狀況而害了自己。那當然是我的錯。我不知道每個博士生至少要修四門研究所的研討課，才能拿到學位。而我去年一門都沒有修，你知道的，學校不讓學生一學期修超過一門以上。所以如果我要兩年內畢業，我這學期必定要修一門。」

史托納嘆了一口氣，「我明白。那麼你不是眞的對拉丁傳統的影響有特別的興趣囉？」

「喔，有的，先生，我眞的有，這對我的論文很有幫助。」

「華爾克先生，你應該知道這門課頗爲專門，我不鼓勵學生選修，除非他們有特別的興趣。」

「是的，先生，」華爾克說，「我保證我眞的有特別的興趣。」

史托納點點頭，「你的拉丁文怎樣？」

華爾克猛點頭，「喔，還不錯，先生。我還沒參加拉丁文的考試，但我閱讀能力很好。」

「你會法文和德文嗎？」

「喔，我會，先生，不過也是沒參加考試；我想我會一次把它們解決掉，今年年底吧。但是我法文和德文的閱讀能力都很好。」華爾克頓了一下再說，「羅麥司博士說他認爲我一定可以應付得來這門課。」

史托納嘆了一口氣。「很好，」他說，「大部分的閱讀都是拉丁文。少部分是法文和德文，雖然你或許可以避開這部分。我會給你一張閱讀書單，下星期三下午我們再來談你要負責報告的題目。」

華爾克熱情地感謝他，辛苦地從椅子站起來。「我會立刻開始閱讀，」他說，「我肯定你不會後悔讓我加進你的班的，先生。」

史托納帶著些微的訝異看著他。「我沒有想過這個問題，」他冷冷地說，「下星期三見。」

研討課在潔思樓南翼的一個小小地下室裡進行，那是一個陰冷潮濕的地方，一股不至於令人討厭的氣味從四面的水泥牆滲進來，在水泥地板上拖著腳走會發出空洞的沙沙聲音。唯一的燈光是從天花板照射下來的，使那些坐在中央的書桌椅的同學會被圍在灑落的光環裡，但四壁是灰暗的，及至角落已是幾乎全黑，彷彿那平滑的水泥牆吸盡了來自天花板的燈光。

在這第二個星期三的研討課，威廉．史托納晚到了幾分鐘，他先與學生互動一下，並開始在黑板前正中央的一個小小褪色橡木講桌上排列他帶來的書本和論文。他瞄了一下為數不多卻分散而坐的修課學生。有些是認識的；兩位男生是他指導的博士生，四位是本系的碩士生，大學時代已經修過他的課；剩下的有三個是現代語言系的研究生，一位是哲學系的博士生，正從事經院哲學研究，一位是中年的高中女老師，企圖在休假期間取得一個碩士學位，最後一位黑髮的年輕女士，是系上兩年前新聘的講師，已在東岸一所大學修完學分，要在這裡完成博士論文。她要求史托納允許她旁聽，並獲得答應。華爾克不在其中。史托納再等了一下，整理了手上的稿子後，清了清喉嚨，便開始上課。

「第一堂課我們討論過這門研討課的範疇，並決定把我們研究的中古時期拉丁傳統限定在七種人文學科中的其中三種，也就是文法、修辭和辯證。」他頓了一下，觀察一張張不確定的、好奇的、木無表情的臉，皆集中在他身上及他說的話。

「對某些同學來說，限定範圍看似是愚蠢馬虎的；但是我很確定，儘管我們只是粗淺地追溯這三學[1]自中世紀至十六世紀的發展，我們也會找到足以讓我們忙碌的事情。重點是我們要知道文法、修辭和辯證這三項人文學科對中古晚期及文藝復興早期的人而言，其代表的意義，這是今天我們非要透過歷史的想像才能隱隱約約地體會得到的。舉例來說，對一位像我們研究者而言，文法的藝術不僅僅是詞類的機械式配置。從希臘化時期的晚期到中古時期，儘管是在文法與修辭學有嚴格區分的前提下，文法的學習或使用不只包括柏拉圖或亞里士多德所提及的『文字技巧』；它——變得十分重要地——也包括研究詩的技術層面是否恰當，

1　Trivium。是文法、修辭和辯證之總稱，名爲三學或三藝，是前述七種人文學科之先修課程。完成之後才繼續修習幾何、算術、天文學及音樂，稱爲四學。

以及鉅細靡遺地闡釋詩的形式、內容與風格的細節。」

他對自己的課題漸漸感到興奮起來，也注意到有幾位同學已停止做筆記，身體往前靠。他繼續說，「此外，身處二十世紀的我們，如果被問到這三種人文學科哪一項最重要，我們可能會選辯證，或修辭——我們最不可能選文法。可是羅馬和中古的學者——以及詩人——幾乎都會認定文法是最重要的。我們要記得……」

一陣巨大的聲音打斷了他的話。教室門被打開，查爾士・華爾克走了進來。當他要關門的時候，他殘廢的手臂夾著的書本滑脫，全摔到地上。他彆扭地彎身，慢慢撿拾書本和紙張，左腿僵直地擱在身體後方。接著他站直身子，拖著腳步穿越教室，足部刮擦著水泥地板而在教室內產生巨大而空洞的嘶嘶聲。他在第一排找到位子坐下。

等到華爾克安頓下來，並把紙張和書本放好在桌上後，史托納繼續說，「我們要記得，中古時期對文法的概念，比希臘化時期的晚期以及羅馬時期更爲寬廣，不僅包括了言談舉止的客觀標準，以及解經技巧，也包括現代的觀念如類比學、字源學、陳述方法、語法結構、詩的破格的必要條件及各種例外——甚至是隱喻性語言，以及修辭手法。」

當他繼續闡釋他提到的文法種類時，史托納的眼睛掠過全班。他發現在華爾克進來的剎那間他流失了他的學生，他知道要再花好一段時間才能以他的論述讓他們重新專注。他一再好奇地掃視華爾克。他猛抄筆記一小陣子後，便漸漸地讓鉛筆擱在筆記本上，疑惑地皺著眉頭凝視著史托納。最後，華爾克舉起手；史托納說完了最後一句，向他點頭。

「先生，」華爾克說，「對不起，可是我不了解，怎麼」——他頓了頓，讓他的下一個字在嘴巴裡發音更清楚——「文法會跟詩有相干？基本上我指的是，眞正的詩。」

史托納溫和地說，「華爾克先生，就正如我在你進來前所說的，對羅馬及中古時期的修辭學家來說，『文法』一語所指，比今天廣泛太多了。對他們來說，它的意義——」他頓下來，知道他要重複他先前已講過的話；他感到其他學生開始焦躁不安。「我想當我們的課進行下去後，你對這層關係會越來越清楚，我們甚至會看到文藝復興中期以及晚期的詩人和戲劇家受拉丁修辭學家的影響有多大。」

「全部嗎？先生，」華爾克微笑著往後靠在椅背上。「山姆爾．約翰遜不是說過莎士比亞拉丁文讀得少，希臘文更少嗎？」

當教室裡揚起被壓抑的笑聲時，史托納心中感到一絲同情，「你的意思當然是班強生。」

華爾克把眼鏡摘下來，擦拭著鏡片，無助地眨著眼，「當然是，」他說，「一時口誤。」

雖然華爾克打斷了他好幾次，史托納依然設法把課完成而不至於發生大問題，而且還能指派第一份作業。他提前半小時結束討論課，正趕忙離開教室時，看見華爾克臉上掛著僵硬的露齒笑容，拖著腳步走向他。他趕忙咔噠咔噠地從地下室的木製樓梯往上走，從一樓到二樓的平滑大理石階梯時，更是三腳兩步地快走。他有一個奇怪的感覺好像華爾克在他後面步履艱難地窮追著，企圖趕上來。

他感到一陣羞恥與罪惡掠過心頭。

到了三樓，他直接往羅麥司的研究室走。羅麥司正在與一個學生面談。史托納把頭探進門縫說，「訶力，你結束後我可以跟你談談嗎？」

羅麥司親切地揮揮手，「進來吧，我們正要結束。」

史托納進去，在羅麥司與學生結束對話時，假裝翻閱書架上排列著的書。學生離開後，史托納坐在空出來的椅子上，羅麥司以詢問的目光打量著他。

「是關於一個學生，」史托納說，「查爾士．華爾克，他說是你建議他來找我的。」

羅麥司點點頭，眼睛入神地看著合攏的指尖。「是的，我想我有暗示過他可能會在你的研討課裡獲益良多——那是什麼課？——拉丁傳統是吧。」

「可否告訴我一些關於他的事？」

羅麥司目光脫離了指尖，凝視著天花板，思慮縝密地抿著嘴挺出下唇，「好學生，十分傑出，我可以這樣說。他正在完成《雪萊與希臘化時代的理想》的博士論文，保證是傑作，眞正的傑作，那不是某些人所說的」——他巧妙地猶豫了一下，以強調他要用的字眼——「優秀，他的論文是最有想像力的。你問這個有特別的原因嗎？」

「是的，」史托納說，「他今天在研討課的行爲相當愚昧，我不知道應不應該認眞看待這件事。」

羅麥司稍早的親切態度已然消失，悄悄換上一貫的冷嘲熱諷的假面。「啊，對，」他冷冷地微笑說，「年輕人的笨拙和愚昧。你或許能理解他這樣表現的原因，華爾克害羞得有點彆扭，所以有時候會過於自我防衛，也頗爲堅持己見。就像我們一樣，他有他的問題；但我希望我們不會因他可被諒解的心理障礙，而對他的學術與批判能力做出評價。」他直看著史托納，輕悅但惡意地說，「你或許有注意到，他身有殘疾。」

「可能是吧，」史托納深思著。他嘆了一口氣，站了起來，「我想我眞的是關心得太早了，我只是想和你查探一下。」

羅麥司的聲音因壓抑的憤怒忽然轉變爲緊繃，近乎發抖，「你會發現他是一個傑出的學生，我可以保證，你會發現他是一個優秀的學生。」

史托納皺著眉，迷惘地看著他一陣子，然後點了點頭便離開了房間。

研討課每週上課。前幾次的課堂上，每次華爾克都在中途打斷他，他的問題和評論離題得令人困惑，連史托納也感到不知所措。但不久後，華爾克的問題或論述只會引來笑聲，或明顯地被其他同學忽略；數週以後，他不再講話，當他身邊的人都在熱烈討論時，他只帶著冷冷的憤慨，僵坐在一股怨恨的義憤氛圍之中。史托納心想，如果華爾克的憤恨與不滿中的某些東西不是那麼赤裸裸地展示出來的話，整個場面會很有娛樂性。

儘管有華爾克的干擾，整個課程還是十分成功，這是他教過最好的班之一。幾乎從第一堂課開始，課程主題所隱含的意義就吸引了學生。他們都有一種被啟發的感覺，尤其是當他們感到手上的主題處於另一更大主題的核心，當他們強烈感到對這主題的追尋會引領他們到達一個他們也不知道在哪裡的目標時。這堂研討課自我組織起來，而學生們深深地投入其中，讓史托納感到自己也只是其中的一份子而已，他像他們一般都在努力地探尋。甚至那位旁聽生——那位棲身於哥倫比亞以完成她的博士論文的年輕講師——也詢問她可不可以做口頭報告；她認爲她發現了一些對其他同學可能有價値的東西。她的名字是凱撒琳・綴思可，接近三十歲。史托納一直沒有注意到她，直到她一次課後與他提及口頭報告的事，並問他是否願意讀她的博士論文初稿。他告訴她很歡迎她來報告，也樂意讀她的論文。

學生的口頭報告安排在學期的後半段開始，也就是在耶誕假期之後。華爾克要報告「希臘化時期及中古時期的拉丁傳統」，被安排在前面，但是他一直往後延，向史托納解釋他找不到他要的書，大學圖書館沒有館藏。

大家都知道，綴思可作爲旁聽生，是要在修課學生之後才能做口頭報告的。但是學期結束前兩個星期，也即是最後一次機會讓修課學生做報告，華爾克再次懇求再延後一個星期；他說他生病了，眼睛一直困擾他，而且有一本透過館際合作的書還沒到達。因此綴思可小姐在華爾克騰出來的空檔做報告。

她的報告題爲「多納圖斯與文藝復興悲劇[2]」。她聚焦在莎士比亞在作品中如何利用多納圖斯的傳統，這傳統存留於中古時期的文法書或參考書中。她才開始報告不久，史托納便知道這會是一篇優秀的報告，他懷著已經很久沒有出現過的興奮的心情聆聽。報告完後，同學們結束討論離開教室，他短暫地把她留下來。

「綴思可小姐，我只是想說——」他頓了頓，當下感到一陣尷尬與害羞。她一雙黑眼睛睜得大大，探詢地看著他。她的頭髮緊緊地往後結成一個圓髮髻；與她的黑髮對比，她的臉顯得非常白晰。他接著說，「我只是想說，妳的報告在我所知對相關主題的論述中是最好的，我很感激妳自願提出來。」

她沒有回應。她的表情沒有改變，但是在那一瞬間史托納以爲她在生氣；她的眼裡有東西在猛烈地閃爍著。然後她脹紅了臉，低下了頭，轉身匆忙離開，是憤怒還是認同，史托納不得而知。史托納慢慢走出教室，感到不安與困惑，擔心他的笨拙可能冒犯了她。

他以最禮貌的方式警告了華爾克，如果他要拿到這門課的學分，他必須要在下星期三做口頭報告。差不多就如他的預期，華爾克對這個警告感到憤怒，態度

2 Aelius Donatus。公元四世紀前後的修辭家和文法學家，也是哲羅姆 (St. Jerome) 的老師，他所著的兩本語法書在中世紀仍在使用，並成爲後來及至現代的語法基礎。

顯得不友善卻又保持恭敬。他複述了延誤他報告時程的各種狀況及困難，並保證史托納不需要擔心，他的報告已差不多完成。

在那個最後的星期三，由於一位瀕臨絕望的大學生希望他二年級的文學史至少可以拿到C級，使他不至於被兄弟會開除，史托納便在研究室裡耽擱了幾分鐘。他趕著下樓，氣喘吁吁地進入地下層的研討室。他發現華爾克坐在他的講桌位置，傲慢地、陰沉地看著面前的一小群學生。很顯然地他正沉溺在他個人的幻想裡。他轉頭目中無人地端詳著史托納，好像是一位教授在譴責一位做了壞事的大一學生。然後他收起他的表情，「我們幾乎不打算等你了」——他在最後一刻停了下來，讓嘴唇露出微笑，來回地搖著頭，為了讓史托納知道那是一個玩笑，他補充說——「先生。」

史托納看了他一眼，轉身面對學生說，「抱歉我遲到了。你們知道，華爾克先生今天要以『希臘文化與中古拉丁傳統』為題做口頭報告。」隨後他在第一排凱撒琳．綴思可旁邊找到一個位置坐下。

查爾士．華爾克花了一陣子擺弄著桌上的一疊紙張，也讓冷漠慢慢浮現在臉上。他用右手的食指敲在他的手稿上，目光離開史托納和凱撒琳．綴思可的位置轉向教室的角落，彷彿在等待著什麼。最後他開始報告，眼睛時而瞧瞧桌上的紙張。

「面對文學的神秘性，以及其難以描述的力量，我們理所當然要找到此力量及其神秘性的源頭。而最後，我們得到了什麼？文學作品在我們面前張開了我們無法看穿的巨大的面紗。我們只是文學的追隨者，在它的統治下感到無助。誰會那麼魯莽要掀開那面紗，去發現那不可能被發現的、去掌握那不可能被掌握的呢？我們之中最強壯的，只不過是最微不足道的弱者，面對著那永恆的神秘，我們只不過是叮叮作響的鐃鈸和黃銅。」

他的聲音高低抑揚，右手提起，彎曲的五指狀似哀求，身體隨著他的文字節奏而擺動；他的眼球微微朝上，彷彿在祈求神助。在他的話語及手勢之間有一種令史托納感到怪異的熟悉感，忽然間史托納知道那是什麼了。那是訶力斯．羅麥司——或更確切地說，那是一幅對他的諷刺畫，不自覺地從原作取材合成，是一種並非代表蔑視或厭惡，而是尊敬與愛的姿勢。

華爾克降低聲音到談話的音量，以平靜及帶著理性的溫和對著教室後方的牆壁發言。「最近我們聽到一個口頭報告，對於學院派人士來說，必然視爲十分傑出。以下的評論並非針對個人，我只是想說明一個觀點。在那個報告裡，我們聽到一個說法，試圖去解釋莎士比亞的藝術裡神秘而高妙的抒情詩體。而我要告訴你」——他用食指指著他的觀眾，彷彿要刺向他們一般——「我告訴你，那是不正確的。」他向後靠向椅背，翻閱了一下桌上的稿子，「我們被要求相信有一位叫多納圖斯的人——一位公元四世紀羅馬時代默默無聞的文法學家——我們被要求相信這個人，這位學究，有足夠的力量左右文學史上最偉大的天才之一所創造的作品。就憑這一點，我們能不懷疑這樣的理論嗎？我們不應該懷疑嗎？」

史托納心中萌生一股直接卻隱約的憤怒，淹沒了他在報告開始時所產生的複雜感情。他當下有一股想要站起來的衝動，想要打斷正在演出的鬧劇；他知道如果他不立刻制止華爾克，他就會說個沒完。他稍微轉頭看看凱撒琳．綴思可的臉。她顯得平靜，除了對講題顯出禮貌性的、不帶感情的興趣外，臉上無任何表情，一雙黑眼以彷彿是深感厭倦的冷漠神情看著華爾克。史托納偷偷地瞥了她好幾次；他發現自己在揣測她心中的感受，還有她希望他做些什麼。當他最後把頭轉回來時，他明白自己已作出決定。但現在要打斷已經太遲了，而華爾克正在加快速度說著他要說的話。

「……文藝復興文學這座巨大雄偉的建築物，是十九世紀偉大詩作的奠基石。與文學批評截然不同，乏味的學術研究流行講證據，而在此卻嚴重缺乏證據。有什麼證據證明莎士比亞有讀過這位羅馬時代默默無聞的文法學家的作品？我們必須記得那是班強生」——他猶豫了片刻——「那是班強生，這位與莎士比亞同時期，也是他的好朋友的人，自己說他拉丁文讀得少，希臘文更少。很確定的是，班強生爲此而崇拜莎士比亞，也不因此而怪罪他。相反的，就正如我要做的，班強生想要暗示莎士比亞高妙的詩藝並不是熬夜得來的，而是來自他渾然天成、超越規範、超越俗世束縛的天才。莎士比亞與一流詩人不一樣，他天生不會對隱而不彰的事物卻步，也不會浪費他的才華在荒蕪之地。這位不朽的詩人在所有詩人都前往吸取養分的神秘泉源裡盡情分享著，他何須要在區區的文法裡找尋單調乏味的規則？就算莎士比亞有讀過多納圖斯，多納圖斯在他眼中又是何物？獨一無二，而且自成規律的天才並不需要之前我們被告知的這樣的一個『傳統』來支持他，管它是源自拉丁文也好、多納圖斯也好，或諸如此類的東西。壯志凌雲的、無拘無束的天才必須要……」

史托納慢慢地習慣了他那股憤怒後，發現自己對華爾克暗暗萌生了一種不情願而有悖常理的欽佩。儘管過於華麗又稍嫌不精確，但他的修辭及虛構的能力卻讓人印象深刻到有點惶恐；儘管他模樣怪異，但他的存在是眞實的。他的眼神流露出冷酷、算計，和警戒，某種不必要的目中無人，卻又有些過度謹慎。史托納開始意識到他面對的是一個大膽厚顏的騙子，卻還不知道要如何處理。

就算是一個最不專心的學生，也會很清楚地知道華爾克是在做即席表演。史托納懷疑在他坐在講桌前傲慢地、陰沉地看著面前的同學之前，他根本還沒有決定他要說的內容是什麼。大家也越來越清楚，桌上的一疊稿子就只是一疊稿子而已；當他講到興高采烈的時候，他甚至不再假裝看稿，在報告結束前，他因過度興奮和迫切而把稿子推到一旁。

他說了差不多一小時之久。講到快要結束時，其他同學都已感到十分苦惱，面面相覷，彷彿因身處險境而要思索逃生方式。他們故意避免看向史托納及他身旁神情冷漠的女士。華爾克彷彿已經感受到躁動的氣氛，他突然結束了他的報告，向後靠著椅背，露出一抹勝利的微笑。

華爾克一停下來，史托納便站起來宣佈下課。雖然他當時並不了解自己爲什麼要這麼做，他只隱約意識到這是爲了不讓華爾克有機會與同學們討論他所說的內容。史托納走到講桌前，請華爾克留下來稍待片刻。彷彿還在九霄雲外的華爾克精神恍惚地點了點頭。接著史托納轉身隨著幾位動作較慢的學生走出教室到走廊去。他看見凱撒琳·綴思可正要離開，她沿著走廊獨自走著。他出聲叫了她的名字，於是她停了下來，他便走到她的面前。當他開口講話時，他又再次感覺到上星期他稱讚她的報告時那種尷尬的氣氛。

「綴思可小姐，我——我十分抱歉。這對妳來說很不公平，我總覺得我該負責任，或許我應該打斷他。」

她沒有回應他，臉上也沒有任何表情；她抬頭看他，就好像她在教室裡隔著一段距離看華爾克一般。

「無論如何，」他接著說，神情更為尷尬，「很抱歉他抨擊了妳。」

她揚起笑容。那是一個慢慢綻放的微笑，從眼睛開始，讓她的嘴唇拉開，直至臉部像花瓣般層層折疊出燦爛、隱秘，和親密的欣喜。這股突如其來而且不做作的溫馨感讓史托納幾乎嚇了一跳。

「喔，並不是我，」她說，壓抑著的笑聲使她的輕聲細語帶著顫抖的音色，「根本不是我，他是在抨擊你，幾乎跟我一點關係都沒有。」

他感到如釋重負，至此才發現原來自己背負了如此沉重的遺憾與擔憂。這種寬慰幾乎是屬於生理上的，他雙腿輕飄飄，感到一陣頭暈目眩。他笑了起來。

「當然，」他說，「當然是。」

她慢慢收起微笑，再嚴肅地多看了他一下，便搖著頭轉身，快步沿著走廊離去。她的身材纖細筆直，儀態穩重。在她的身影消失後史托納仍看著走廊好一會。然後他嘆了一口氣，回到教室裡。

華爾克沒有離開他的位置。他微笑著端詳史托納，臉上的表情是參雜了諂媚與傲慢的奇怪組合。史托納坐回他剛剛坐的那張椅子，好奇地看著華爾克。

「怎麼了，先生？」華爾克說。

「你有何解釋？」史托納平靜地問。

華爾克的圓臉露出驚訝與受傷害的神情，「什麼意思，先生？」

「華爾克先生，拜託你，」史托納的語氣顯得疲憊，「我們今天耗夠了，大家都很累了，你對今天的表現有何解釋？」

「我很肯定，先生，我無意冒犯，」他摘下眼鏡，迅速地擦拭著鏡片；華爾克那張無助的臉再次讓史托納目瞪口呆。「我說過我的評論並非針對個人，如果讓人感到受傷，我很樂意向這位女士解釋……」

「華爾克先生，」史托納說，「你知道這不是重點。」

「那位女士向你抱怨了嗎？」華爾克問。他戴上眼鏡，手指明顯地在發抖。戴上眼鏡後，他設法皺起眉頭，以表達其憤怒，「說真的，先生，一位學生抱怨他的感情受到傷害，不應該……」

「華爾克先生！」史托納聽得出自己的聲音已有點失去控制。他深吸了一口氣。「這跟那位女士，或者我自己，或任何事都沒有關係，這只跟你今天的表現有關。我還在等著你應該要給我的解釋。」

「恐怕我不明白，先生，除非……」

「除非什麼，華爾克先生？」

「除非是意見不同，」華爾克說，「我知道我的想法與你不一樣，但我一直覺得意見不合是好事，我假設你有足夠的寬容……」

「我不會讓你顧左右而言他，」史托納以冷漠而平淡的語氣說。「好，我指派你報告的題目是什麼？」

「你生氣了，」華爾克說。

「是，我是在生氣。我指派你報告的題目是什麼？」

華爾克態度變得莊重有禮，儘管有點生硬，「我的題目是『希臘文化與中古拉丁傳統』，先生。」

「你什麼時候完成你的報告的，華爾克先生？」

「兩天前。但就像我所說的，幾個禮拜前就完成得差不多了，只是有一本需要館際合作的書一直沒有……」

「華爾克先生，如果你的報告在兩星期前就已經差不多完成，你如何能夠以綴思可小姐的整篇報告做爲基礎？她上星期才報告完。」

「我對我的報告做了一些修正，先生，在最後關頭，」他的聲音帶著強烈的反諷語氣，「我以爲你允許這種報告方式，至於我偶爾脫離我的原稿，其他同學都這樣做，我認爲我也有權這樣做。」

史托納強忍著歇斯底里地大笑的衝動，「華爾克先生，你要如何解釋你對綴思可的批評與中古拉丁傳統中的希臘文化的關聯性？」

「我以間接的方式切入我的主題，先生，」華爾克說，「我以爲我們有一定程度的自由可以發揮我們的想法。」

史托納沉默片刻，然後不耐煩地說，「華爾克先生，我不喜歡當掉研究生，尤其不喜歡當掉眼高手低的研究生。」

「先生！」華爾克憤憤不平地說。

「但是你讓我不得不這樣做。現在似乎只剩下幾個選擇。你這門課我先打『未修畢』，表示說你會在三個星期內就指派的題目提出一份令人滿意的報告。」

「但是，先生，」華爾克說，「我已經做了報告了。如果我答應做另外一份，我便是在承認……要承認……」

「好吧，」史托納說，「如果你給我報告的手稿……那些你今天下午沒有報告的部分，我會看看有什麼可以幫你的。」

「先生，」華爾克說，「我不太願意公開我的手稿，內容還在初步的階段。」

史托納的遺憾帶著冷酷與不耐，他繼續說，「沒關係，我會找出我想知道的。」

華爾克狡詐地打量著史托納，「先生，請你告訴我，你有沒有叫任何人把手稿交給你？」

「沒有，」史托納說。

「那麼，」華爾克顯得得意洋洋，幾乎是眉開眼笑，「我必須要依原則拒絕繳交我的手稿，除非你要求大家都繳交。」

史托納凝神看了他好一會，「很好，華爾克先生，你已經做了決定，就這樣了。」

華爾克說，「這怎麼說，先生？我這門課的結果會如何？」

史托納沒好氣地笑了一聲，「華爾克先生，你令我感到驚訝，你當然會得到F。」

華爾克試圖把圓臉拉長，像殉道者忍受著辛酸似地說，「我明白，很好，先生，人應該隨時準備為自己的信念犧牲。」

「也為自己的懶惰、狡猾和無知，」史托納說，「華爾克先生，這似乎都是廢話，但是我還是強烈建議你自我檢討一下，我真的很懷疑你有沒有資格唸研究所。」

這一次，華爾克的真正的情緒上來了，他的憤怒近乎一種被污衊的忿忿不平，「史托納先生，這太過分了！你沒這意思吧。」

「我就是這個意思，」史托納說。

華爾克沉默了一會，若有所思地打量著史托納，然後他說，「我願意接受你給我的成績，但是你一定要知道我不接受你對我的批評，你這是在質疑我的能力！」

「是的，華爾克先生，」史托納感到厭倦；他站了起來，「對不起，失陪了……」便向教室門口走去。

背後的人大聲吼叫著他的名字，這讓史托納停了下來，他轉身看見華爾克的臉已脹紅，臉頰鼓了起來，眼睛在眼鏡框後變成了兩個小黑點。「史托納先生！」他再吼了一聲，「我跟你沒完沒了，相信我，我跟你沒完沒了！」

史托納冷冷地看著他，漠不關心。他失神地點了點頭，轉身離開教室。他腳步沉重，在水泥地板上拖行著。他的情感流失殆盡，覺得自己又老又疲累。

Chapter

X

真的是沒完沒了。

星期五停課後，他在緊接著的星期一便送交成績。處理成績是教學工作中他最討厭的一部分，所以他總是盡快把它解決掉。他給華爾克打了F，之後就沒再把這事放在心上。在停課的那一週，他把大部分時間用在校對兩篇將在當年春天要發表的論文。文章寫得不是很合意，這使他更費心思修改。華爾克事件就這樣被置諸腦後。

第二學期開學兩週後，就再次有人向他提起此事。一天早上他在系上的信箱裡發現一張便箋，是歌頓·芬治請他有空到他辦公室聊聊。

歌頓·芬治和威廉·史托納之間的友誼已因歷時久遠而到達一種階段：無拘束的、深厚的，但在親切中卻又懷著防衛，以致於顯得冷淡。他們很少在社交場合碰面，雖然卡羅蓮·芬治偶爾會打電話給伊迪絲敷衍一下。他們每次聊天時都會想起他們的年輕時代，也會把對方想像成他們年輕時的樣子。

剛邁入中年的芬治像其他有著英挺體態的人，會嚴格地控制自己的體重；他的臉胖呼呼的還沒有皺紋，雖然下巴已開始下垂，而且頸背上已積了好幾圈的肉。他的頭髮已經十分稀疏，所以要開始增加梳理次數，好讓他的禿頭不至於太明顯。

一天下午史托納進了他的辦公室，他們若無其事地談了一下各自的家事；芬治設法維持一種輕鬆的社交氣氛，假裝史托納還有正常的婚姻生活，而史托納也假裝不相信芬治和卡羅蓮已經是兩個小孩的父母，小的已經上幼稚園了。

經過一番閒話家常以確認他們之間無拘無束的親密關係後，芬治茫然地看著窗外，「嗯，我要跟你說什麼呢？喔，對了。研究院院長……他覺得，你知道我們是好朋友，我應該要先跟你說一聲，不過沒什麼要緊的。」他看著筆記本裡的一項註記。「只是一個憤怒的學生覺得他在你上學期的課上備受打擊。」

「華爾克，」史托納說，「查爾士．華爾克。」

芬治點頭，「就是他。發生什麼事了？」

史托納聳聳肩，「我只能說，他沒有完成指定的閱讀——那是我的拉丁傳統的研討課。他企圖在期末報告上做假，我給他機會做另一個題目，或者是把他報告的文字稿交給我，他都拒絕。我只能當掉他。」

芬治再點頭，「我也猜得出是這樣。眞的，我希望他們不要用這些事來煩我；不過，我一定要了解一下，這是一種對你的保護，沒什麼特別的。」

史托納問，「有……特別的問題嗎？」

「沒有，沒有，」芬治說，「完全沒有，只是一個投訴而已，你也知道是怎麼回事。其實華爾克成爲這裡的研究生後第一門課就拿了個C，要的話，我們現在就可以把他轟走。不過我想我們已決定讓他參加博士候選人資格口試，讓它攤在陽光下吧。很抱歉要跟你談這些。」

他們談了一陣子其他的事後，史托納正要離開，芬治漫不經心地叫住他。

「喔，對了，還有另外一件事要告訴你。校長和董事會終於決定要解決克萊蒙的問題了。所以我猜，明年起，我會成爲文理學院的院長……正式的。」

「太好了，歌頓，」史托納說，「該是時候了。」

「也就是說系上要找一個新的系主任，你有沒有考慮過？」

「沒有，」史托納說，「我眞的從來沒有想過。」

「我們可以從外面找人選，或者在系裡找現成的人當主任。我想知道的是，如果我們要從系上選一個人……嗯，你有沒有意願？」

史托納想了一下，「我從來沒想過，但是，不要。不要，我想我不要當。」

芬治明顯地鬆了一口氣，史托納面露微笑。「那好，我也認爲你不會要。當主任都是在胡扯亂蓋，娛樂大眾，搞社交，還有……」他別過頭去，「我知道你不會喜歡幹這種事。但是史隆死了，郝金和那個叫什麼，對，叫庫珀的，去年退休了，你是系上最資深的了，但是如果你不垂涎這個位置，那麼……」

「不，」史托納明確地說，「我可能會是一個很爛的系主任，我沒有想過，也不想要這個位置。」

「好，」芬治說，「很好，這把事情簡單化很多。」

他們互道再見，史托納有一陣子沒有再想起這段對話。

華爾克的博士候選人資格口試安排在三月中。當他收到芬治的便箋，通知他要當那三位口試委員之一時，他有點被嚇到。他提醒芬治他曾經當掉過華爾克，而且當時華爾克認爲那是在針對他個人，所以他要求免於這個特別的任務。

「那是規定，」芬治嘆了一口氣，「你也知道。口試委員要包括考生的論文指導老師，他修過研討課的教授，另外一個是與考生的專業不一樣的教授。羅麥司是他的指導老師，你是唯一一個讓他修過研討課的老師，我還挑了一個新人，沾姆·賀藍，來自不同領域。研究院院長路特佛和我兩人是當然委員。我會盡可能讓這差事不那麼痛苦。」

可這是一個不可能沒有痛苦的折磨。雖然史托納只想問越少問題越好，但是資格口試的規則相當僵化。每一位教授有四十五分鐘可以問考生他想問的問題，儘管其他教授通常也會在這段時間參與發問。

口試安排在下午舉行，地點是潔思樓三樓的一間研討室。史托納故意遲到，一溜進來便坐在擦得亮晶晶的長桌一端，正對著坐在長桌另一端的華爾克，其他口試委員已經到齊，從他的位子看過去按順序是芬治、羅麥司、新老師賀藍、和亨利·路特佛。芬治和賀藍與史托納點頭示意。羅麥司整個人萎靡地癱坐在椅子裡，眼睛瞪著前方，修長的手指在亮得像鏡子般的桌面敲著。華爾克雙眼凝視著長桌的另一端，僵直的頭部抬得高高，一副冷漠輕蔑的態度。

路特佛清清喉嚨，「嗯，」——他急忙低頭查看面前的稿子——「史托納先生。」路特佛這個人，身形瘦小，灰髮微駝，眼角和眉梢均下垂，這使他的神情總是帶著些微絕望。雖然他認識史托納多年，卻從來不記得他的名字。他再清清喉嚨，「我們正要開始。」

史托納點點頭，前臂放在桌面。在路特佛嗡嗡地講著與口試相關的開場白時，史托納注視著自己緊扣的十指。

華爾克先生此次應考（路特佛把聲音降低至平淡無起伏的呢喃）是要確認他是否有能力在密蘇里大學英文系完成博士學位課程。這是每一位博士生皆須參加之考試，其目的不僅在於評斷學生之學習狀況，更要了解其優點弱點，讓學生在未來的學業上獲得更完善的指導。考試可能有三種結果：通過、有條件通過、不通過。路特佛接著描述各種結果的後續處理方式，並繼續低著頭，儀式化地介紹口試委員及考生，然後把手中的稿子推開，環顧了身邊的人，還是一副絕望的神情。

「習慣上，」他輕聲地說，「是由考生的論文指導教授開始提問。

嗯……」——他瞄了一下稿子——「羅麥司先生，我想，你是華爾克先生的指導老師，所以……」

羅麥司的頭部猛地向後一仰，彷彿忽然間從睡夢中醒來。他環視了一周，眨了一下眼睛，嘴唇間流露微笑，但目光保持敏銳及警覺。

「華爾克先生，你計劃中的博士論文題目是『雪萊與希臘文化理想』。你目前可能還沒有對這個題目想得很通透，但是你是否可以談談你選擇這個題目的背景，以及你選這個題目的原因等等？」

華爾克點頭，立刻開始說，「我想追溯雪萊最早揚棄威廉．戈德溫的必然論[1]後，在〈智性美之頌讚〉一詩中多多少少接受了柏拉圖哲學，而到《解放普羅米修斯》一劇對柏拉圖哲學的成熟運用，是綜合了他早期的無神論、激進主義、基督教，以及科學的必然論，而晚期的劇作《希臘》則說明了柏拉圖哲學的崩壞。

1 威廉．戈德溫(William Godwin, 1756-1836)認為人類的行為被外在或外在的「前因」所主宰，人沒有自由意志，因為意志也是由因果關係所決定，因此因果的序列遂產生自然的規律。

我認爲這個題目的重要性有三：第一，它呈現了雪萊的思想內涵，而據此我們對他的詩作有更深入的認識；第二，它展示了十九世紀初科學與文學間之矛盾與衝突，讓我們更廣泛地理解與欣賞浪漫詩；第三，這個題目與我們所處的時代有特別的相關性，因爲今日我們面對的衝突正是雪萊和與其同時期的人所面對的。」

史托納越聽越感到訝異。他無法相信這個人與研討課上的是同一個人，那個他以爲他認識的人。華爾克的陳述清晰、明確，而且有智慧，偶爾顯得才華橫溢。羅麥司說得沒錯；如果這篇博士論文能達成他所承諾的，將會是非常優秀的一篇論文。一陣溫暖和振奮的希望湧上他的心頭，他身體往前靠，專心地聽著。

華爾克差不多花了十分鐘談論了他的論文題目，然後忽然停住。羅麥司立刻接著問下一個問題，而華爾克則立刻回答。歌頓・芬治找到空檔與史托納互瞄了一眼，使了一個詢問的眼色；史托納謙虛地微笑，輕輕聳了一下肩膀。

當華爾克再次停了下來，沾姆・賀藍立刻接著發問。他是一個瘦小的年輕人，態度熱切，膚色蒼白，有一雙稍稍突出的藍眼睛；他刻意放慢講話的速度，聲音一直顫抖，像是在壓力下正自我約束著，「華爾克先生，你剛才稍微提到了威廉・

戈德溫的必然論，你可否談談它與約翰．洛克的現象論的關係？」史托納想起來賀藍是十八世紀文學的專家。

所有人沉默了一會。華爾克轉向賀藍，摘下眼鏡擦拭著，眨巴著眼睛，沒有目標地盯著前方。他戴回眼鏡，繼續眨巴著眼睛，「可否請你重複一下問題？」

賀藍正要開口，但羅麥司搶著插話。「沾姆，」他態度友善地說，「你不介意我對問題做點延伸吧？」他沒等到賀藍回話，便快速轉向華爾克，「華爾克先生，賀藍教授的問題所隱含的意義，也即是說，戈德溫接受洛克[2]，認爲知識來自感覺和經驗——即『白板論』[3]等，且戈德溫與洛克皆相信人的激情和無可避免的無知，會使其判斷和知識產生誤差，而這些誤差則仰賴教育方能糾正。以上述的含意爲出發點，你可以評論一下雪萊的知識論，尤其是他在〈阿多尼〉一詩

---

2 約翰．洛克（John Locke，1632-1704），英國經驗主義的代表人物。

3 白板論（tabula rasa）主要是約翰．洛克提出，認爲人的個體生來沒有內在或與生俱來的心智，也即是一塊白板，所有的知識都是逐漸從他們的感官和經驗而來。

最後幾節如何論述美的標準嗎？」

賀藍靠到他的椅背，一臉困惑不解，皺起眉頭。華爾克迅速點頭，並開始回答，「雖然在〈阿多尼〉的開首幾節雪萊對他的朋友及同儕濟慈的頌讚，以及詩中提到的母親、時間、烏蘭妮雅等意象，和重複地乞求神助，凸顯了該詩傳統的古典主義色彩。但眞正屬於古典主義的地方在詩的最後幾節才出現，而那幾節實際上是對美的永恆原則的一闋莊嚴的讚美詩。我們稍微看看出名的這幾行：

生命像圓屋頂上的諸色玻璃，
彩染了永恆的白光，
直到死亡來臨將之踏成碎片。

「我們要參照上下文才能清楚看出這幾行詩的象徵意義。『一貫長存』他在前幾行寫道，『多變流逝』。這讓我們想起他與濟慈齊名的詩句：

『美即是真，真即是美，』——盡是你所知，亦是你所當知。

那麼，所謂原則，也就是美；但是美也是知識。這個概念的源頭在於……」

華爾克滔滔不絕，流暢而且對內容充滿自信，在他迅速活動的嘴巴裡冒出來的文字幾乎就像是——史托納嚇了一跳，剛剛在他身上看到的萌芽的希望突然消失，就像它突然出現一般。他有一陣子感到很想吐，他低頭在他雙臂之間看到他的臉從光滑的核桃木桌面反射出來。那個影像黯淡，看不清五官，彷彿是一抹幽靈從堅硬的桌面隱約冒現，與他會合。

羅麥司結束他的詢問後，賀藍繼續發問。史托納承認那是一次精彩的演出；羅麥司不著痕跡，令人難以抗拒且談笑風生地，支配了整個局面。有時候當賀藍拋出問題時，羅麥司會僞裝出不帶惡意的困惑而要求進一步說明；有時候他會在爲他過度熱情的投入而道歉後，便緊隨著賀藍的問題進而提出自己對問題的想法，讓華爾克切入討論，使人感到他是如假包換的參與者。他把賀藍的問題換一種方法表達，結果原來問題的題旨在解釋的過程中面目全非，然而他總不會忘記表達歉意。他讓華爾克進行似乎十分複雜的哲學性論辯，儘管大部分時間是他在講。最後，還是深感抱歉地，他會在賀藍的問題中置入自己的問題，讓華爾克海闊天空地自由發揮。

史托納在這過程中一句話都沒有說。他聽著整個討論在他周圍打旋；他注視著芬治已經變得僵滯的臉；他看著緊閉雙眼且不斷點頭的路特佛；他也看著賀藍的一臉困惑、華爾克彬彬有禮的輕蔑、羅麥司興奮的情緒。他在等著進行他知道他必須要做的事，而且是以一種每分每秒不斷加劇的畏懼、憤怒與痛苦的心情在等待。他很慶幸當他注視著這些人時，沒有人與他的眼神有任何接觸。

賀藍的詢問終於結束。芬治瞄了手錶一眼，點了點頭，沒有說話，彷彿他也感受到史托納心中的畏懼。

史托納深呼吸了一口，眼睛仍注視著自己反射在鏡面般光滑桌面上的臉，木無表情地說，「華爾克先生，我會問你幾個英國文學史的問題，那是很簡單的問題，不需要詳盡的答案。我會從早期英國文學開始，如果時間許可的話，我會順著文學的發展問下來。你可否描述一下盎格魯─撒克遜的詩律？」

「好的，先生，」他的臉彷似結了冰。「首先，盎格魯─撒克遜的詩人活在中古的黑暗時代，相對地缺乏英國傳統裡稍晚期的詩人在情感上所具備的優勢。的確，我會認爲他們的詩有原始主義的色彩。然而在這種原始主義中，確有其潛力，儘管這種潛力不被部分的人發覺。那是一種微妙的情感，有可能表現……」

「華爾克先生，」史托納說，「我問的是詩的格律，你可以告訴我嗎？」

「嗯，先生，」華爾克說，「那很粗略，而且沒什麼規則。格律，我指的是。」

「你只能告訴我這些嗎？」

「華爾克先生，」羅麥司趕緊說──他的語氣在史托納聽來有點失控──「你說的粗略……可否進一步說明，提出……」

「不，」史托納堅決地說，沒有看任何人，「我要得到答案，這些就是你對盎格魯─撒克遜的詩律所能告訴我的描述嗎？」

「嗯，先生，」華爾克微笑著說，而這個微笑漸漸變成一種焦慮的傻笑。「坦白說，我還沒有修盎格魯─撒克遜時期這門必修課，我不敢討論我無法掌握的領域。」

「很好，」史托納說，「那我們就跳過盎格魯─撒克遜文學吧。你能否提出一齣對文藝復興戲劇發展具有影響力的中古時期戲劇？」

華爾克點頭，「當然可以，所有中古戲劇都以其特有的方式，對文藝復興的高度成就有一定的貢獻。我們很難理解中古時期這塊荒蕪之地，它在數年後孕育出莎士比亞的戲劇，開花結……」

「華爾克先生，我是在問簡單的問題，我堅持要簡單的回答，我會把問題變得更簡單，請告訴我三個中古戲劇的名字。」

「早期還是晚期的，先生？」他已摘下眼鏡，瘋狂地擦拭著。

「任何三個，華爾克先生。」

「有那麼多劇本，」華爾克說，「很難……有《每人》[4]……」

「你可以提出更多齣嗎？」

「沒有了，先生，」華爾克說，「我必須承認我對你提問的領域認識貧乏……」

「你可不可以提出任何其他中古時期文學作品的名字……光是名字就好？」

華爾克的手在發抖，「就像我剛才所說，先生，我承認我的貧乏……」

「那我們要進入文藝復興時期了。華爾克先生，這個時期裡你對哪一種文類最有信心呢？」

「嗯……」——華爾克猶豫不決，忍不住以哀求的眼光看著羅麥司——「是詩，先生。或者……戲劇。戲劇吧，或許。」

「那就戲劇吧。英國第一部無韻體悲劇是哪一部，華爾克先生？」

「第一部？」華爾克舔了一下嘴唇，「學術界的看法有分歧，我不敢　」

「你能不能夠說出莎士比亞之前有哪一部重要的劇作？」

「當然，先生，」華爾克說，「有馬羅……他最偉大的詩行……」

「請提出一些馬羅的作品名稱。」

4 Everyman，十五世紀英國道德劇。

華爾克很努力地壓抑著情緒，「當然是無庸置疑的名著《浮士德》，和……和……《馬爾非的猶太人》[5]。」

「《浮士德》和《馬爾他的猶太人》，還有嗎？」

「坦白說，先生，這是我去年才有機會重讀的兩本戲劇作品，因此我還是不要……」

「好，說一說《馬爾他的猶太人》吧。」

「華爾克先生，」羅麥司大聲喊出，「我想把這個問題的範疇延伸一下，如果你容許……」

「不！」史托納嚴酷地說，不看羅麥司一眼，「回答我的問題，華爾克先生？」

華爾克絕望地說，「馬羅最偉大的詩行……」

「不要管『偉大的詩行』了，」史托納已顯得厭倦，「戲裡發生什麼事？」

「嗯，」華爾克有點失控，「馬羅想要批評始自從十六世紀初開始出現的反猶太人情結，這同情憐憫之情，我可以說，這偉大的同情憐憫之情……」

「沒關係，華爾克先生，我們往下……」

羅麥司大喊，「讓考生回答問題，至少給他時間作答。」

「很好，」史托納和善地說，「你要不要繼續回答，華爾克先生？」

華爾克猶豫了一下。「不要了，先生，」他說。

史托納殘酷地繼續發問。他原來指向華爾克與羅麥司的惱火與憤慨漸漸變成對他們兩人的憐憫與令他感到噁心的抱歉。過了不久，史托納彷彿脫離己身，耳邊似乎聽到持續不斷的發問聲音，不近人情，冷酷無情。

最後，他聽到這聲音說，「好，華爾克先生，你的專長是十九世紀文學。你似乎對較早時期的文學知道得不多；或許你對浪漫詩人比較得心應手。」

他試圖不去看華爾克的臉，但是他又不禁偶爾抬頭，以冷漠而帶惡意的眼神看向他面前那張目光呆滯的圓臉。華爾克簡短地點了頭。

5　由於文學知識的缺乏，華爾克把《馬爾他的猶太人》說成《馬爾非的猶太人》，下一句對白中被史托納溫和地糾正。

「你對拜倫較有名的詩很熟悉，是嗎？」

「當然，」華爾克說。

「那你能否談談《英國詩人與蘇格蘭評論家》？」

華爾克滿腹狐疑地看了史托納一會，然後得意洋洋地微笑起來。「啊，先生，」他猛點著頭說，「我懂了，我現在懂了，你在騙我。《英國詩人與蘇格蘭評論家》當然不是拜倫寫的[6]。是濟慈首次發表他的詩作時遭到一位新聞工作者企圖污衊後，所做的有名回應。很好，先生。很……」

「好，華爾克先生，」史托納困頓地說，「我沒有要問的了。」

好一陣子所有人都沉默下來。後來路特佛清清喉嚨，整理了一下身前的一疊紙張，「謝謝，華爾克先生，請你到外面一下，委員會做討論後會告訴你他們的決定。」

路特佛做以上宣佈的同時，華爾克讓自己平靜下來。他站起來，把殘廢的手放在桌面上，幾乎以不屑的姿態向委員們微笑。「謝謝，各位先生，」他說，「這是一次很有意義的經驗。」他一跛一跛地離開教室，把門關上。

路特佛嘆了一口氣，「好，各位先生，要討論嗎？」

教室中再一次沉默。

羅麥司說，「我覺得我的部分他表現不錯。賀藍的部分也很好。我必須承認我對他在最後一部分的表現有點失望，我想他那個時候已經累了。他是好學生，但是在壓力下他沒有表現得如預期的好。」他迅速地對史托納投以一個空洞而痛苦的微笑，「你逼他逼得有點緊，比爾，你必須承認，我贊成他通過。」

路特佛說，「賀……藍先生呢？」

賀藍的目光從羅麥司移向史托納身上，困惑地皺著眉頭，眨了眨眼睛，「但是……嗯，我覺得他非常弱，我也不知道怎麼形容。」他不自在地嚥了一口口水。「這是我第一次在這裡當口試委員，我真的不知道標準爲何，但是……嗯，他似乎非常弱，讓我再想一下。」

6 《英國詩人與蘇格蘭評論家》（English Bards ad Scottish Reviewers）爲拜倫所作無誤，完成於一八〇九年，是對尤維納利斯（Juvenal）諷刺詩之諧仿。

路特佛點頭，「史……托納先生？」

「不通過，」史托納，「那是毫無疑問的不通過。」

「喔，拜託，比爾，」羅麥司大喊，「你對那個孩子太嚴酷了，不是嗎？」

「沒有，」史托納直言，雙眼看著羅麥司，「你知道我沒有，訶力。」

「你這是什麼意思？」羅麥司問。他提高了聲調，好像要讓他的話聽起來更有感情，「這是什麼意思？」

「別騙人了，訶力，」史托納困倦地說，「這是一個無用的人，毫無疑問。我問他的問題該是用來問一個普通的大學部學生的；而他沒有一題的答案是讓人滿意的。他既懶惰又不誠實。上學期在我的研討課……」

「你的研討課！」羅麥司短笑一下，「嗯，我有聽說了。不過，這是另一回事。問題是，他今天表現如何。很清楚」——他雙眼瞇成一線——「很清楚的是，今天直到你發問之前，他都表現得很好。」

「我問他問題，」史托納說，「那是我能想到的最簡單的問題，我準備要給他所有機會。」他頓了一下，小心翼翼地繼續說，「你是他的論文指導老師，很白然地你們應該談論過論文的內容，所以當你問他與論文相關的問題時，他會表現得好。但是當我們超出了……」

「你是什麼意思！」羅麥司大吼，「你是不是在暗示我……暗示其中有……」

「除了我認爲這位考生的準備功夫做得不足之外，我沒有暗示什麼，我不能同意他通過。」

「聽我說，」羅麥司說。他的聲音平復下來，也試圖微笑。「我知道爲什麼我對他的評價比你對他的來得高，他修了我好幾門課……沒關係，我願意妥協，雖然我還是覺得太嚴酷，我願意給他有條件通過。也就是說他有幾個學期可以做複習，然後他……」

「嗯，」賀藍鬆了一口氣，「這應該比直接給他通過要好，我不認識他，但是很明顯他還沒準備好……」

「好，」羅麥司用力地向賀藍微笑，「就這樣吧，我們……」

「不，」史托納說，「我必須要堅持不通過。」

「眞該死，」羅麥司大吼。「你知道你在做什麼嗎？你知道你在對這孩子做什麼嗎？」

「我知道，」史托納平靜地說，「而且我替他感到遺憾，我在阻止他拿到學位，我在阻止他到學院或大學裡任教，這正是我想要做的，讓他當老師的話會是一場……災難。」

羅麥司非常平靜。「這就是你最後要說的話嗎？」他冷冰冰地問。

「是的，」史托納說。

羅麥司點頭。「好，我警告你，史托納教授。我不會讓事情就這樣了結。今天你做了——你暗示了一些指責——你表現出偏見——」

「對不起，先生們，」路特佛說，似乎要哭出來了。「我們要客觀看待此事。你們都知道，一位考生要通過，必須要獲得三位一致的同意，難道我們沒有方法弭平彼此的差異嗎？」

沒有人回應。

路特佛嘆了口氣，「很好，那麼，我只好宣佈……」

「等一等。」那是歌頓．芬治，整個口試過程他都保持沉默，讓大家幾乎忘了他的存在。他把身子稍稍撐起，向著桌面說話，聲音顯得疲累，語氣卻十分堅定。「作爲代理主任，我想要給個建議，我相信大家會聽從。我建議我們延期到後天再做決定，這可以讓我們有時間冷靜下來，好好談談。」

「沒有什麼好談的了，」羅麥司開始大發雷霆，「如果史托納想要……」

「我已經提出建議了，」芬治輕輕地說，「大家都會聽從。路特佛院長，我建議我們現在告訴考生我們的決定。」

華爾克坐在研討室外走廊上的椅子上，態度安逸自在。他右手夾著一根只是點燃著的香菸，百無聊賴地盯著天花板。

「華爾克先生，」羅麥司喊他的名字，一跛一跛地向他走去。

華爾克站了起來；他比羅麥司高了好幾吋，所以要低頭看他。

「華爾克先生，我被指示來通知你，口試委員還沒能對你的口試結果達成共識；我們會後天才通知你。但是我向你保證」——他提高了聲調——「我向你保證沒有問題的。沒有問題的。」

華爾克站了一會，冷淡的眼神逐一掃過所有的委員。「各位先生，再次感謝你們周詳地考慮。」他的眼神與史托納接觸，唇間閃過一絲微笑。

歌頓．芬治匆匆離去，沒有跟任何人說話；史托納、路特佛和賀藍漫步沿著走廊離去；羅麥司留了下來，熱切認眞地和華爾克講話。

「唔，」路特佛說，他走在史托納和賀藍兩人之間，「那是吃力不討好的差事，不管你怎麼看，都是吃力不討好。」

「是的，」史托納說完了便轉頭走開。他走下大理石的樓梯，快到一樓時更是三步兩腳地踏出潔思樓。他深深地吸著午後空氣中如煙似霧的香氣。他再吸一口，彷彿是一個剛從水裡冒出來的泳客一般。然後他漫步回家。

第二天的下午，在他找到機會吃午餐之前，便接到歌頓．芬治秘書的電話，請他立刻到芬治的辦公室裡。

當史托納到達時芬治已經等得很不耐煩了。他站起來示意史托納坐到他辦公桌旁的椅子上。

「是關於華爾克的事嗎？」史托納問。

「可以說是，」芬治回答，「羅麥司要求和我見面，要解決這事情。可能不會很愉快。我想在羅麥司來之前單獨和你談幾分鐘。」他坐回轉椅上，來回轉了好幾分鐘，看著史托納，陷入沉思中。他突然說，「羅麥司是個好人。」

「我知道他是，」史托納說，「在某些方面，他或許是系上最好的人。」

芬治繼續說，好像沒聽到史托納的話，「他有他的問題，但是不常浮現；但一旦出現了，他往往可以應付得來。很不幸這檔事就在此刻出現，時機遭透了，現在系上分裂……」他搖搖頭。

「歌頓，」史托納顯得不安，「我希望你不是……」

芬治舉起手，「慢著，」他說，「我希望我有早一點告訴你，但那本來就不應該公開的，而且那時還沒塵埃落定，仍屬於機密，但是……你還記得幾個禮拜前我們談過系主任的事？」

史托納點頭。

「嗯，就是羅麥司，他是新的系主任。結束了，一切都已經決定好了。這是學校高層決定的，但是我必須告訴你我也同意了。」他短笑一聲。「以我的身分是不適合搞小動作的，就算是有此能耐，我也會同意這項人事——不過那是那時候，我現在就沒那麼肯定了。」

「我了解，」史托納心中若有所思。過了一陣子，他說，「我很高興你沒提早跟我說，我不認為這會讓結果有何差異，但至少這不會模糊了焦點。」

「他媽的，比爾，」芬治說，「你要了解，我才不在乎華爾克，或者羅麥司，或者──你是老朋友。聽我說，我認為你這件事做得對。他媽的，我知道你做得對。但是要現實點。羅麥司是玩眞的，他不會罷手。如果鬥起來會非常糟糕。羅麥司很會記仇；這點你比我清楚。他無法開除你，但是他可以對你幹一堆討厭的事。而在一定程度上我必須順著他。」他苦笑了一下，「眞該死，很大程度上我必須順著他。如果院長推翻系主任的決定，那就是要他下台。不過，如果羅麥司違法，我就會讓他下台；至少我可以試試。我可能會僥倖成功，也可能失敗；但就算我成功，一定也要經過一次讓系上分裂的鬥爭，可能整個院都會分裂。他媽的──」突然間芬治感到尷尬，咕噥著，「他媽的，我總得要為文學院著想。」

他直看著史托納，「你了解我想說什麼嗎？」

一陣對老朋友的感情、愛與尊重暖洋洋地湧上史托納心頭。他說，「當然了解，歌頓，你以爲我不了解嗎？」

「好吧，」芬治說，「還有一件事，不知怎的羅麥司揑著校長的死穴，令他像頭盲牛般跟著團團轉，所以有可能比你想像中來得更糟。聽我說，你只要說你會重新考慮，你更可以賴在我身上——說是我要你做的。」

「這不是要挽回面子的問題，歌頓。」

「我知道，」芬治說，「我說錯了。想想看，華爾克跟我們有什麼關係？我當然知道，那是原則的問題，但是我們有別的原則要考慮。」

「不是原則的問題，」史托納說，「是華爾克。放他進教室會是一場災難。」

「該死，」芬治開始顯得不耐煩，「就算他在這裡拿不到學位，他也會到別的地方拿；甚至搞不好他還是會在這裡拿到。無論如何你都會輸的，你知道。我們擋不住這些像華爾克的人。」

「可能吧，」史托納說，「但我們可以試試。」

芬治沉默了一陣子，嘆了口氣，「好吧，要羅麥司再等下去也沒有用了。還是把事情解決吧。」他站起來向小型會客室的門走去。他經過史托納身邊時，史托納用手按著他的手臂，把他攔下來。

「歌頓，你還記得大衛．馬斯達說過的那些話嗎？」

芬治困惑地揚起眉毛，「為什麼要提起他？」

史托納望向房間另一端的窗外，召喚起回憶。「那時我們三個人在一起，他說……大學就像是個療養院，一個給一無所有的、殘廢的人遁世的庇護所。他說的殘廢的人不是指華爾克。他會認為華爾克代表著外面墮落的世界。我們不可以讓他進來。如果讓他進來了，這裡就與外面的世界無異，一樣地不眞實，一樣地……我們唯一的希望就是把他關在外面。」

芬治打量了他一陣子，然後咧齒而笑。「你這個混蛋，」他歡快而輕鬆地說。「還是趕快見羅麥司吧。」他把門打開，示意羅麥司進房間來。

羅麥司以拘謹嚴肅的氣勢走進芬治的辦公室，讓人難以發覺他右腳的輕微蹣跚；他瘦削英俊的臉顯得僵硬冷漠，頭抬得高高地，使他捲曲的長髮幾乎碰觸到左肩下方隆起的駝背。他不理房中的兩個人，在芬治辦公桌正前方的椅子坐下，身子盡其所能地挺直，眼睛盯著芬治和史托納之間的空間。最後他微微轉頭向著芬治。

「我要求我們三人見面是爲了一個很簡單的目的。我想知道史托納有沒有重新考慮他昨天做的不太明智的決定。」

「史托納先生和我一直在討論這件事，」芬治說，「恐怕我們沒有辦法做出決定。」

羅麥司轉頭瞪著史托納，他淺藍色的眼睛毫無光澤，彷彿蒙上了一層半透明的薄膜，「那我恐怕要公開提出一些頗爲嚴重的指控。」

「指控？」芬治發出一聲驚嘆，略帶憤怒，「你從來沒提過……」

「很抱歉，」羅麥司說，「但這是必須的。」他對史托納說，「你第一次和查爾士．華爾克說話是他要求加入你的研討課時，對嗎？」

「是的，」史托納說。

「你不太願意收他，是嗎？」

「是的，」史托納說，「當時班上已經有十二個學生了。」

羅麥司看了一眼右手上拿著的一張便條紙。「而當這位學生告訴你他必須要加入後，你不情願地收了他，還說他加入後這門研討課就完了，對嗎？」

「不完全是這樣，」史托納說，「就我記憶所及，我說班上多一個人就……」

羅麥司揮了揮手，「沒關係，我只是要說明背景而已。好，在這第一次對話，你有沒有質疑他修這門課的能力？」

歌頓．芬治不耐煩地說，「訶力，你要幹嘛？這對你有何……」

「對不起，」羅麥司說，「我說了我要提出指控，你就必須讓我說清楚，你有沒有質疑他的能力？」

史托納平靜地說，「我問了他幾個問題，是的，是爲了要了解他有沒有能力完成課程要求。」

「你對他的能力滿意嗎？」

「我相信我當時無法肯定，」史托納說，「我記不得詳細情況。」

羅麥司轉向芬治，「我們已經確定的是，第一，史托納教授不願意華爾克修他的課；第二，由於他的極度不願意，使他恐嚇華爾克，他的加入會毀掉研討課；第三，他至少曾懷疑華爾克完成課程要求的能力；第四，儘管他對華爾克的能力有所懷疑，以及對他強烈的憎恨，他還是讓他修課。」

芬治絕望地搖頭，「訶力，這毫無意義。」

「等一下，」羅麥司說。他快速地再看一眼便條紙，然後抬頭以銳利的目光看著芬治，「我還有其他幾點，而且會用『交叉盤問』的方式了解清楚」——他故意用反諷的語氣說出『交叉盤問』四字——「但我不是律師。我保證如果有需要的話，我會明確提出這些指控。」他頓了一下，彷彿要集中他的力氣。「我準備要證明史托納教授一開始便對華爾克先生懷有偏見，卻讓他選修他的研討課；我準備要證明這種偏見因修課期間在氣質上和情緒上的衝突而加深；而且是史托納先生自己助長和深化這些衝突的，因爲他容許，且有時候鼓勵，班上其他學生奚落及嘲笑華爾克先生；我準備要證明史托納教授不止一次以言語對學生們及其他人表現出他對華爾克先生的偏見；他譴責華爾克先生曾經『抨擊』班上其中一員，而其實他只是表達不同意見；他承認他對這種所謂『抨擊』感到憤怒，並肆意在日常與人閒聊中提及華爾克先生『行爲愚昧』；我也準備要證明史托納教授在沒有被挑釁的情況下，只憑他的偏見，譴責華爾克先生懶惰、無知和狡猾；最後，在班上十三人之中，華爾克先生是唯一一個——是唯一的——倍受史托納教授懷疑的人，並只要求他一個人繳交口頭報告的文字稿。現在，我要求史托納教授逐一地，或者是全盤地，否認這些指控。」

史托納幾乎是以欽佩的神情搖頭否認。「天啊，」他說，「眞是天花亂墜！是的，你所說的都是事實，但是沒有一項是眞的，也不是你所說的那樣。」

羅麥司點頭，彷彿他已預料到答案，「我會證明我所說的都是事實。有需要的話，可以請修習研討課的學生來被個別詢問，事情很簡單。」

「不！」史托納嚴厲地說，「在某種意義上，這是你整個下午所說的最令人髮指的話，我不會讓學生被捲進這個爛攤子。」

「你可能別無選擇了，史托納，」羅麥司壓低聲調，「你可能完全別無選擇。」

歌頓．芬治瞪著羅麥司輕聲地說，「你想怎樣？」

羅麥司不理芬治，對著史托納說，「華爾克先生已經告訴我，他現在願意提交他那篇你曾經給予惡意質疑的口頭報告文字稿，雖然原則上他並不同意這樣做。他願意接受你和其他兩位系上老師的決定。如獲多數同意其及格，則他的研討課等同及格，並得繼續修讀研究所課程。」

史托納搖頭；尷尬得無法抬頭看羅麥司，「你知道我不會同意這個做法。」

「很好。事到如此我也很不想這麼做，但是……如果你不改變你昨天的決定，我將會被迫對你提出指控。」

歌頓．芬治提高聲量，「你會被迫什麼？」

羅麥司冷冷地說，「密蘇里大學組織章程允許獲終身聘用的教員對另一位獲終身聘用的教員提出指控，只要有令人信服的理由讓人相信被指控者有不適任、違反倫理，或執行職務時不按照章程中第六條第三款中所指的倫理規範。系上全體教員會就上述指控，以及相關證據進行公聽會。會後進行的投票，若達三分之二贊成，則指控成立，少於此數則撤回指控。」

瞠目結舌的歌頓．芬治坐回椅子上，難以置信地搖著頭。他說，「你們看，事情有點不可收拾了。你不會當眞的，詞力。」

「我向你保證我是認眞的，」羅麥司說，「這問題很嚴重，是原則問題；而且……而且連我的操守都被懷疑。我有權提出指控，如果我覺得恰當的話。」

芬治說，「你的指控不可能成立的。」

「但是我有權提出指控。」

芬治盯著羅麥司一陣子，然後輕聲地，幾乎是心平氣和地說，「我們不會有任何指控。我不知道這問題將要如何解決，我也不會特別關心。但是我們不會有任何指控。幾分鐘之後我們會從這裡走出去，我們會努力忘記這下午我們說過的話，或至少我們假裝忘記。我不會讓整個系或整個文學院被牽拖進來。不會有指控，因爲，」他愉悅地強調，「有的話，我保證我會竭盡全力讓你完蛋，絕不罷手。我會使出我每一分的影響力；有必要的話我會撒謊，有必要的話會誣陷你。我現在就去告訴路特佛院長昨天的口試結果成立。如果你還想要堅持下去，你可以去找院長談、找校長談，或者找上帝談。可是我這個辦公室已經把這件事處理完畢，我不想再聽了。」

在芬治說話之際，羅麥司開始沉思，且冷靜下來。芬治說完後，羅麥司幾乎漫不經心地點了點頭，從椅子上站起來，看了史托納一眼，便一跛一跛走出辦公帘。芬治與史托納沉默了好一陣子後，芬治最後說，「我很好奇他和華爾克之間是怎樣。」

史托納搖了搖頭。「那不是你心裡所想的，」他說，「我不知道是怎樣，但我確信我不想知道。」

十天後，校方宣佈任用詞力斯．羅麥司爲英文系系主任；兩星期後，系上教員收到下學年的排課表。不出意料之外，史托納發覺一學年兩個學期的課裡，他都被安排到教三班「大一作文」和一班大二的「英國文學史」，而他高年級的「中古文學選讀」及研究生研討課則被取消。史托納知道這種課程是爲新進講師安排的，而且在一定程度上比新進講師還糟糕，因爲他的課都被安排在奇怪的時段，課與課之間隔的時間很長，而且一星期要上六天課。他對這個安排沒有異議，並決定接受，彷彿沒有什麼不對勁。

但是從他開始教學至今，他第一次開始考慮他可能要離開這大學，到別處任教。他與伊迪絲談到這個可能，伊迪絲看著他，彷彿他給了她很大的打擊。

「我不行，」她說，「噢，我不行。」然後，她發現她暴露了她的恐懼，便變得生氣起來。「你在想什麼？」她問，「我們的家……我們可愛的家，我們的朋友，還有葛瑞絲的學校，到處轉學對小孩子不好。」

「可能有這個需要，」他說。他沒有告訴過她有關華爾克的事，以及羅麥司的介入，但很明顯的她已知道得一清二楚。

「不顧別人，」她說，「眞的不顧別人。」但是很奇怪的她沒有專注在她的憤怒上，幾乎是不痛不癢的；她的淡藍眼睛本來注視著史托納，但接著開始飄移到客廳中的各種雜物上，好像要確保這些物件都繼續存在；她修長纖細的手指已略見雀斑，正不安地揮動著。「喔，你的麻煩我全知道，我從來不干涉你的工作，但是……眞的，你太固執了。我的意思是，葛瑞絲和我都牽涉其中。我們肯定不會因爲你讓自己陷入困境便收拾行李搬家。」

「但是至少有一部分是爲了妳和葛瑞絲，我才考慮離開的，如果我留著，我不可能會……在系上有任何發展。」

「噢，」伊迪絲冷淡地說，語氣中帶著怨恨。「那不重要，我們到目前爲止一直都是窮光蛋，我們沒有理由不繼續這樣下去。你應該預先想到這種下場，預先想到會有什麼後果。一個瘸子。」忽然間她的聲音變了，開懷地笑著，幾近深情款款。「老實說，所有東西對你來說都很重要，離不離開這裡有分別嗎？」

她不會考慮離開哥倫比亞的。如果眞的到了那個地步，她說，她和葛瑞絲會住到艾瑪阿姨家；她身體越來越虛弱了，會歡迎她們來作伴。

所以他幾乎是一提出他的想法便放棄了其可能性。那年夏天他仍有教學工作，其中兩門課是他特別有興趣的，也是羅麥司當上系主任前便已經安排好的。他決定要全心投入，因爲他知道可能要好一陣子之後才會再有機會教這兩門課。

Chapter

XI

一九三二年的秋季開學幾個星期後，史托納便明白要把查爾士·華爾克趕離研究所的一場戰爭已告失敗。暑假後華爾克回到校園，就像是一個得意洋洋的戰士進入他的競技場；每當他在潔思樓的走廊看到史托納，便挖苦地歪著頭向他鞠躬，並咧齒而笑，態度充滿敵意。史托納從沾姆·賀藍口中得知路特佛院長延後宣佈上次口試的結果，最後決定讓華爾克重考一次，口試委員由系主任決定。

戰爭結束，史托納願意接受結果；但鬥爭並沒有終止。每當史托納在走廊或系務會議上或是在院裡的活動中碰到羅麥司，他都會若無其事地跟他說話，但是羅麥司從不會答腔；他會冷冷地瞪著史托納，然後把頭轉開，彷彿擺明不會讓步。

深秋的某一天，史托納若無其事地進入了羅麥司的辦公室。他在羅麥司身旁站了好幾分鐘，羅麥司才不情願地抬頭看他，雙唇緊閉，雙眼充滿敵意。

他知道羅麥司不會開口，便尷尬地說，「訶力，聽我說，一切都結束了，我們可不可以放下？」

羅麥司沉著地看著他。

史托納說，「我們意見不合，那是很尋常的。我們曾經是朋友，我認爲沒有理由……」

「我們從不曾是朋友，」羅麥司說得很明確。

「好吧，」史托納說，「但是我們至少處得不錯，我們可以保有彼此的差異，但是看在上帝的份上，我們沒有必要把這些都攤在檯面上。連學生都注意到了。」

「他們當然會注意到，」羅麥司憤恨地說，「因爲他們其中一份子的前途差點被毀了。一個優秀的學生，他唯一的罪是他的想像力、熱情及正直，逼得他與你產生衝突——而，是的，我該要說的是——一種不幸的殘疾早該喚起一個正常人的憐憫之情。」羅麥司用他正常的右手提著一支鉛筆，不斷地顫抖著。眼見羅麥司極度的、一往無悔的認眞態度，史托納幾乎陷入驚恐。「不能，」羅麥司激動地說，「爲此我不能原諒你」。

史托納極力不讓語氣變得嚴厲，「這不是原諒不原諒的問題，該考慮的是我們對彼此的態度，不該讓學生或系上的同事感到過度不安。」

「我坦白說吧，史托納，」羅麥司說。他的憤怒稍稍平復，聲音平靜而從容不迫，「我不認爲你是適任的老師；一個人只要讓偏見凌駕於他的天分與學識之上，他便不是一個適任的老師。如果我有權力，我會把你解聘；但是我沒有權力，我們都很清楚。我們……你受終身聘用制度保護，這點我接受。但是我不要當僞君子，我不想再與你有任何瓜葛，一點都不，我不會假裝友好。」

史托納凝望著羅麥司好一陣子，搖搖頭說，「好吧，訶力，」他的語氣變得困倦，想要離開。

「等一下，」羅麥司大聲說。

史托納轉身。羅麥司專注在桌面上的文件，臉色脹紅，似乎內心陷入矛盾掙扎。史托納看得出那不是憤怒，而是羞愧。

羅麥司說，「以後，如果你要見我——與系務有關的事——你要先向秘書約時間。」雖然史托納仍站在那裡看了他好一陣子，羅麥司卻頭也不抬。他的臉部微微地抽動了一下後，一切趨於平靜。史托納離開辦公室。

此後的二十年間，兩人彼此再沒有直接說過話。

史托納後來了解到，學生難免會被影響；雖然他成功地讓羅麥司做做表面功夫，但長遠來說，他不可能讓學生免於受鬥爭氣氛的影響。

他以前的學生，甚至是他非常熟悉的學生，開始會不自然地，或甚至是遮遮掩掩地與他打招呼或說話。有好幾位則是大剌剌地表示友好，故意與他說話，或讓人看見與他一起走在走廊上。但是他和他們的關係和以前再也不一樣了；他是一個特殊的人物，與他在一起或是不在一起，都有特別的原因。

他越來越覺得他的出現不論對他的朋友或者是敵人來說，都是一種尷尬，所以他越來越常孤單一人。

他逐漸陷入一種慵懶的狀態。他在教學上仍是全力以赴，但是大一大二必修課的重複性內容讓他的熱情漸漸流失，一天的教學工作下來使他極度疲憊與麻木。在課與課之間漫長的時間，他會盡量安排與學生見面，費煞苦心地與他們討論他們的作業，直至到他們感到焦躁與不耐。

時間在他身邊緩慢流轉。他企圖多花時間在家裡陪妻子和小孩，但是由於他異常的課程安排，他在家的時間也顯得異常，這也與伊迪絲每天安排緊湊的活動無法配合；不出所料，他發現他定時出現在家裡會造成他妻子的困擾，使她變得焦慮、沉默，而且有時候會感到身體不適。此外他在家的時候極少有機會看到葛瑞絲。伊迪絲很細心地安排女兒每天的活動，她的「自由」時間只有在晚上，而一星期裡史托納有四天晚上有課，下課時葛瑞絲通常已經就寢。

所以他一直都只有在早上吃早餐時短暫地看到葛瑞絲；而單獨與她相處的時間只有伊迪絲把餐桌上收拾好的餐具送到廚房洗滌槽中浸洗的短短幾分鐘。他觀察到她的身體抽高了，四肢散發出羞澀的優雅，沉默的雙眼及警惕的臉看得出智慧正與日俱增。有時候他仍感覺到與女兒之間的親密感情，一種他們彼此都不敢承認存在的親密感情。

最後他還是恢復他大部分時間留在潔思樓研究室的老習慣，告訴自己應該因爲有機會獨自一人閱讀、免於備課的壓力，且不受研究方向的拘束而心生感激。他企圖隨心所欲地閱讀一些多年來想要讀的書，只爲了娛樂或嗜好。然而他的心靈無法任由自己的心意牽著走，往往面對著書頁，卻心不在焉，更常發生的，是發現自己頭腦放空，呆呆地凝視著前方，彷彿時時刻刻他心中所知已被淘空，彷彿他的意志力已然流失。有時候他感覺自己像一棵植物，期盼著某種東西——甚至是痛苦——可以戳他一下，讓他活過來。

他的年歲已到達一個階段，讓他越來越強烈地感到整個人似乎被沒入某種他無力面對的簡單質樸的生活中。他開始懷疑過去的生命是否活得有價值、是否曾經活得有價值過。他懷疑每一個人都會在人生某個時刻遇上這個問題；他想知道當他們像他一樣遇上這問題時，那股力量是不是一樣地無情。這個問題夾著一絲哀愁而來，但是他覺得那是一種並非針對他個人命運而起的哀愁，而他自己也不太肯定他所思考的問題是否是因最直接、最明確的系上糾紛，以及他現在的下場而引起的。他相信這問題源自他年歲的累積、他所經歷過的無數機緣與境遇，以及他對此種種的體會。他因自己不需要太多的學問來理解這一切而感到一陣陣淒涼而反諷的樂趣：終究，一切將變得無用與虛空，包括讓他有此體會的學問；一切將回歸至不曾被改變過的虛無縹緲。

有一次，天色已晚，晚上的課結束後他回到研究室想要看看書。時已入冬，下午才下過一場雪，室外覆蓋著一片軟軟的白色。研究室裡暖氣過強，他便把辦公桌旁的窗戶推開，好讓涼快的空氣吹進緊閉的房間。他深吸了一口氣，眼睛環視校園裡白色的地坪。一時間心血來潮，他關上了桌燈，孤坐在研究室裡溫熱的黑暗中。他大口地吸入冷空氣，身體靠向敞開的窗戶，傾聽著冬夜的寧靜，他似乎也感覺得到被吸進結構精巧複雜的雪花裡的聲音。皚皚白雪上毫無動靜，一片死寂彷彿在牽引著他，吸吮著他的意識，就如同它從空氣中吸納聲音以埋葬在那潔白柔軟的寒冷中。他感到自己被牽引到窗外的一片白茫茫裡；那一望無際的白茫茫與它所照亮的黑暗與無邊的天際連成一體。剎那間他感到他飄離了自己的身體，一切——白茫茫的雪地、樹木、潔思樓外五根巨柱、晚空、遙遠的星宿——看來極爲渺小及遙遠，彷彿逐漸萎縮直到消失無蹤。忽然間他身後的電熱器發出響聲，他身子動了一下，眼前所見又一如往昔。他把桌燈打開，心中感到如釋重負卻又莫名其妙地心有不甘。他收拾好幾本書及一些文件後，離開研究室沿著昏暗的走廊，從潔思樓後方的雙開大門離開。他漫步走回家，聽著每一步踩在乾雪上發出黯啞的碎裂聲。

Chapter

XII

那一年，尤其是在冬季，他發現自己越來越頻繁地回到那種超現實的狀態；他似乎可以用意志力讓自己的意識脫離他的身體，彷彿有一個熟悉卻又古怪的陌生人從外面觀察自己從事一些熟悉卻又古怪的事。這種精神和肉體的分裂是他從未體驗過的；他知道他應該感到困擾，但是他已完全麻木，無法說服自己這有任何重要性。他四十二歲了，然而他看不到眼前有何目標值得他追尋，更看不到過去有多少事值得他緬懷。

四十三歲的時候，威廉．史托納變得幾乎跟他年輕時一樣瘦，第一次看見校園時他所萌生頭暈目眩的敬畏也從未自他心靈上完全消失。年復一年，他的肩膀越加傾斜，他的動作開始變慢，讓人覺得他那種從內在展現出來像農家子弟般的笨手笨腳是在裝模作樣。時間讓他的長臉的線條變得稍微柔和一點；雖然他的皮膚仍像一張黝黑的皮革，卻不再緊繃地包覆著明顯突出的顴骨，且因眼角和嘴邊的細紋而顯得皮膚鬆弛。他敏銳而清晰的灰色雙眼比以前更爲凹陷，掩蓋了部分精明的警覺性。曾經是淺褐色的頭髮已經變暗，儘管太陽穴附近有好幾處開始花白。他不常想到他的年齡，也不曾因年華老去而悔恨，但是每當他在鏡中看到自己的臉，或者是在潔思樓前玻璃門上看到自己的倒影時，往往會被自己的外在變化稍微嚇到。

初春一個接近傍晚的午後，他獨自坐在研究室裡，桌上是一疊大一作文。他手上拿著一篇，卻沒有在看。就像他最近常常做的，他凝望著窗框外的部分校園。那天天氣晴朗，他看著潔思樓的影子慢慢爬動，幾乎要碰到四方院中央五根優雅地矗立的巨柱底座。四方院內的草坪被陰影覆蓋之處呈灰褐色，陰影之外淺褐色的冬草上已閃爍著一層淡綠色。五根明亮的大理石柱上纏繞著細長的褐色葡萄藤；史托納心想，陰影很快便會爬向石柱，底座會變暗，之後暗影慢慢向上爬，越來越快，直到……他突然發現有人站在他的身後。

他從椅子上轉過身抬頭看，那是凱撒琳．綴思可，去年旁聽他研討課的年輕講師。自從課程結束後，雖然他們偶爾在走廊上相遇，並點頭打招呼，但是兩人始終沒有真正說過話。史托納對當下突如其來的接觸隱約感到不悅，他不願再想起那門研討課，及其後所衍生的枝節，他尷尬地站了起來，身體把椅子推開了。

「綴思可小姐，」他神情顯得嚴肅，示意她坐到他辦公桌旁的椅子上。她定神看了他一下；她的眼睛又大又黑，史托納覺得她的臉色分外蒼白。她微微點頭，移向史托納所示意的椅子坐下。

史托納坐回他的椅子上，凝視著她一陣子，卻不是眞正看著她。最後他覺得這種舉動會被視爲無禮，便擠出一個微笑，口中咕噥著一些他教學上空洞無意識的話題。

她突然脫口而出，「你……你說過如果論文有明確的寫作方向的話，願意幫忙看看。」

「是的，」史托納點著頭說，「我有說過，那是當然的。」他這才注意到她緊握著大腿上的一個資料夾。

「當然，如果你忙的話，」她試探性地說。

「一點都不忙，」他試圖在聲音中表示他的熱誠，「抱歉，我不是有意顯得心不在焉。」

她遲疑地把資料夾遞給史托納。他接過資料夾，在手中輕拋了一下以感覺其重量，並向她微笑，「我以爲妳已經進行得比這多很多，」他說。

「本來是的，」她說，「但我又重新開始，用了新的策略，而且……你能表達你的看法的話，我會非常感激。」

他再次向她微笑點頭，一時語塞，好一陣子兩人尷尬地枯坐在沉默中。

最後他說，「妳什麼時候要拿回稿子？」

她搖著頭說，「都可以，等你有空看完。」

「我不想耽誤妳的時間，」他說，「這個星期五好嗎？這樣我會有足夠的時間，三點鐘好嗎？」

她筆直地站了起來，「謝謝你，」她說，「我不想惹人厭煩，謝謝你。」之後她便轉身，挺直苗條的身形，一步步離開研究室。

他盯著手中的資料夾好一會，然後把它放在桌上，繼續批改他的大一作文。

那天是星期二。之後的兩天，論文的初稿仍是原封不動地躺在桌上。基於一些他不全然了解的原因，他無法讓自己打開那個檔案夾開始閱讀，儘管在幾個月前，這個任務對他來說是一項愉快的工作。他懷著戒心看待這份初稿，彷彿它想要引誘他再次參與一個他已經拒絕的戰爭。

很快到了星期五，而他還沒有開始閱讀。那天早上他在辦公桌前收拾書籍和講義準備上八點鐘的課，他發現資料夾躺在桌上，彷彿在責怪他；他在九點鐘後回到研究室，他想要留一個便條給綴思可小姐，希望能把見面的時間延後一個星期；但是他最後還是決定在十一點鐘上課前趕快把它看完，好讓她下午來了他可以說幾句話敷衍一下。然而他仍無法讓自己打開資料夾；當他正要離開研究室上當天最後一節課時，他從桌面抓起了資料夾，塞到手上的一疊講義裡，匆匆地穿越校園前往他的教室。

到中午課程結束，他被幾個問問題的學生留住了，到了一點鐘以後才脫身。他懷著一股沉重的決心，直奔圖書館，想要找一個讀書室，好讓他在三點鐘與綴思可小姐見面前能有一個小時迅速地把初稿讀完。

然而儘管在圖書館內幽暗而熟悉的寧靜中，在一個書庫下方深處的一間讀書室裡，他仍然難以讓自己看看他隨身帶著的稿子。他翻開了其他書本，隨便挑了幾段讀一讀；他動也不動地坐著，鼻子吸進一股舊書籍所散發的霉味。最後他嘆了口氣，覺得不能再拖了，從資料夾中取出稿子，快速地掃過前面幾頁。

開始的時候他不怎麼專注於稿子的內容；但是慢慢地他感覺到每一個文字都向他洶湧而至，他眉頭緊蹙著更細心閱讀。然後他整個人被吸引住了，又再回到第一頁開始閱讀，全部注意力都在字裡行間流動。對了，他告訴自己，就是要這樣。她在研討課的口頭報告中所用的材料大部分都在稿子裡面，只是重新安排過、組織過、朝向一個他曾經模糊地瞥見過的方向。他內心那一股驚嘆使他喊出，天啊；他的指尖興奮地顫抖著一頁一頁翻動稿子。

他讀完最後一頁打字稿後，身體向後靠，感到滿滿地一股愉悅的疲憊，凝視著面前的灰色水泥牆。雖然他覺得只是讀了幾分鐘，但是他看看手錶，已經快到四點半了。他急忙地站起來，迅速地收拾好桌面的稿子便飛奔出圖書館；他知道已經無法改變爽約這個事實，但還是半走帶跑穿越校園到達潔思樓。

前往研究室的路上他經過英文系辦公室的門前，聽到有人喊他的名字。辦公室的門敞開著，他探頭進去，那是羅麥司新聘的秘書。她用譴責的口吻，幾近傲慢無禮地告訴他，「綴思可小姐三點鐘來找你，她等了快一個小時。」

他點頭致謝，放慢腳步回到研究室。他告訴自己這沒關係，他可以在星期一把論文初稿還給她，並向她道歉。然而讀完她的論文初稿後他的興奮狀態遲遲無法平息，他焦躁不安地在研究室裡來回踱步，不時停下來自顧自地點頭。最後他走到書架前，翻找了一會，抽出薄薄的一本小冊子，封面上是沾了污跡的黑體字：《密蘇里大學教職員工通訊錄》。他找到凱撒琳・綴思可的名字，但是沒有電話號碼。他記下她的地址，拿起桌上裝著稿子的公文夾，便離開了研究室。

離校園往鎮上方向三個街區之遠，是一片老舊的大屋，數年前已重新隔間成公寓，租賃給高年級學生、年輕教師、大學裡的職員，以及鎮上的一般居民。凱撒琳・綴思可住的地方在這一片房子的中央，那是一間大型的三層玄武石房子，有很多令人眼花撩亂的出入口，屋身到處建有塔樓和凸窗，四周都有陽台伸出建物外。史托納終於在屋子的側面找到上面有凱撒琳・綴思可名字的郵箱，她的住處是沿著幾級水泥階梯往下走的地下室。他猶豫了一會，然後敲了門。

當凱撒琳・綴思可打開門時，威廉・史托納幾乎認不出她來。她把頭髮向上挽，隨便地結在頭上，露出了粉白的耳朵；她帶著黑框眼鏡，眼鏡後面是張得大大的吃驚的雙眼。她穿了一件男裝襯衫，領口敞開，下半身穿了深色的寬鬆褲子，身形看來更纖細，姿態也比史托納記憶中更優雅。

「我……我很抱歉我爽約了，」史托納尷尬地說，並把資料夾塞到她手中，「我想妳會在這個週末用到它。」

她有好一陣子沒有說話，木無表情地看著他，緊咬著下唇。她退後了一步，「要進來嗎？」

他隨著她經過窄窄的門廳，進入了一間樓面低矮而晦暗的房間。房間裡有一張床，比單人床稍大，當作沙發用。沙發前面是一張矮長的桌子；另外還有一張裝上了椅墊的單人椅，一張小書桌，一張椅子和一個放滿了書的書櫃，緊靠著牆壁。地上和沙發上躺著幾本書，書桌上散佈著紙張。

「房間很小，」凱撒琳．綴思可邊說邊彎身從地上撿起一本書，「但我不需要太多空間。」

他坐在單人椅上，面對著沙發。她問他要不要喝咖啡，他說好。她走去房間外的小廚房，他感到心情舒坦，環視四周，聽著她在廚房裡發出的輕微聲響。

她用塗漆的托盤端出了兩杯白瓷杯子盛著的咖啡，放在沙發前的桌子上。他們啜飲著咖啡，拘謹地聊了一會。然後史托納談到他讀到的那部分初稿，以及稍早在圖書館中所感受到的激動；他身體靠前，說得十分認真。

在接下來的大半個小時裡，在學術討論的掩護下，兩人自在地聊著。凱撒琳．綴思可坐在沙發的邊緣，眼睛閃著亮光，瘦長的手指在咖啡桌上一捏一放。威廉．史托納把他的椅子向前拉，俯身向她靠近，目不轉睛；他們靠近到伸手可以碰觸的距離。

他們聊到在論文前幾章提出的問題、那些問題所引導的討論方向，及其對整個研究的重要性。

「絕對不要放棄，」他說，聲音中帶著一股自己也難以理解的迫切感。「不管有時候這個課題看來會有多困難，妳絕對不要放棄。這課題太棒了，放棄了可惜。喔，這眞是太棒了，毫無疑問。」

她沒有說話，有好一陣子臉上的興奮之情消失了。她身子往後靠，別過頭去，彷彿不經意地說，「我們的研討課……一些你講過的內容……那很有幫助。」

他微笑著搖頭，「妳不太需要那個研討課的，但是我很高興妳能來旁聽，研討課很精彩，我想。」

「喔，太不像話了！」她衝口而出，「太不像話了。研討課……你……我又要舊事重提了，那個課之後，太不像話了他們竟然……」她忿忿不平地頓住，陷入一陣難以遏止的紛亂中。她站了起來，焦躁地走到書桌前。

史托納對她的情緒性發洩感到吃驚，說不出話來。過了一陣子，他說，「妳不該爲這件事擔心，這很平常，時間過了就沒事了，這眞的不重要。」

他說完這些話後，忽然間，事情眞的不重要了。當下他領略到他話裡的眞諦，而且好幾個月來他第一次從他絕望的重擔中，一種他不自覺的重擔，解脫開來。「這眞的不重要，」他又說了一次，幾乎笑了出來，彷彿感到一陣暈眩襲來。

不過兩人之間忽然產生了尷尬的感覺，不像稍早前可以輕鬆自然地說話。不久史托納便站了起來，感謝她招待的咖啡，並向她告辭。她陪他走到門口，用近乎冷淡的語氣說晚安。

天已入黑，空氣中瀰漫著初春的寒意。他深吸了一口氣，在一陣涼意中感到體內一股激動之情。附近房子拼湊出參差不齊的天際線之外，小鎭的燈火點亮了懸掛空中的一層薄霧，街角一盞路燈，微弱地抵禦著四面襲來的黑暗；歡笑聲從街燈以外的黑暗中傳來，突兀地打破了沉默，徘徊著，又緩慢地消失；沿路後院裡焚燒垃圾的煙硝味混合著薄霧。他漫步穿越夜色，呼吸著香味，舌尖上嚐著夜裡冷銳的空氣，他似乎滿足於踏進了這一個時刻，不再祈求再多。

就這樣他開始了一段戀情。

他是慢慢體會到自己對凱撒琳・綴思可的好感。他發現自己會在下午不斷找藉口到她的公寓裡；他會想到一本書的書名或一篇文章的題目，記下來，並故意避免在潔思樓的走廊上遇到她，好讓他能在下午順路拜訪她，提供書名或篇名，喝杯咖啡，聊聊天。有一次他花了半天在圖書館裡找尋一筆資料，來加強她論文第二章裡他認爲有問題的論點；又有一次他費勁地從圖書館裡一份鮮爲人知的拉丁文手稿影印本中抄錄一部分下來，又花了好幾個下午協助她翻譯出來。

在他們共度的下午裡，凱撒琳・綴思可總是謙恭有禮，友善和藹，並且沉靜內斂；她默默地感激他在她的論文上所投注的時間與心力，希望她不會使他疏忽了更重要的事情。他覺得她只會認爲他是一個對她的論文寫作感興趣，並且讓她仰慕的教授，或許也會認爲他的協助有點超過他該盡的責任，儘管那是出於友好之意。他覺得自己是一個荒謬可笑的人，一個除了不涉個人因素的事情之外沒有人感興趣的人。在他對自己承認對凱撒琳・綴思可有好感之後，他便極度隱藏自己的情感，不讓她輕易察覺到。

有超過一個月的時間，他每週會去她的公寓兩三次，每次逗留不超過兩小時。他怕她因他一再出現而感到不悅，所以他都是確定眞正對她的論文寫作有幫助時，才會前往。他發現他前往她的住處前所做的準備工作，與他備課一樣的用心，這對他來說是一種淒涼的快感。他告訴自己這已經足夠，只要她還能容忍他的出現，讓他可以看她，與她說話，他就滿足了。

然而儘管他如何小心，如何用心，他們兩人共度的下午變得越來越不自在。他們會發現好一段長時間彼此沒有話說；兩人呷著咖啡，但兩雙眼睛看著不同的地方。他們用探索的或者是謹慎的語氣說「嗯……」，或者找理由在房間裡各自忙東忙西，躲避接觸。他沒預期到的惆悵越來越強烈，他告訴自己他的到訪已造成她的負擔，她只是出於禮貌而不讓他注意到。當他知道自己該何去何從，他便立即做了決定。他會慢慢地疏遠她，這樣她才不會知道他已看出她心神不安，似乎他這樣做就是他能給她的最大幫助。

之後的一個星期內，他只到過她的公寓一次，再一個星期後，他一次都沒有找她。然而他沒有預期到自己的內心會如此地糾結。在下午他坐在研究室裡，幾乎是用實際行動來阻止自己從椅子站起來，衝到外面，往她的公寓走去。有一兩次他看見她在走廊遠處正趕往教室，或是下課回來，他立刻轉身往另一方向走，避免彼此碰面。

過了一段時間，他產生了一種麻木感，他告訴自己會沒事的，過幾天之後他就會在走廊上看到她，向她點頭微笑，或許把她留下來聊一下，問她論文的進度如何。

後來有一個下午在系辦公室裡取郵件的時候，他無意間聽到一個年輕講師與別人提到凱撒琳．綴思可生病了，已經請了兩天病假。他的麻木感頓時消失，胸口感到一陣劇痛，一切的決心及意志力離他而去。他急忙走回他的研究室，迫切地搜尋書架，選了一本書便離開了。到達凱撒琳·綴思可公寓門外時，他已經喘不過氣來，因此便在門前站了好些時候。他在臉上擠出一個微笑，希望看起來還算自然。他把笑容固定後，便敲了門。

她比平時更爲蒼白，但雙眼泛起黑眼圈。她穿了深藍色的睡袍，頭髮全部往後梳攏。

史托納注意到他說的話顯得焦慮，而且有點傻氣，但是他無法停止他滔滔不絕的話語。「嗨，」他爽朗愉快地說，「聽說妳病了，我想過來看看妳的情形，我帶了一本書，可能對妳有幫助，妳還好嗎？我不想……」他聽著連珠砲般的聲音從他僵硬的嘴裡吐出，眼睛不斷掃視她的臉龐。

到最後他安靜下來時，她往後退了一步，安靜地說，「進來吧。」

一進入那小小的客廳兼臥室裡，他停止了焦慮而空洞的言語。他坐在沙發對面的椅子，而當凱撒琳·綴思可坐到沙發椅上面對他時，便開始感受到一種熟悉的自在感。

她終於開口問，「要喝點咖啡嗎？」

「不必麻煩了，」史托納說。

「不會。」她簡短生硬的語氣背後帶著一股憤怒，這是史托納曾經聽過的。「我只是把它加熱而已。」

她走進廚房。史托納獨自坐在房中，悶悶不樂地凝視著桌面，告訴自己他不該來的。他想到驅策他做出這種種事情的傻勁。

凱撒琳．綴思可提著咖啡壺和兩個杯子回來，倒了咖啡，兩人坐在各自的位子上，看著蒸汽從黑色的液體上裊裊升起。她從扭曲變形的香菸軟包中抽出一根香菸，點燃後焦躁地吸著。史托納注意到他帶來的書仍然緊握在他的手中，他把它放在桌上，兩人之間。

「或許妳還沒有這個心情，」他說，「但是我偶然看到，可能對妳有幫助，我想……」

「我差不多兩個禮拜都沒看到你，」她邊說邊把香菸捻熄，並猛烈地把菸蒂往煙灰缸裡擰。

他嚇了一跳，茫然地說，「我最近很忙……很多事情……」

「沒關係，」她說，「沒關係，眞的。我不應該……」，她用掌心搓揉著額頭。

他擔憂地看著她，他想她一定發燒了。「很抱歉妳生病了，如果有什麼我可以……」

「我沒有生病，」她說。她隨之以一種平靜，且近乎冷漠的揣測性的口氣說，「我極度，極度地不快樂。」

而他還是不明白。那赤裸尖銳的話語像一把刀刺進他身體；他稍稍轉開身子，慌亂地說，「很抱歉。妳可以告訴我原因嗎？如果有什麼我可以……」

她抬起頭。她臉部僵硬，但眼裡亮晶晶地含著淚水，「我不是想要讓你難堪，對不起，你一定覺得我很傻。」

「不會，」他說，再多看了她一會，看著她似乎是用意志力把情緒隱藏起來的蒼白的臉。然後他注視著自己合攏在膝蓋上巨大而瘦削的雙手。他的手指粗短，泛白的指關節在他褐色的皮膚上隆起。

最後他緩慢而沉重地說，「在很多方面我是十分無知的人；傻的是我，不是妳。我沒來看妳是因爲我想……我覺得我惹人討厭。或許我的想法不對。」

「不對，」她說，「不對，完全不對。」

他繼續說，仍是沒有看著她，「我不希望妳因爲要處理……處理我對妳的感情而感到苦惱。我知道如果我一直來看妳，我早晚無法把它掩藏起來。」

她沒有動；睫毛上打滾的兩行淚水沿著臉頰流下，她沒有把淚水拭去。

「或許是我自私。我覺得這段感情不會有結果，除了讓妳感到難堪，且使我不快樂。妳知道我的……情況。我覺得妳不可能會……會對我有好感，除了……」

「不要說了，」她輕聲卻認眞地說，「喔！親愛的，不要說了，過來我這裡。」

他感到身子在顫抖，他像個小男孩般彆扭地繞過桌子坐到她身旁。他們的手笨拙地探索著迎向對方，彼此尷尬地擁抱起來。有很長一段時間他們動也不動，彷彿這個擁抱所掌握的奇怪而恐怖的一切會因任何動作的騷擾而消失無蹤。

他之前以爲她的眼睛是深褐色或黑色，其實是深紫色，有時候在房中黯淡的燈光下會濕潤地閃出亮光。他盯著她的雙眼左右移動，發現它的顏色會不斷轉變，彷彿連在靜止的時候，顏色還是沒有停止變化。她的肌膚遠看似乎太蒼白，其實底下有一層溫潤的紅色，彷彿是半透明的乳白色下有光的流動。就像她的半透明肌膚，她的內在顯得平靜、沉著和內斂，遮掩著她的熱情、活潑與幽默，因爲有了僞裝，反差使得這些特質更爲強烈。

到了四十三歲，史托納才學到其他人比他更早學會的事：初戀的情人並不是他最終的愛人，而且愛不是目的，而是一個人企圖瞭解另外一個人的過程。

他們都十分羞怯，緩慢地、探索性地了解彼此；他們既親密又疏離，有接觸又有迴避，互相不願意強加於對方任何超過所能容忍的限度的事。慢慢地他們忘卻彼此之間的矜持，就像很多極度羞怯的人，最後對彼此毫無保留地開放，完全的、不做作的自在。

幾乎每一個下午他上完課後，他都會到她的公寓去。他們做愛、聊天，然後做愛，像小孩子不會厭倦於他們的遊戲一般。春天的日子延長了，他們期待夏天的到來。

Chapter

XIII

在史托納青葱年少時，他曾想過愛情是一種亙久不變的境界，如果一個人夠幸運，便應可尋到入路；到他成年後，他曾認定愛情是虛假宗教營造出來的天堂，人們應該以一種輕鬆愉悅的懷疑、溫和熟悉的鄙視、尷尬羞澀的懷戀來看待它。現在到了中年，他開始明白愛情既非恩典，也不是幻象；他視愛情爲一種人類成長的行爲，一種被創造出來的狀態，這狀態時時刻刻、日復一日地被意志力、智慧和心靈修正改變。

過去他曾經花在研究室裡空望著窗外遠方景物從閃亮到消逝的時間，現在與凱撒琳渡過。每天一大早他進入研究室，焦躁不安地坐下十到十五分鐘；因爲難以平靜下來，便漫步走出潔思樓，穿越校園到圖書館。在那裡他再花十到十五分鐘瀏覽一下書庫。最後，他彷彿是一個人獨自在玩遊戲一般，不必再裝神弄鬼，從側門溜出圖書館，直奔凱撒琳的住處。

她常常熬夜，有時候他到達後發現她才剛醒來，深藍色的睡袍匆忙蓋上赤裸的身體前來開門，身上滿是溫暖而性感的睡意。這樣的早上，他們往往在說話之前便開始做愛，凌亂的窄床還來不及收拾，上面仍有凱撒琳的餘溫。

她的身體修長、細緻，而且帶著輕微的狂野；每次碰觸她的肌膚都讓他笨拙的手指活起來。有時候他看著她的身體，彷彿那是在他看管之下的一件結結實實的寶物；他讓遲鈍的手指在她淺粉色且溫潤的大腿和腹部上玩耍；她的胸部小而堅挺，簡樸卻精緻，使他感到驚奇。他覺得他從未認識過別人的身體，覺得他已了解到為什麼他總是把一個人的自我與其身體區分開來，更覺得他終於了解到他從沒有以親切或信任，或是人與人之間的忠誠來認識另一個人。

就像所有的情人一樣，他們談很多關於自己的事，彷彿要透過這種方式來了解這個成就了他們的世界。

「我的天，我曾經多渴望得到你，」凱撒琳有一次這樣說道。「我曾經看著你站在教室前面，你的體型碩大，可愛又彆扭，我渴望著一點你的狂熱。你不曉得，是吧？」

「不曉得，」威廉說，「我以為妳是一個正經的女人。」

她燦爛地笑起來，「正經，的確！」她神情稍微嚴肅，微笑著緬懷過去，「我也認為我很正經，喔，當人們沒有理由不正經的時候，看來是多麼地正經啊。人要在戀愛中才能對自己略知一二，跟你在一起，我覺得我是世界第一蕩婦，世界第一熱情、忠實的蕩婦，這對你來說夠正經嗎？」

「不夠，」威廉微笑著說，伸手迎向她，「過來這裡。」

威廉後來知道她曾經有一個愛人，那是在她大四的時候，結局糟透了，眼淚、互責、背叛。

「大部分的愛情都有悲慘的結局，」她說。兩人神情嚴肅起來。

威廉知道她在他之前有過愛人後十分訝異，但他有這種反應實際上更讓他震驚；他知道他開始想像他們在一起之前，兩人都沒有眞正地活過。

「他是一個很害羞的男孩，」她說，「我覺得在某些方面他很像你，只是他心懷怨恨，而且膽怯，但我從來不知道他爲什麼如此。他習慣在宿舍旁的小徑盡頭的大樹下等我，因爲他害羞得不敢在人多的地方流連。我們習慣走好幾哩路到郊外，那裡不會看到任何人，但我們從來沒有眞正地……在一起，甚至是在我們做愛的時候都沒有。」

史托納幾乎可以看得見這位模糊的人物，沒有面孔，沒有名字；他的震驚變成惆悵，並對這位素未謀面的男孩產生憐憫，他竟會因爲一種晦澀難明的恨意而攆走了愛人，致使史托納現在得以擁有她。

有時候，在做完愛後的昏沉睡意中，他彷彿進入了一種不斷緩慢流轉而溫柔的感覺及從容不迫的思緒裡，而在這種狀態中他難以分辨他是否有大聲說出口，或者那種感覺或思緒最後只是在他心中形諸於文字而已。

他夢到完美，也夢到他們可以長相廝守，但他對夢境半信半疑。「如果美夢成眞，那會不會是……」他說，然後會繼續想像出一種難以比他們現在更好的存在方式。然而他們內心認知到的，或是他們所想像並建構的可能性其實是一種愛的表達，是對他們兩人現在所過的生活的禮讚。

他們現在所過的生活是他們從來沒有想像過的。他們從激情發展到性慾，到最後從性慾發展出一種持續更新的深刻情感。

「性慾與學習，」凱撒琳有一次說到，「如此而已，不是嗎？」

對史托納來說這似乎也十分正確，這也是他所體會到的。

他們在一起的那個夏天不只是做愛和聊天。他們學到可以在一起而不說話，也習慣了寧靜；史托納把書本帶到凱撒琳的公寓，放在那裡，到最後他們多買了一個書架。那段時間史托納重新回到已經荒廢了的研究上；而凱撒琳則繼續寫她的書，作爲她的博士論文。她會連續好幾個小時坐在靠牆壁的書桌前，低著頭集中在她的書和參考資料上。史托納則手腳敞開坐在椅子上，或躺在床上，同樣地專注在自己的事情上。

有時候他們會抬頭，向對方微笑，之後又繼續閱讀；有時候史托納的視線會抽離他的書本，凝視著凱撒琳頸部後方優美的弧線及幾縷垂下來的頭髮。然後緩緩地一股慾望悠悠地升起，他會站到她的身後，雙臂輕輕擱在她的肩上。她身子會挺直起來，並把頭往後靠到他的胸前，而他的雙手會往前滑進她寬鬆的睡袍裡，輕柔地撫摸她的胸部。然後他們會做愛，之後會安靜地躺一會，再回到他們的書本上，彷彿他們的愛與學習是合而爲一的過程。

那個夏天他們也透過所謂「成見」而體會到一些怪現象。在他們成長的傳統裡，都以不同方式被告知靈與慾是分離的、互相排斥的。他們從不思考便相信那是二擇一的選擇題，從來沒有想過二者會互相強化。由於他們的實踐比他們對眞相的體會來得早，使他們認爲這個發現僅屬於他們所有。他們開始蒐集一些「成見」所引發的怪現象，像寶物般儲藏起來。這些寶物有助於他們抽離那個提供「成見」的世界，也有助於他們稍稍感傷地將彼此的距離拉近一點。

但是史托納注意到另外一個怪現象。那是有關他與他妻子和女兒間的關係的，但是他沒有向凱撒琳提及。

根據「成見」，這層家庭關係應該會因爲他的「風流韻事」的持續而日漸惡化。但事實並非如此。相反的，他們的關係似乎日益改善。他越來越常從他仍必須叫做「家」的地方缺席，這卻彷彿讓他比起過去多年更能接近伊迪絲和葛瑞絲。他開始對伊迪絲產生一種奇怪的親切感，近乎愛慕；他們甚至偶爾一起聊天，儘管沒有特定話題。那個夏天她還清理了玻璃陽台，並修復了幾處因天氣而損壞的地方，也添置一張沙發床，讓他不必再去睡客廳的沙發。

有時候到了週末，她會拜訪鄰居，留下葛瑞絲與父親獨處。有時候伊迪絲會外出較久，足以讓他與葛瑞絲到郊外去散散步。離開了家，葛瑞絲便褪去她的冷漠及戒心，偶爾她還會安詳親切地展露出那種史托納幾乎已經忘記的微笑。過去這一年她長得很快，體型瘦削。

他要靠他的意志力，才能提醒自己正在欺騙伊迪絲。他生命的兩個階段有著極大的差異；雖然他知道他欠缺內省的能力，而且具有自我欺騙的能力，但是他無法讓自己相信他正在傷害任何他該爲其負責任的人。

他沒有僞裝的天分，而他也不覺得需要掩飾他與凱撒琳·綴思可的情事。但他也不認爲應該把這段戀情公開給大家評頭品足。他似乎認爲外人不可能會注意到他們兩人的情事，或甚至對此有興趣。

因此，在夏天結束前，當他發現伊迪絲對他的戀情略知一二，而且幾乎是在一開始便知道的時候，他感到極度地但不涉情感地震驚。

那是在一個早上她隨口提到的。他在早餐後仍喝著他未喝完的咖啡，與葛瑞絲閒聊，伊迪絲用稍微嚴厲的語氣告訴葛瑞絲趕快把早餐吃完，而且還要先練習一小時的鋼琴才能有自己打發的時間。威廉看著女兒瘦削直挺的身影離開餐廳，茫然地等著，直到第一個音符從那老舊的鋼琴傳來。

「嗯，」伊迪絲說，聲音中仍保留著剛才嚴厲的口吻，「今早有點晚，是嗎？」

威廉詫異地轉頭看她，臉上仍是片刻前的茫然。

伊迪絲說，「讓你的小女生等太久她不會生氣嗎？」

他的雙唇感到一陣麻木。「什麼？」他問，「這怎麼說？」

「喔，小威，」伊迪絲開懷地笑著說，「你以爲我不知道你的……小小的調情？哎呀，我全都知道。叫什麼名字？我聽過，但我忘了叫什麼。」

一片震驚與紛亂中他的腦子只抓到一個詞；當他開口說話時他聽到自己暴怒的語氣，「你不懂，」他說，「沒有你所謂的……調情，那是……」

「喔，小威，」她說，再一次笑起來，「別激動。喔，這種事我很清楚。你們這把年紀的男人，這很自然，我看來；至少他們是這樣說的。」

他沉默了一陣子，然後很不情願地說，「伊迪絲，如果妳要談這件事……」

「不要，」她說，聲音中帶著幾分驚恐，「沒有什麼好談的，完全沒有。」

他們沒有談，此後再也沒有。大部分的時間，伊迪絲會維護男人因工作而不能回家的這個傳統；但有時候，幾乎是漫不經心地，她會說出這個她一直藏在心裡的疙瘩。有時候她會用戲謔的口吻提起這件事，像一種帶著愛意的戲弄；但有時候話中不帶任何情感，好像那是她所能想到的最無所謂的話題。有時候卻說得很尖刻，好像有一些瑣事惹得她生氣。

她說，「喔，我了解。男人一到四十歲。但是，說眞的，小威，你已經老得可以當她爸爸了，不是嗎？」

他不覺得他在外人或全世界的眼底下必須具備哪一種形象。但是突然間他發現自己在別人心目中必然已經不多不少建立了伊迪絲所描述的形象。他腦中掠過很多下流逸事或廉價小說裡主人公的形象：一個人到中年的可憐蟲，與老婆格格不入，便想要返老還童，結識與他年紀懸殊的女孩，彆扭地、愚蠢地追逐他已經消逝的青春，卻只是一個穿著華麗的昏庸小丑，讓人感到尷尬、憐憫和不恥，成爲笑柄。他努力仔細觀察這個形象，但是越看越覺得陌生；他看到的不是他自己，他忽然了解那個形象不指涉任何人。

然而他知道世人已悄悄地向他逼近，向凱撒琳逼近，向每一個他們認爲屬於自己的縫隙逼近；他以悲哀的心情看著，說不出口，甚至對凱撒琳也難以啓齒。

那年九月秋季學期開始的一場早霜後迎來了一季五彩繽紛的小陽春。史托納懷著一股很久沒有過的熱切的心情回到教學工作。儘管他將要面對一百多個大一新鮮人，也難掩這股更新過的力量。

除了因學生及同事都回到校園讓他必須要更謹慎行事之外，他與凱撒琳的生活像以前一樣延續。暑假時凱撒琳住的老房子幾乎是空無一人；他們幾乎可以與外界隔絕，不需擔心被人注意到。現在威廉在下午到她住處時，必須要極為小心。他在靠近房子時，先得要觀察街道四周，然後偷偷地走下樓梯到她公寓門前。

他們想過要表態，也談過要革命；他們告訴對方自己想冒險做一些犯眾怒的事，或者是大方地露臉。但是他們什麼都沒做，也沒有眞的這麼做的慾望。他們只想不被人注意，想做自己；他們知道若要達到這個目的，他們不會被人忽視，也不能做自己。他們以爲自己已經謹言愼行了，幾乎不覺得有人會懷疑他們之間的情事。他們協議不在校園裡接觸，而無法避免地在公共場合碰面時，他們會按正式的社交禮儀打招呼，相信旁人不會察覺其中的反諷。

但是他們的曖昧關係被發現了，而且是一開學後很快便被發現。這很可能是由於人們對這種事的超感能力所致，因爲他們都沒有對外洩漏過任何有關他們私生活的訊息。或者有可能是某人做出一些毫無根據地揣測，讓另外一個人半信半疑，繼而更仔細觀察他們，結果……他們知道這種揣測沒完沒了，但是還是樂此不疲。

他們都注意到有徵兆顯示他們的曖昧關係已經被發現了。有一次，史托納走在兩個研究生後面，他聽到其中一個說，「史托納老人家！天啊，誰會相信？」——並看到他們搖著頭，對這人際境遇表示嘲諷與困惑。凱撒琳的朋友則迂迴提到史托納，多此一舉地表達她們對兩人的愛情生活有信心。

讓他們感到訝異的是，大家似乎對此不以爲意。沒有人拒絕和他們交談、他們沒有遭人白眼、他們所害怕的世界沒有讓他們受折磨。他們開始相信可以住在那個他們認爲無損他們的愛的地方，並且可以有尊嚴地、安逸地住在那裡。

伊迪絲決定在耶誕節假期帶葛瑞絲到聖路易看她的媽媽；這是唯一一次在他們的共同生活中威廉和凱撒琳有很長的一段時間可以在一起。

他們分別若無其事地讓大家知道他們會在耶誕假期離開。凱撒琳會到東部探親，而威廉則到堪薩斯城文獻中心和博物館找資料。他們在不同時間坐不同的公車，約定在奧索卡湖見面，那是奧索卡山區裡的渡假小村。

那裡唯一的渡假屋長年營運，他們是唯一的客人；他們有十天可以在一起。

他們到達的前三天下了大雪，而逗留期間又下了一場，使得他們在這段期間看到附近起伏的丘陵都是白皚皚的一片。

他們的小木屋有臥房，客廳和小廚房，與其他的小屋有些距離，俯瞰整個冬天冰封的湖泊。早上醒來，他們的身體在厚重的毛毯底下摟在一起，溫暖而奢華。他們探頭到毛毯外哈氣，並看著氣體在冷空氣中凝固成霧狀；他們笑得像小孩，再拉起毛毯把頭縮回去，抱得更緊。有時候他們會做愛，然後整個早上窩在床上聊天，直到太陽從東邊的窗戶照進來；有時候他們醒來後史托納便跳下床，把整張毛毯掀開，露出凱撒琳裸露的身體，並在她的尖叫聲中大笑著點燃壁爐的火。然後兩人在火爐前擠在一起，只蓋著毛毯，等待緩緩升起的火及他們的體溫以獲得溫暖。

儘管天氣寒冷，他們幾乎每天都到森林裡散步。與白雪成強烈對比的墨綠色松樹，筆直堅挺地伸向無雲的淡藍天空；偶爾雪塊從樹枝滑落的啪嗒聲顯得四周更爲寧靜，就如同偶爾響起的孤單的鳥鳴聲使他們身處之地更爲孤寂。有一次他們看到一隻鹿從高山上下來找食物。那是一隻雌鹿，鮮豔的黃褐色皮毛映襯著背後樸實的墨綠色松樹和白雪。牠站在五十碼外面對他們，一隻前蹄優美地提起在雪面上，兩隻小耳朵豎起，深褐色的眼睛圓潤柔和。雙方全無動靜。雌鹿斜著細緻的臉，彷彿禮貌地問候來者；然後牠轉身從容不迫地漫步離開，小心翼翼地把腳從積雪中提起，又精確地踏進去，腳下白雪發出輕微的嘎吱嘎吱的聲音。

下午他們進入度假屋的服務中心，那裡也是該村落的雜貨店和餐廳。他們在那裡喝咖啡，和任何順便路過的人聊天，或許買幾樣東西回去當晚餐。

在晚上他們有時候點著油燈閱讀，但更喜歡坐在折疊好的毛毯上面對火爐，他們聊天，然後沉默，然後看著木頭上火焰的變化，看著彼此臉上火光的舞動。

距離他們共處的時光結束前不久的一個晚上，凱撒琳平靜地，幾乎漫不經心地說，「比爾，如果我們要選擇最後一樣東西，我們會選這一個星期。這聽來像不像小女生？」

「不管它聽來像什麼，」史托納點頭說，「都是事實。」

「那我會說，」凱撒琳說，「我們會選這一個星期。」

最後一天的早上，凱撒琳悠閒地整理家具並打掃室內。她脫下手指上的婚戒，把它塞進壁爐和牆壁之間的縫隙裡，她羞怯地微笑。「我想，」她說，「留下一些我們的東西在這裡，我知道只要這個地方還存在，它便不會消失。或許這很傻。」

史托納無法回答她。他挽著她的手，出了小木屋，腳步沉重穿過積雪到達了服務中心，等候公車載他們回到哥倫比亞。

二月底的一個下午，第二學期才剛開始幾天，史托納接到歌頓．芬治的秘書來電。她說院長想跟他談談，看他是否當天下午或第二天早上到他辦公室來。史托納告訴她可以。電話掛斷後他的手仍持著聽筒，坐了好幾分鐘。然後他嘆了口氣，點了點頭，便向樓下芬治的辦公室走去。

歌頓・芬治穿著襯衫，領帶鬆開。他往後靠在旋轉椅上，雙手緊握著放在後腦杓上。當史托納進來後他親切地點頭，並揮手示意他坐到辦公桌旁邊的皮沙發上。

「放鬆一下吧，比爾。最近好嗎？」

史托納點頭，「很好。」

「教學讓你很忙嗎？」

史托納冷淡地說，「算是吧，都排得滿滿的。」

「我懂，」芬治搖頭說，「我無法干預，你知道的。但是眞的很遺憾。」

「沒關係，」史托納有點不耐煩地說。

「好吧，」芬治把身體坐直，雙手緊握著放在面前的辦公桌上。「這次見面無關公事，比爾，我只想和你聊一下。」

他們沉默了一段時間。史托納輕輕地問，「怎麼了，歌頓？」

芬治嘆了口氣，然後直接了當地說，「好吧，我現在是以朋友的身分和你談。最近有些流言，作爲院長，我並非什麼事情都要管，但是……嗯，有時候我可能有必要這麼做，而我想——請記住，作爲一個朋友——我應該跟你談，在事情變得嚴重之前。」

史托納點頭，「什麼樣的流言？」

「喔，眞該死，比爾。你和那個叫綴思可的。你是知道的。」

「是的，」史托納說，「我知道。我只想知道有多嚴重。」

「還沒有很嚴重，都是含沙射影，或是評論，類似這些的。」

「我明白，」史托納說，「不過這種事我管不著。」

芬治小心地把一張紙對摺起來。「是認眞的嗎，比爾？」

史托納點頭，視線轉到窗外去，「是認眞的，我想。」

「你打算怎麼辦？」

「我不知道。」

芬治忽然有點動怒，把剛才小心摺好的紙揉成一團，丟進廢紙簍裡。他說，

「理論上，你的生命由你自己決定。理論上，你應該可以上任何你想上的人、做

你喜歡做的事，這一切都沒關係，只要不干擾到教學。但是，他媽的，你的生命不是任由你自己決定的。它是……喔，真該死。你懂我的意思。」

史托納微笑說，「我想我懂。」

「這令人頭痛，伊迪絲呢？」

「很明顯地，」史托納說，「任何人看待整件事情都比她嚴重得太多了。很有趣，歌頓，恐怕我們從來沒有比過去這一年裡相處得更好過了。」

芬治沒好氣地笑了一聲，「這很難說，是嗎？但是我的意思是，你們會離婚嗎？諸如此類的？」

「我不知道，可能吧。但是伊迪絲會抗拒，會很糟糕。」

「葛瑞絲呢？」

史托納的喉頭忽然感到一陣痛楚，而他知道他的表情已傳達了他的感覺，「這……是另一回事，我不知道，歌頓。」

彷彿他們在討論別人的事一般，芬治冷漠地說，「你是挺得過離婚……如果情況不是太糟糕。那可能會是波濤洶湧，但你可能挺得住。不過，如果你……你與綴思可這位女士的關係不是認眞的，如果你只是玩玩而已，那麼，事情可以解決。但是，你這是在自找麻煩，比爾，你活該。」

「我覺得是，」史托納說。

兩人頓了頓。「這是一件該死的工作，」芬治大聲地說，「有時候我覺得我根本不是合適的人選。」

史托納微笑說，「大衛．馬斯達就說過，你再王八蛋一點，就眞的會功成名就。」

「或許他說得對，」芬治說，「不過我覺得我已經夠王八蛋了。」

「不用擔心，歌頓，」史托納說，「我了解你的立場，如果我能讓你好過一點，我……」他頓了下來，猛搖著頭，「但我現在沒辦法，要給我一些時間。不管怎樣……」

芬治點頭，眼神沒有與史托納接觸；他盯著桌面，彷彿無可避免的厄運正要向他步步逼近。史托納等了片刻，但芬治沒有再說話，他靜靜地站起來走出他的辦公室。

由於與歌頓．芬治見面的關係，那天下午他比較晚才到達凱撒琳的住處。他不再費時在她的房子前面的街上左顧右盼，直接走下階梯進入她的住處。凱撒琳在等他；她還沒換下便服，衣著整齊地筆直坐在沙發上，神情凝重。

「你來晚了，」她直截了當地說。

「對不起，」他說，「有些事耽擱了。」

凱撒琳點了根香菸，手微微地顫抖。她細看著火柴，然後吹出一口煙把它滅掉。她說，「我的一位同事特地告訴我芬治院長下午在找你。」

「是的，」史托納說，「就是被這件事耽擱了。」

「關於我們的嗎？」

史托納點頭，「他聽到一些事。」

「我就猜到，」凱撒琳說，「我的同事似乎知道一些她不願開口明說的事。

喔，天啊，比爾！」

「不是這樣的，」史托納說，「歌頓是老朋友，我相信他其實想要保護我們，我相信如果能夠，他會的。」

好一陣子凱撒琳都沒有說話。她腳一踢把鞋子脫掉，躺到沙發上，眼睛盯著天花板。她平靜地說，「我覺得太過分了，我只希望他們別打擾我們。我以爲我們從來不需要理會他們。」

「如果情況太糟，」史托納說，「我們可以離開，我們可以做點什麼。」

「喔，比爾！」凱撒琳淡淡一笑，聲音嘶啞柔弱。她在沙發上坐了起來，「你是我最親愛的人，最親愛的，無人能體會的，我們不會被打擾，我不會讓他們得逞。」

之後的幾個禮拜他們像以前一樣的生活。他們採取規避和撤退的戰略，就好像一個身經百戰的將軍部署他的力量，以最少的軍力達到自保的目的。這種策略是他們一年前不懂得使用的，也不知道他們具備如此堅強的意志。他們變得思慮縝密而且謹小慎微，卻在他們的策略應用中獲得某種淒涼的樂趣。史托納只在入黑後才去她的公寓，那時不會有人看到他進入；在白天，凱撒琳在課與課之間讓人看見自己在咖啡店與其他年輕男性講師喝咖啡；而在一起度過的時間則因他們的共同意志而顯得更強烈。他們告訴自己和對方，他們比過去任何時刻來得更親密，並且他們很訝異地感覺到這是事實；這些他們彼此安慰的話不只是安慰而已。他們達到最緊密的關係，做出最不能逆轉的承諾。

他們活在一個昏暗的世界，並把自己較美好的部分帶進去，以致於過了不久，外在世界對他們來說似乎變得虛假不眞實，儘管那裡有人們在活動及說話、有變遷及持續的活動。他們的生活清楚地分成兩個世界，而這樣的切分對他們來說似乎也十分自然。

在晚冬初春的幾個月裡，他們發現了一種前所未有的寧靜。當外在世界拒他們於門外的同時，他們也較少注意到它的存在；而他們的快樂在於不需要與對方談論它，或考慮它。凱撒琳的公寓狹小昏暗、隱密得像偌大房子裡的地窖，但是他們在裡面彷彿脫離了時間，進入他們發現的永恆的宇宙裡。

然後，四月底的一天，歌頓·芬治再次把史托納請到辦公室去；他走下樓梯，神情木然，因爲他很清楚卻不願意接受被召見的原因。

事情再簡單不過，史托納早該料到但他卻沒有。

「是羅麥司，」芬治說，「不知怎的這個王八蛋得到消息，而且他不會輕易放手。」

史托納點頭。「我早該想到，也應該預期到的。你覺得如果我去跟他談會有結果嗎？」

芬治搖搖頭，穿過他的辦公室走到窗前。午後的陽光照在他的臉上，汗水反射出亮光。他困倦地說，「你不懂，比爾，羅麥司不是這樣玩的。你的名字還沒有被提出來，他要透過綴思可。」

「他怎樣？」史托納茫然地說。

「你幾乎要佩服他，」芬治說，「不知怎的他清楚知道我了解這件事，所以他昨天來找我，毫無預警，你懂嗎。他告訴我要把綴思可解聘，而且警告我事情可能會很難看。」

「不，」史托納說，他的手已因緊握沙發椅的皮製扶手而疼痛。

芬治繼續說，「據羅麥司說，他接到投訴，大部分來自學生，有少數來自鎮上居民，說好像是有男人不分晝夜地在她公寓進出，那是太明目張膽的不當行爲。喔，他說得冠冕堂皇，他說他個人不反對，還說實際上很欣賞她，但是要顧及英文系和學校的名譽。他說很同情大家必須要向中產階級的道德觀低頭，也同意學術社群應作爲一個避風港，讓人們免於新教徒倫理過分約束，他的結論是我們實際上是無能爲力的。他說他希望她能撐到這個學期末，但懷疑她能否做到。這王八蛋從頭到尾都對我們的狀況很清楚。」

史托納感到喉頭繃緊，說不出話來。他呑嚥了兩下後試著開口，聲音變得平穩單調，「他的意圖相當明顯。」

「恐怕是的，」芬治說。

「我知道他恨我，」史托納的語氣冷淡，「但是我從來不認爲……我從來不會想到……」

「我也想不到，」芬治說著，回到他的座位沉重地坐了下來，「但我幫不上忙，我無計可施。如果羅麥司要找投訴者，他們便會出現；如果他要目擊者，他也找得到。他身邊很多崇拜者，你知道的。如果校長收到消息……」他搖了搖頭。

「如果我拒絕辭職，你想會怎樣？如果我拒絕被恐嚇？」

「他會折磨她，」芬治淡淡地說，「然後你就會像是意外地被捲進來。很乾淨俐落。」

「那麼，」史托納說，「看來我們是要坐以待斃。」

「比爾，」芬治說完後便靜了下來。他兩隻拳頭撐著頭部，沉重地說，「有機會，只有一個機會我可以把他擋下來……如果綴思可乾脆……」

「不要，」史托納說，「這我做不出來。說實在的，我做不出來。」

「他媽的！」芬治的聲音顯得苦惱，「這都在他的算計中呀！想一想，你能怎樣？都四月了，快到五月了，這個時候你還能找到什麼樣的工作？如果眞的找得到的話！」

「我不知道，」史托納說，「像……」

「那伊迪絲呢？你覺得她會屈服嗎？她會乖乖地跟你離婚？葛瑞絲呢？如果你就這樣跑掉，她在這個鎮裡怎麼過？凱撒琳呢？你們要過什麼樣的生活？這對你們兩個好嗎？」

史托納沒有說話。他內心漸漸變得空蕩蕩的；他感到自己在枯萎，在消失。他最後說，「可不可以給我一個禮拜？——我要想一想，一個禮拜？」

芬治點頭，「我至少可以擋他一個禮拜，但沒辦法更久。很抱歉，比爾，你知道的。」

「好，」他從椅子上站了起來，杵在位子上好一陣子，等待麻木的雙腿恢復知覺，「我會通知你的，可以的時候我會通知你。」

他走出芬治的辦公室，進入黑暗曲折的走廊，拖著沉重的腳步走進陽光，走進那宛如監獄般的世界。

多年之後，在一些零星的時刻裡，他會回想起與歌頓·芬治對話後的那幾天，但總是無法清楚記得所有的內容。彷彿他是一個死人，只不過被一種頑強的意志力驅策著。然而很奇怪的是，他仍能感知他自己的存在，及那幾天所有與他擦身而過的地方、人、事；他也知道他在大眾面前所展現的形象，只是爲了掩飾他的內在。他授課、與同事打招呼、出席該出席的會議，但是沒有一個他遇見的人發現他出了什麼問題。

然而，自從他步出歌頓．芬治的辦公室的剎那，內心深處的麻木感擴散開來，他便知道他生命的一部分已然結束，而他卻能以平靜的心情看待一部分的自己逐步邁向死亡。他模模糊糊地意識到自己在早春午後光亮溫熱的天氣下穿越校園；人行道旁及宅前院子裡的山茱萸開滿了花，像半透明而脆弱的薄雲，在他的眼前顫抖著；垂死的紫丁香散發著香味，浸潤著四周空氣。

當他抵達凱撒琳的公寓後，他陷入一種狂熱而無情的歡愉中。當凱撒琳問及他剛剛與院長見面的內容時，他一概不回應；他強逼她大笑，而自己則以無限悲哀的心情觀看這最後一次的盡情歡樂，好像生命在已死的肉體上演出舞蹈。

他知道他們終歸要說話，雖然要說的話已經在他們心中一次又一次地排演過。這些話可以用文法的觀念來表示：他們從完成式開始——「我們一直都很快樂，不是嗎？」——再用過去式——「我們快樂過——比誰都快樂，我覺得。」——最後才輪到必要的敘述。

與芬治交談之後那幾天，他們選擇了最適合他們的方法以渡過他們最後的時光。在半歐斯底里式的歡愉之後的一陣平靜中，凱撒琳問，「我們的時間不多了，是嗎？」

「是的，」史托納平靜地說。

「還有多久？」凱撒琳問。

「幾天吧，兩到三天。」

凱撒琳點頭，「我一直覺得我可能會受不了。但我卻麻木了。我全無感覺。」

「我懂，」史托納說完，他們又沉默了一下。「妳知道嗎，如果有任何……任何我可以做的事，我會……」

「不要，」她說，「我當然知道。」

他向後靠在沙發上，看著低矮晦暗的天花板，那裡曾經是他們的天空。他平靜地說，「如果我甩開一切……如果我能放下，走出去……妳會跟我一起的，是不是？」

「是，」她說。

「但妳知道我不會這樣做，是嗎？」

「是，我知道。」

「因爲這樣做的話，」史托納向自己解釋，「一切都沒有意義……我們所做的一切，我們過去的一切。我幾乎確定我不能再教書，而妳……妳會變成另一個人。我們都會變成另一個人，我們會……什麼都不是。」

「什麼都不是，」她說。

「我們走了出來，至少還保有自己。我們還知道我們存在……還知道我們是誰。」

「是的，」凱撒琳說。

「因爲長遠來看，」史托納說，「我留下來並不是爲了伊迪絲，也不是爲了我必然會失去的葛瑞絲；不是怕爆發醜聞使我們受到傷害；不是怕我們要忍受煎熬，或甚至是面對愛情的消逝。我留下來是害怕這會是我們的滅亡，怕我們所做的一切會化爲烏有。」

「我知道，」凱撒琳說。

「所以我們畢竟是屬於這個世界的；我們早該知道。我們是知道的，我相信；但是我們必須稍微抽離一點、裝模作樣一點，使我們能夠……」

「我知道，」凱撒琳說，「我從頭到尾都知道，我猜。甚至連我在僞裝的時候，我已知道終有一天，終有一天我們會……我知道。」她停了下來凝望著他，雙眼驟時亮起淚光。「眞該死，比爾！眞該死！」

他們沒有再說下去。他們擁抱，好讓彼此看不到對方的臉；他們做愛，好讓他們不必說話，以彼此熟悉的肉慾，以及面臨失去而激發的激情合體。之後，在黑暗的小空間裡，他們恬靜地躺著，身體只有輕微的碰觸。過了一段很長的時間，凱撒琳的氣息緩慢平順，似乎已經入睡。史托納靜靜地起床，在黑暗中穿好衣服，沒有把她喚醒便走出公寓。他走在哥倫比亞寂靜而空虛的街道上，直到東邊天際透出一線灰色的晨光，他才往大學校園走去。他坐在潔思樓前的階梯上，注視著東面的晨光爬上四方院中央的石柱。他想到在他誕生之前的一場大火，裡裡外外摧毀了整棟老建物；面對僅剩的五根石柱，史托納心中泛起淡淡的哀愁。陽光出現後，他進入潔思樓的研究室，等著上第一堂課。

此後他沒再看過凱撒琳．綴思可。他離開她後，她在夜裡起床，收拾所有東西，把書裝箱，留下郵寄書本的地址給公寓的管理員。她把學生成績、交代提前結束那個學期剩下的一週半課程，以及她的辭職信寄給英文系辦公室。下午兩點鐘，她坐上了離開哥倫比亞的火車。

史托納知道她一定已經計劃要離開好一段日子了；他很高興他不知道她的計劃，而且也很高興她一句話都沒有留下，說出那不能說的話。

Chapter

XIV

那個暑假他沒有開暑修課；但同時他得了人生第一場大病。那是一場原因不明的高燒，持續了一個星期；不過這已讓他耗盡體力。他變得骨瘦如柴，而且得了聽力局部受損的後遺症。整個暑假他的身體虛弱到只要走幾步路就筋疲力盡了；養病期間他都待在屋後的小陽台裡，不是躺在沙發床，便是坐在從地下室搬上來的安樂椅上。他凝望著窗外或盯著用石板瓦蓋的天花板，只是偶爾打起精神到廚房裡找些吃的東西。

他幾乎沒有力氣與伊迪絲或甚至葛瑞絲談話，雖然伊迪絲有時候會過來心不在焉地跟他聊上幾分鐘，然後又突然丟下他離去，就像她闖進來一樣地突然。

有一次，在仲夏之際，她提起了凱撒琳。

「一、兩天前我聽說，」她說，「你的小女生走了，是嗎？」

他努力地把注意力從窗戶轉到伊迪絲身上。「是，」他溫和地說。

「她叫什麼名字？」伊迪絲問，「我老記不得她的名字。」

「凱撒琳，」他說，「凱撒琳．綴思可。」

「啊，對，」伊迪絲說，「凱撒琳．綴思可。欸，你看？我告訴過你了，不是嗎？我告訴過你這種事不要緊的。」

他茫然點頭。窗外挨著後院圍籬的一株老榆樹上，一隻黑白相間的鵲鳥開始鳴叫。他聽著牠的鳴聲，出神地看著牠張開鳥喙努力擠出牠孤單的叫聲。

那個夏天他老得很快。九月開學他進入他的班級時，沒幾個人能看到他而不大吃一驚。他的臉既憔悴又瘦削，上面深深地刻著一道道皺紋，頭上已佈滿一片片灰白；他的背部彎曲的弧度已十分嚴重，好像背著隱形的包袱。他的聲音漸漸變得粗糙生硬，並且習慣性地低著頭注視別人，使得他一雙明亮的灰眼在他糾結的眉毛下顯得嚴肅易怒。除了學生之外，他很少與人談話，對別人的問題或問候總是顯得不耐，有時候近乎無情。

工作上他展現了頑強的毅力與決心，讓老同事覺得好笑，年輕講師感到憤怒，因爲年輕講師和他一樣，只教大一作文一科而已。他花很長時間批改大一作文，每天與學生課後討論，並按照規定參與所有系務會議。在會議中他很少發言，一旦發言就是缺乏技巧或策略的一席話，所以在同事之間他的執拗和暴躁是出了名的。不過他對待學生卻十分溫柔，而且有耐性，雖然他要求學生的作業量超乎他們的意願，還有他缺乏人情味的堅持讓很多學生難以理解。

說史托納是一位很「投入」的老師，在同事之間，尤其是年輕一輩中，已經成爲了口頭禪。這個口頭禪的使用，一半代表了嫉妒，另一半代表了蔑視。這類老師的過度「投入」讓他們昧於教室，甚或是大學校園外所發生的事情。有些流傳著的溫和笑話是這樣的。有一次系務會議中史托納直率地批評最近一些實驗性的文法教學，會議後一位年輕講師說，「對史托納老大來說，交配只能當動詞[1]。」

老一輩發出的笑聲及互相交換的眼神使年輕講師大感驚訝。另外一個曾說，

1　這句話原文爲「copulation is restricted to verbs」。這個玩笑是建立在 copula 這個文法術語產生的相關語之上，並諷刺史托納滿腦子文法的學問。copula 指的是像 be 動詞這類的聯繫詞（linking verb），表示「連系詞只能當動詞」這個文法觀念的陳述。而 copulation 應該是 copulate 的衍生詞，而不是 copula 的衍生詞。Copulation 是從 copulate 的名詞化而成，意謂「交配」，而帶出該句的第二層意義，「交配只能當動詞（不能當名詞）」。翻譯上只能二選一，因此譯做「交配只能當動詞」。然而由於中文沒有語尾變化，使「交配」可視爲名詞或動詞，反而可以讓「交配」作爲名詞或動詞來理解，兼顧原文裡的雙重幽默，而下文提到老一輩同事的「心領神會」，更暗指史托納在前一章與綴思可的戀情中的「身體力行」。

「史托納老大認爲『公共事業振興署』等於『代名詞指涉錯誤』[2]。」開玩笑的人很高興他的俏皮話廣泛流傳了一陣子。

然而威廉·史托納認識這世界的方式沒幾個年輕同仁可以理解。在他內心深處，在他的記憶底層，是艱辛、飢餓、忍耐和痛苦的經驗。雖然他很少回想早年在布恩維爾農莊的生活，但是他的意識裡常常出現他繼承自老祖宗的血統；他們的一生默默無聞、困苦而恬淡寡欲[3]；他們的共同倫理，在於面對外在世界的壓迫時表現出的若無其事、堅毅與冷漠。

儘管他冷淡看待他的先人，但他對自己生活的時代十分關注。在那十年間，很多人的臉上是徹底的冷酷與沮喪，彷彿如臨深淵，這對威廉·史托納來說是一種熟悉的表情，熟悉得像平常呼吸的空氣一般，因此他反而看得出一種普遍絕望的訊號，那是他從小就體會到的。他看到善良的人慢慢走上絕望之路，人隨著理想生活的破滅而破滅；他看見他們漫無目的地走在街上，眼神呆滯模糊得像塊玻璃碎片；他看見他們帶著從容赴義的傲氣走到別人家的後門，爲了乞求一片麵包，好讓他能夠再有能力乞求下一片；他看見那些曾經抬頭挺胸忠於自我的人，以嫉妒和憤恨的眼睛盯著他，因爲他在一個永遠不會倒閉的教育機構裡享受著終身聘用的可恥保障。他並沒有把這些他關注的人與事說出口；然而對人間疾苦的體認讓他感動，並且深深地改變了他，儘管他的改變難以被外人察覺。而且，一股隱隱的對人類共同困境的哀傷，一直與他生命的每一刻糾結在一起。

他也關注政局沸騰的歐洲，覺得那是一場遙遠的噩夢。一九三六年七月，佛朗哥發動武裝叛亂，而後在希特勒的煽動下釀成西班牙內戰。像許多人一樣，史托納面對噩夢終於成眞感到甚爲厭惡。那年秋季新學期開始，年輕講師們找不到

2 這句話原文爲「WPA stands for Wrong Pronounce Antecedent」，也是暗諷史托納只活在文法世界裡而不知校園外所發生的事。WPA 是 Works Progress Administration 的首字母縮略字，是大恐慌時期美國總統羅斯福實施新政時建立的一個政府機構，以助解決當時大規模的失業問題。

3 原文使用「stoical」一字，使史托納的人生觀可以被放在一個思想史的架構下來思考。斯多葛學派（Stoicism）是希臘化時期的重要哲學流派之一，起源於公元前三世紀的雅典。進入希臘化時期的希臘人面對一個不斷擴張的世界，城邦制度的視野如何調整，在面對各種不確定性如何自處，並得到心靈的平靜是一大考驗。斯多葛學派主張一種「順其自然」（follow nature）的人生態度，人的生老病死是按照自然律進行，應泰然面對，實踐中庸之道，不追求慾念的過度滿足。

政局以外的話題；其中幾個宣佈願意加入志願軍，爲西班牙政府軍而戰，或當救護車駕駛。學期末的時候，有幾個人眞的採取行動，匆忙地提出辭呈。史托納想起了大衛・馬斯達，也再一次讓他更強烈地感受到失去朋友的傷痛；他也想起阿契・史隆，並記得差不多二十年前他諷刺挖苦的臉上漸漸展露出的痛苦，絕望如腐蝕性液體一般讓他堅強的自我漸漸崩壞。現在他覺得他稍微明白讓史隆感到憂慮的虛耗感了。他預視了未來幾年，也知道最糟糕的事將要發生。

就如阿契・史隆一般，他了解到讓自己完全投入那股把世界推向未知的非理性及黑暗的力量，是既無用又浪費的；但與阿契・史隆不一樣，史托納退一步，產生讓他可以憐憫、可以愛的距離，不至於使他捲進一股爭先恐後、人云亦云的狂潮中。就像他以往陷入危機及絕望時一樣，他回望大學這個機構所體現的謹愼堅定的信念。他告訴自己他得到的雖不是很多，不過他知道這是他的一切。

一九三七年的夏天，他過去對研究與學習的熱情再度燃起，再次回到唯一沒有背叛他的學術生活裡。這位不年輕卻又不算年邁的學者，內心充滿奇怪而脫離自身軀體的熱情。他發現儘管他身在這麼絕望的時刻，但他卻沒有偏離過去的生活太遠。

那年秋季的課表排得特別糟糕，四班大一作文排在六天裡，而且每天課與課之間的間隔都很長。羅麥司當系主任的這幾年，都不會忘記給他排出一個連新聘講師都不屑接受的課表。

那學年的第一天上課，史托納一大早坐在研究室裡，再次檢視他用打字機打得整齊的課表。前一個晚上他熬夜讀完一篇新出版的有關文藝復興文學中的中世紀傳統的學術文章，到現在還是感到異常亢奮。他看著課表，心中湧起一陣怒火。他盯著面前的牆壁好一會，再瞧了課表一眼，點了一下頭。他把課表及課程大綱丟進廢紙蔞，然後走到研究室一角的資料櫃前。他打開第一個抽屜，出神地看著裡面褐色的文件夾，然後拿出其中一個。他快速翻閱了一下，輕輕地吹著口哨，然後把文件夾夾在腋下，把抽屜關上，步出他的研究室，穿越校園去上第一堂課。

教室在一個老舊建築物中，地板是木造的，通常在教室不足時才會使用到。他被安排的教室太小，容納不下所有修課的學生，幾位男同學必須要坐在窗台上或是站著。當史托納走進教室時，學生們看著他，因面對種種的不確定性而感到不安；他可能是朋友，或者是敵人，不知道哪一種情況比較惡劣。

他因教室的狀況對學生表達歉意，開了註冊組一個玩笑，並承諾站著的同學在下一次上課一定會有椅子坐，然後他把文件夾放在那個老舊不堪，而且桌面還在晃動的小講台上，目光巡視著面前的學生。

他遲疑了片刻，然後說，「那些已經買了本課程教科書的同學可以把書退還給書局，把書款要回來。我們不會使用課程大綱裡所指定的課本。我相信你們在選課時已經拿到我所說的課程大綱，但是我們也不會使用它。我想用一個不同的方法來講授這門課，這個方法需要你們買兩本新課本。」

他轉身背對學生，從粗糙的黑板下方的粉筆槽拿起粉筆。他的手提著粉筆停在半空中半晌，耳中聽著學生開始被一種熟悉的例行工作所折磨，在位子上發出的低聲嘆息及身體移動的沙沙聲。

史托納說，「我們的課本是，」——他開始邊寫邊慢慢念出書名——「《中古英文詩與散文》，盧米斯與偉拉合編、《英國文學批評：中古時期》，愛肯斯著。」他轉身面對同學，「學校書局還沒訂妥這些書，可能要兩星期後才會到。

在此之前，我會針對本課程的內容及目的做背景說明，並指派幾個需要在圖書館蒐集資料的作業，讓你們有事可做。」

他頓了一下，很多學生都伏案認眞做筆記，有幾個同學定睛看著他，嘴角含笑，以表示他們的聰慧與認同，另外幾個則一臉困惑地盯著他。

「本課程的主要內容，」史托納說，「可見於盧米斯與偉拉兩人合編的詩文集；我們要以中古詩歌與散文作爲學習的範例，目的有三——第一，把它們作爲重要的文學作品來了解；第二，說明它們是英國文學傳統中最早形成的文體風格及文學創作方法；第三，說明它們爲文章寫作上的問題提供了修辭上和文法上的解決方法，這些方法甚至在今日仍有實用的價值。」

說到這裡，幾乎所有學生都已經停止記筆記，把頭抬了起來；甚至那些代表聰明才智的微笑也顯得有點勉強；有幾隻手已經在空中揮動。史托納示意一位一直高舉著手的學生說話，那是一位年輕高大，黑髮戴眼鏡的男生。

「先生，這是不是一般英文，第四班次？」

史托納對著年輕人微笑，「請問你的名字是？」

男生吞了一口口水，「潔蘇，先生。法蘭克．潔蘇。」

史托納點點頭，「潔蘇先生。對，潔蘇先生，這是一般英文，第四班次。我的名字是史托納——我應該在開始上課時就說明的。還有其他問題嗎？」

男生再吞一口口水，「沒有了，先生。」

史托納點頭，並親切地環視四周，「還有沒有問題？」

學生們都定睛看著他；微笑不見了，幾個嘴巴張得大大的。

「很好，」史托納說，「我繼續講。就像我剛才說的，本課程的目的之一是要學習一些完成於大約十二世紀到十五世紀之間的文學作品。其中我們會看到一些歷史的偶然；我們會遇到種種困難，語言學方面以及哲學方面的、社會的以及宗教的、理論的以及實務的。說眞的，在某些層面來說，我們過去所接受的教育對我們是一種障礙，因爲就經驗論來說，我們的思維習慣決定我們所預期的，就正如中古時期人們的思維習慣決定了他們的世界。作爲這個課程的第一節課，讓我們檢視一些中古時代人們在生活上、思考上，以及寫作上的思考模式……」

他第一堂課沒有上足一個小時。還剩下不到半節課，他便結束他的講演，並指派本週的作業。

「我要每一位同學就亞理士多德『拓樸埃』的概念，或當代用語裡所謂『主題』的概念，寫一篇不超過三頁的短文。你們可以在亞理士多德《修辭學》的第二章找到相當詳細的討論，另外庫珀版《修辭學》中的導論也相當有幫助。短文在星期一交。我想我們今天就到此爲止。」

他宣佈下課後，有好一陣子憂心地凝視著面前動也不動的學生。然後他輕輕地點了點頭便離開教室，文件夾就夾在腋下。

到了星期一，只有不超過一半的同學繳交了短文。他請有交作業的同學先行離開，用剩下的時間對留下來的同學再次講解他指派的作業，反覆說明了好幾次，直到他確定每位同學都聽懂，而且能夠在星期三完成作業。

星期二他發現潔思樓裡羅麥司辦公室外的走廊上集結了一批學生。他認得那是他班上的學生。當他經過學生身邊的時候，他們的眼神轉開，看地上、看天花板、看羅麥司辦公室的門。他自顧自地微笑，走回研究室，等著那通將要打進來的電話。

下午兩點鐘電話響了起來。他提起話筒，聽到羅麥司秘書冰冷而有禮的聲音，「史托納教授嗎？羅麥司教授希望你這個下午盡快去見爾哈特教授，爾哈特教授都會在辦公室。」

「羅麥司會到嗎？」史托納問。

對方因驚訝而頓住。然後話筒裡不確定的聲音說，「我看……不會，有個約。但是爾哈特教授被授權……」

「你告訴羅麥司他應該要去，你告訴他我十分鐘後到爾哈特辦公室。」

喬爾·爾哈特是一位三十出頭患有雄性禿的年輕人，三年前被羅麥司聘用。到後來大家發現他是一位沒有特殊才能、沒有當老師的天份，卻認眞可愛的年輕人時，他便被指派負責大一英文課程。他的辦公室是在一個二十多位年輕講師共用的大辦公室末端一個角落隔間而成的，史托納必須要從門口走到底才能到達。當他經過一張一張辦公桌時，一些講師抬頭看著他穿越辦公室，開心地咧齒而笑。史托納沒有敲門便直接進入他的辦公室，坐在爾哈特對面的椅子上。羅麥司不在那裡。

「你要見我嗎？」史托納問。

皮膚白淨的爾哈特微微臉紅，擠出一個笑容，熱切地說，「有空來談談眞好，比爾。」他笨手笨腳拿著火柴想要點煙斗，但是不太能吸到。「天氣潮濕眞該死，」他愁眉苦臉地說，「菸草太潮了。」

「羅麥司不會來了，我想，」史托納說。

「不會，」爾哈特說著把煙斗放在桌上。「實際上是羅麥司教授請我跟你談的，所以，在某種程度上」——他神經質地笑了一下——「我是名符其實的傳話人。」

「他要你傳什麼話？」史托納冷淡地問。

「唔，據我了解，我們接到幾件投訴，來自學生的　你懂吧。」他同情地搖了搖頭，「部分同學似乎認爲……唔，他們似乎不太了解你早上八點那門課在做什麼。羅麥司教授認爲……唔，實際上，我覺得他是在質疑大一作文的問題透過……」

「透過中古時期的語文與文學來解決，」史托納說。

「是的，」爾哈特說，「實際上，我想我了解你的意思……嚇他們一下，給他們一點衝擊，嘗試新的方法，讓他們思考，對吧？」

史托納嚴肅地點頭，「我們最近在大一作文的課程會議上談了很多新方法、新實驗。」

「完全正確，」爾哈特說，「沒有人比我更支持實驗，因爲……不過或許有時候，我們會基於善意而做得太過，」他搖著頭笑起來。「我肯定我會這樣，我第一個承認。但是我……或者是羅麥司教授……唔，或許會做點妥協，稍微回到課程大綱，用用指定教科書……你知道的。」

史托納噘起嘴唇，抬頭看著天花板；他把手肘擱在椅子的扶手上，指尖合攏撐著下巴。最後他斬釘截鐵地說，「不，我不相信我的——實驗——已獲得公平對待。告訴羅麥司我要繼續這個實驗到期末。你可以幫我告訴他嗎？」

爾哈特的臉變紅，並嚴厲地說，「我會，但我想……我肯定羅麥司教授會十分……失望，眞的十分失望。」

史托納說，「喔，開始的時候會的。但是他會克服的。我肯定羅麥司教授不曾想要干涉一位資深教授認爲合適的教學方法。他可以不同意那位教授的判斷，但是硬要把自己的判斷強加諸於別人身上，那是最不合乎校園倫理的……而且，容我順帶一提，那是有點危險的。你同意嗎？」

爾哈特拿起煙斗，惡狠狠地盯著握緊的斗身，「我會……告訴羅麥司教授你的決定。」

「非常感謝你這麼做，」史托納說完便從椅子上站起來，走到門口，卻又停下腳步，轉身向著爾哈特，似乎想起什麼來。他輕描淡寫地說，「喔，還有。我一直在想下學期的課。如果這個實驗成功，下學期我可能會嘗試別的。我在考慮有沒有可能透過檢視莎士比亞戲劇中的古典與中世紀的拉丁傳統，以解決作文的問題。這聽來有點專業，不過我會把它簡化到可以接受的程度。你可以把我的想法讓羅麥司知道……請他想一想。或許過幾個禮拜，我和你可以……」

爾哈特癱坐在椅子裡，煙斗放在桌上，疲倦地說，「好吧，比爾，我會告訴他的，我會……謝謝你過來。」

史托納點點頭，把門打開，步出辦公室，並小心地把門關上，再穿越大辦公室，一位年輕講師好奇地抬頭看他。史托納向他使了個眼色，點了點頭，最後——臉上浮起一陣微笑。

他回到研究室，坐在書桌前等著，眼睛盯著那敞開的門。幾分鐘後，走廊另一端傳來一陣甩門的聲音，他隨之聽見不平均的腳步聲，隨後看見羅麥司以他跛行的最高速度經過他的門前。

史托納仍緊盯著門外，動也不動。不到半小時，他聽到羅麥司拖行的腳步緩慢地拾階而上，隨後看著他再次經過他的研究室門口。他等到走廊遠端傳來關門聲，才點了點頭，站起來，準備回家。

過了幾個星期後，史托納才從芬治口中知道那天下午羅麥司衝進他的辦公室後發生的事。羅麥司憤怒地抗議史托納的行爲、描述他如何向大一學生講授他高年級中古英文課的內容，並要求芬治予以懲戒。雙方沉默了片刻後，芬治說了一些話，便大笑起來。他笑了很久，偶爾一想說話，卻又不禁笑了起來。最後他平靜下來，對他的失控向羅麥司道歉，然後說，「他逮到你了，訶力；你看不出來嗎？他不會放手的，你拿他一點辦法都沒有。你要我當壞人？你覺得人家會怎麼看——院長干預英文系資深教師如何教學，而且是系主任親自在背後教唆？不，先生，你自己處理，如何做隨你的便，不過你沒什麼選擇，不是嗎？」

羅麥司和芬治的面談兩個星期後，史托納收到來自羅麥司辦公室的便箋，通知他下學期的課表已經更改，他會開設之前拉丁傳統與文藝復興文學的研討課、大四與研究生合班上課的中世紀英文與文學、大二的英國文學史，以及一班大一作文。

某種意義上那是一次勝利，儘管讓他感到愉快，不過那只是一種贏了還是覺得值得鄙視的勝利，彷彿是一場用無聊與冷漠獲致的勝利。

Chapter

XV

這便是與他的名字開始連在一起的傳奇之一。這些傳奇被年復一年地傳頌，使內容更鉅細靡遺，更精巧複雜，像神話一樣從個人軼事演變成信仰般的眞理。

他年近五十，看來卻比實際老很多。年輕時他的頭髮濃密，而且難以梳理，現在已經幾乎全白了，臉上佈滿深深的皺紋，眼窩深陷；他與凱撒琳・綴思可戀情結束後那個暑假的那場大病得到的聽力損害一年一年地變得更嚴重，使他每次聽人說話時，都必須要側過頭，而且眼神十分專注，好像在淡淡地凝視一種他辨認不出來的奇怪物種一般。

他耳聾的毛病有點奇怪。雖然他有時候難以聽見別人直接對他說的話，卻往往能清楚聽到吵鬧的房間裡的低聲談話。也由於這項特別技能，使他慢慢知道自己被認爲是一個「校園人物」，這是套用他年輕時的一個流行用語。

因此他一次又一次無意中聽到那個經過潤飾的故事，說他對大一新鮮人講授中古英文，以及羅麥司的投降。「而當三七級學生在大三英文考試時，你知道是哪一班最高分嗎？」一位不太服氣的大一英文的年輕講師問，「一定的，是史托納老大中古英文那一群，而我們一直只讓學生做練習題和讀語法手冊！」

史托納必須承認，在他能記得他們名字前便消失的年輕講師或高年級同學的心目中，他幾乎已經成爲神話般的人物，儘管其功能多樣，而且隨情況改變。

有時候他是壞人：在一個企圖解釋他與羅麥司之恩怨的版本中，他對一個年輕研究生始亂終棄，而羅麥司對該女生有著一份純潔而高尚的情愫。有時候他是一個笑話：他與羅麥司之恩怨的另一版本中，因爲羅麥司不願意爲史托納的一位研究生寫推薦信，所以史托納不再和他說話。而有時候他是一個英雄：在一個終極卻不太有人相信的版本中，是羅麥司討厭史托納，且不讓他升等，因爲史托納有一次發現羅麥司把一門史托納授課的期末考題目洩漏給某位羅麥司喜愛的學生。

然而這個傳奇因他在課堂上的態度而變得輪廓清晰。這些年來，他越來越心不在焉，卻也越來越嚴厲。他的講演或討論在剛開始是笨拙而彆扭的，但他很快便會完全投入他的主題，好像沒有意識到身旁的事物。有一次董事會的幾位委員與校長的會議安排在史托納拉丁傳統課上課的會議室舉行；他早已被告知，但他卻忘記了，仍然在同時同地上課。課上到一半，會議室外的敲門聲怯懦地響起。

史托納正在全神貫注地對一段拉丁文做即席翻譯，並未注意到敲門聲。過了一陣子，會議室的門打開了，一位戴著無框眼鏡的中年矮胖男士踮著腳走進來，並輕拍史托納的肩膀。他頭也沒抬地便揮開他的手。該男士退回去，在會議室的門外與其他幾個人低聲商量。史托納繼續他的翻譯。後來校長率領四個委員闊步走到史托納的講桌旁邊，像紀律部隊一般排列整齊。校長身材高大，胸部非常雄偉，臉色紅潤；他緊蹙著眉頭，同時大聲地清清喉嚨。史托納沒有停住他的即席翻譯，抬起頭，嘴巴對著校長及他的隨行人員，和善地唸出他剛剛翻譯到的一行詩，「『滾蛋，滾蛋，你這該死的雜種高盧人！』」他的頭轉回書本，繼續唸著他的詩，一團人瞠目結舌，跌跌撞撞往後退，轉身逃離會議室。

有了這些事件做爲養分，並繼續吸納史托納日常例行活動中，以及他在大學外的生活裡的小故事，這個傳奇的內容不斷發展，最後連伊迪絲也成爲傳奇的一部分。很少有人看過她與史托納共同出現在校內活動上，這讓她成爲一個略帶神秘色彩的人物，像鬼魅一般地掠過他們的集體想像中：她因莫名的、不能言喻的痛苦而偷偷喝酒；她因罕見而致命的疾病而瀕臨死亡；她是才藝出眾的藝術家，放棄了她的藝術生命，把自己奉獻給史托納。在公開的場合裡，她的微笑迅速地、焦慮地閃過她又長又窄的臉、她的眼睛閃閃發光，且她的聲音尖銳不安，使大家確信她的外表掩飾了她的內在，而且有一個令人難以置信的自我隱藏在她的華麗包裝之下。

自從他的病復原後，以及源自一種已經成爲他的生活方式的漠然，威廉．史托納開始花越來越多時間留在他與伊迪絲多年來共同擁有的房子裡。起初，他的經常出現引起伊迪絲的不安，彷彿有什麼使她感到疑惑。後來當她確定他每個下午、每個晚上，以及每個週末都會出現在眼前，而且將會成爲永久性的狀態後，她便開始重新發動他們之間的古老戰爭，戰況更爲強烈。她會爲一些雞毛蒜皮的小事而悽慘地哭泣，並在屋子裡的房間來回走動；史托納只是冷漠地看著她，嘴裡敷衍地嘀咕幾句，表示同情。她會把自己反鎖在房中好幾個小時都不出來；這時史托納會準備原本應該由她準備的飯菜，當她最後臉色蒼白，雙頰雙眼深陷地從房間裡出來，史托納會表現得若無其事，彷彿她從未離開過。她抓到機會便會嘲弄他，而他則好像根本沒聽到；她會大聲辱罵他，而他會有禮貌地洗耳恭聽。

當他沉迷在書本中時，她會選擇同一時間走到客廳裡瘋狂敲打她已經很少碰的琴鍵；而當他與女兒安靜地談話時，伊迪絲會對他們兩人或其中一人勃然大怒。這一切史托納都看在眼裡——憤怒、悲哀、尖叫、充滿恨意的沉默——彷彿這件事發生在另外兩個人身上，然而透過他的意志力，他總能夠敷衍了事。

最後，伊迪絲困倦地，也幾乎是暢快地接受她的失敗。憤怒的強烈程度漸減，到後來變得虛應故事，就恰如史托納所持的敷衍態度。漫長的沉默只代表了她退入了史托納不再感到詫異的個人的私領域裡，而不是對他的冷漠所做的攻擊。

伊迪絲．史托納四十歲那年，像過去女孩時期時一樣瘦，但多了幾分冷酷、幾分脆弱，全都是來自她筆直的體態，使她每一個動作看來都是勉強與吝嗇的。她骨感的臉部變得稜角分明，蒼白的薄皮繃緊得像直接鋪在骨架上，把皺紋拉緊，使之顯得更爲清晰。她的臉色蒼白，搽了大量的香粉及胭脂，好像每天都要在空白的臉譜上畫出自己的五官。她的手在乾燥堅硬的皮膚底下似乎全是骨頭；在她最安靜的時刻裡，雙手還是不停地動著：扭曲、拔扯、握緊。

總是自我封閉的伊迪絲，人到中年便日益冷漠且心不在焉。她上一次，也是最後一次對史托納的短暫攻擊時，火力極為猛烈，之後她便像鬼魅一樣退入內心最私密之處，從此再也沒有完全走出來。她開始自言自語，語氣像大人對小孩說話時溫柔地循循善誘；她有時候會不自覺地公開這樣做，彷彿那是最自然不過的事。在婚後她偶爾進行的種種藝術活動中，她最後固定從事雕刻，視之為最「滿意」的成就。她做的東西絕大部分是黏土模型，雖然有時候會選較軟的石頭當素材。各式各樣的胸像、雕像、或造形藝術散落在房子裡不同地方。她的風格很現代：她做的胸像是刻有最簡單的面貌特徵的球體，雕像是一球一球黏土加上一些附屬物，造形藝術則是正方形、圓形、棒形等幾何體的隨機組合。有時候，史托納經過由他的書房改裝成的工作室時，他會停下來聽她工作。她會給自己指導，像對小孩子一樣，「好，妳要把那個放在這裡……不要太多……這裡，在小凹洞旁邊。喔，妳看，掉下來了。不夠濕，對不對？好，我們可以修一修，是不是？水多一點點，對了，妳懂了嗎？」

她慢慢地養成習慣在跟丈夫和女兒說話時用第三人稱，彷彿他們不是她的說話對像一般。她會對史托納說，「小威最好把咖啡喝完；快九點鐘了，他不想上課遲到喔。」或者她會對女兒說，「葛瑞絲眞的沒有練夠鋼琴喔。一天至少一個小時喔，應該要兩個小時的喔。原來的天賦會變成怎樣呢？可惜呀，可惜呀。」

伊迪絲的自我封閉對葛瑞絲而言有何意義，是史托納無法參透的。她以自己的方式變得像母親一樣地冷漠封閉。她學會了沉默；雖然對父親她仍保留著羞怯溫柔的微笑，但她不會跟他說話。那年夏天他生病，當她沒有被監視時，曾經溜進他的小房間裡，坐在他旁邊，與他一起看著窗外，很顯然滿足於與他獨處；不過，儘管在這樣的時刻，每當他試圖讓她展現自我的時候，她還是會變得沉默不安。

他生病的那個夏天她十二歲，是一個身材高瘦的女孩，有著細緻的臉龐和略帶紅褐色的金髮。到秋天，伊迪絲對她的丈夫、她的婚姻、她自己，以及她心目中所認爲的自己發動最後一次殘暴攻擊時，葛瑞絲整個人幾乎靜止下來，似乎覺得任何動靜都會讓她掉進深淵裡，再也爬不出來。那次家暴的後遺症，是伊迪絲以她一貫的魯莽態度認爲葛瑞絲的沉默是因爲她不快樂，而她不快樂是因爲她在同學之間不受歡迎。她把她對史托納稍微減緩的暴力攻擊，轉爲攻擊她所認爲的葛瑞絲的「社交生活」。她再一次有了感到「有興趣」的對象：她把女兒打扮得光鮮亮麗，穿著時髦入流，衣服上佈滿的褶邊強化了她瘦削的身材；她舉行派對、在派對中彈鋼琴，並愉悅地堅持每個人都跳舞；她敦促葛瑞絲要對每個人微笑、要說話，要開玩笑，要大笑。

這項攻擊持續不到一個月，伊迪絲就放棄了她的行動，又開始緩步踏上她那條目標不明的路。但是這次攻擊的影響，相對於它在時間上的長度，是不成比例的。

此後，她幾乎都是獨自留在房間度過自己空閒時間，聽著十二歲生日時父親送她的小小收音機。她動也不動地躺在沒有收拾的床上，或坐在書桌前，聽著床頭櫃上又矮又醜的收音機上漩渦狀揚聲器傳來微弱卻尖銳的聲音，彷彿她聽到的聲音、音樂及笑聲是她僅餘的部分，也彷彿連這僅餘的部分也正在淡入沉默中，再也喚不回來。

同時她日益肥胖。那年冬季到她的十三歲生日之間，她重了五十磅；臉部浮腫而乾燥，像在發酵的麵團；四肢的肌肉變得鬆垮，行動變得緩慢而笨拙。她的食量沒有比以前多很多，卻開始喜歡吃糖果，而且放一整盒在自己房中。彷彿她內在的一部分已逐漸失去控制、軟化並轉爲絕望，彷彿她內在有一種無形的東西在掙扎著要解放，並說服她的肉體去追尋一種黑暗而神秘的存在方式。

面對女兒的轉變，史托納以哀傷來掩蓋他讓外界所看見的冷漠。他不讓自己有罪惡感，那是奢侈品；基於他的個性，以及她與伊迪絲的關係，他無計可施；這層體會使他的哀傷無以復加，其強烈的程度並非僅僅是罪惡感就可以達到的。這使他對女兒的愛更爲強烈深刻。

他知道，或者是他認爲他很早就知道了，女兒是那種罕有且有趣的人，她的品性極爲纖弱，需要滋養及呵護，才能體現出來。這種品性是異類，不能處於它不熟悉的地方；它渴望溫柔與寧靜，卻只能透過冷漠、無情和喧鬧而獲得。這種品性，即使必須要處在奇怪且充滿敵意的境地，但卻沒有奮身而起的蠻力能把壓迫而來的暴行擊退，只能退縮到絕望、渺小、無言的寂靜裡。

她另外一個轉變出現在十七歲唸高中最後一年的上學期。她的天性似乎找到藏匿之處，使她可以向世界呈現她的某一個外表。她把三年來增加的體重減掉，速度與增加時一樣快。對認識她的人來說，這個改變有幾分不可思議，彷彿她是在自己準備好的環境裡脫蛹而出。她幾近美麗：她那曾由極瘦突變成極胖的身體，有著纖細而柔軟的四肢，走起路來帶著幾分優雅。她的美是屬於消極的，可以說是一種恬靜的美；她的臉部幾乎沒有表情，像帶著面具；淺藍色的眼直接看著來者，不帶任何的好奇或不安；她的聲音溫柔，略爲平淡，但很少說話。

套句伊迪絲的話來說，她忽然間變得十分「受歡迎」。家裡的電話頻繁地爲她響起；她常坐在客廳講電話，偶爾點頭，簡短地輕聲回話；黃昏時汽車開到家門前把她接走，車上傳來其他乘客的叫囂與笑聲。有時候史托納站在窗前看著汽車響著刮耳的引擎聲駛離，車後揚起一陣塵土。他會感到一點點憂慮，一點點敬畏；他從來沒擁有過汽車，也沒學過開車。

而伊迪絲感到十分滿意。「看到了吧？」她說，語氣裡帶著某種不以爲意的成就感，彷彿自從她猛烈針對葛瑞絲是否「受歡迎」的問題後，三年多以來她仍舊耿耿於懷。「看到了吧？我說得沒錯。她需要有人推一把。但小威不同意。喔，我就知道。小威不會同意的。」

多年以來，史托納每個月都會存起幾塊錢，好讓葛瑞絲能夠在適當的時機離開哥倫比亞唸大學，可能到離家有一點距離的東部。伊迪絲是知道這個計劃的，也似乎沒有反對；但是，當時間到了，她就聽不進去。

「喔，不要！」她說。「我受不了的！我的寶貝！她這一年表現得那麼好。那麼受歡迎，那麼快樂。她還要適應新環境呢，而且……寶貝，小葛瑞絲，寶貝」——她轉身向著女兒——「小葛瑞絲不會眞的想要離開她的媽咪的。她會嗎？不理媽媽？」

葛瑞絲沉默地看著她母親一會。她轉頭瞥了父親一眼，搖搖頭，向她母親說，「如果妳希望我留下來，我當然會。」

「葛瑞絲，」史托納說，「聽我說，如果妳想要去……拜託，如果妳眞的想要去……」

她沒有再轉頭看他了。「沒關係，」她說。

伊迪絲不等史托納開口，便開始滔滔不絕地講述他們可以用她父親存下來的錢買眞正好的衣服，甚或買一部小汽車，好讓她和她的朋友能夠……而葛瑞絲會補上一個遲來的小小的微笑、點點頭、偶爾說句話，彷彿這就是她該有的應對方式。

一切就這麼定下來了；但是史托納永遠不會知道葛瑞絲的想法，她留下來是因爲她自己想要，還是因爲她母親想要她留下來，或者是因爲她對自身命運的不在乎。那年秋季她會進入密蘇里大學當大一新鮮人，在那裡至少待兩年，之後，如果她想要，就可以離開，到別的州把大學唸完。史托納告訴自己這樣做比較好，讓葛瑞絲再忍耐兩年這種連自己都不自覺的牢獄生活，總比一直受伊迪絲無法克制的意志力所折磨好。

所以一切如舊。葛瑞絲添置了衣服，拒絕了母親要買給她的小汽車，進入密蘇里大學當大一新鮮人。電話繼續響，相同的臉（或者是大同小異的臉）繼續在家門前大笑或叫囂，相同的汽車在黃昏時咆哮離開。葛瑞絲比高中時代更頻繁地外出，而伊迪絲對自己的女兒越來越如她所認爲地「受歡迎」感到十分滿意。「她像極了她媽媽，」她說，「她結婚前十分受歡迎，所有的男生……爸爸好生氣喔，但是他私下很驕傲，我看得出來。」

「是的，伊迪絲，」史托納語氣溫柔，心中卻一陣揪痛。

對史托納來說這是一個十分忙碌的學期。大三的英文能力考試這次輪到他統籌辦理，同時還要指導兩篇特別困難的博士論文。兩篇論文都需要他大量額外的閱讀，因此他比過去幾年更常不在家。

接近十一月底的一個晚上，他比往常更晚回家。客廳的燈沒有打開，房子裡極爲平靜。他以爲葛瑞絲和伊迪絲已經睡了，他拿了一些論文到他屋後的小房間，想要讀幾篇之後再睡覺。他到廚房想要弄點三明治和牛奶。他才切了麵包，打開冰箱，便忽然間聽到從一樓傳來一陣尖叫聲，尖銳清晰得像一把刀。他快步走到客廳，又再次聽到尖叫聲，只是比較短促，而且帶著強烈的憤怒。那是從伊迪絲的工作間傳來的。他迅速地穿越客廳，把工作間的門打開。

伊迪絲坐在地板上，手足無力地伸開，好像摔倒一般。她的眼神激動，嘴巴張著準備要再次尖叫。葛瑞絲坐在房間另一端裝有布面的椅子上，雙腿交叉，幾乎是以平靜的神情看著她母親。房間裡只有伊迪絲的工作桌上的一盞桌燈亮著，所以只看到強光和陰影。

「怎麼了？」史托納問，「發生什麼事？」

伊迪絲眼神茫然地轉頭面對史托納，彷彿頸部是鬆脫了的旋軸一樣。她以一股莫名其妙的任性重複著，「喔，小威，喔，小威。」她定睛看著他，頭虛弱地搖著。

他轉向葛瑞絲，見她仍不改平靜的神色。

她閒話家常地說，「爸我懷孕了。」

刺耳而且懷著莫名憤怒的尖叫聲再度響起。他們兩人轉頭看著伊迪絲，伊迪絲茫然而冷酷的雙眼來回看著兩人。史托納穿過房間，走到她的身邊，彎身把她抱起來；她軟攤在他雙臂裡，令他必須要支撐她全身的重量。

「伊迪絲！」他嚴厲地說，「安靜。」

她身體繃緊，從他的雙臂掙脫開來。她顫抖著雙腿走到葛瑞絲面前，居高臨下地看著她。葛瑞絲還是不動。

「妳！」她咬牙切齒地說，「噢，我的天啊。噢，小葛瑞絲。妳怎麼可以……噢，我的天啊。就像妳爸，來自妳爸的血。噢，是呀。污穢。污穢……」

「伊迪絲！」史托納的語氣變得更嚴厲，大步走到她面前。他的手用力按著她的上臂，把她推離開葛瑞絲，「到廁所用冷水洗個臉，然後回到妳的房間躺下來。」

「噢，小威，」伊迪絲語氣中帶著哀求。「我的小寶貝，我的親骨肉。怎麼會這樣？她怎麼可以……」

「去吧，」史托納說，「我等一下會過來。」

她步履蹣跚地走出工作間。史托納站著看她的身影消失，直到聽到洗手間的水龍頭的水聲，他才轉向葛瑞絲。她一直坐在安樂椅上抬著頭看他。他簡短地微笑了一下，走到伊迪絲的工作桌前，搬了一張直背椅回到葛瑞絲面前，這使得他不需要往下看她仰著的臉。

「好吧，」他說，「爲什麼不告訴我？」

她回了一個輕輕的微笑，「沒有什麼可說的，」她說，「懷孕了。」

「妳肯定？」

她點點頭，「看過醫生了，今天下午拿到報告。」

「好，」他笨拙地撫摸她的手，「妳不用擔心，沒事的。」

「是的，」她說。

他輕聲地問，「要不要告訴我孩子的爸爸是誰？」

「是個學生，」她說，「大學裡的。」

「妳不願意告訴我嗎？」

「喔，不是，」她說，「都沒差。他是傅來爾。艾德·傅來爾。大二的，應該是你去年的大一作文班上的學生。」

「我不記得了，」史托納說，「一點印象都沒有。」

「爸對不起，」葛瑞絲說，「眞笨。他有點喝醉，而我們沒有做……防護措施。」

史托納看著地板。

「爸對不起，把你嚇到了，是不是？」

「沒有，」史托納說，「讓我驚訝吧，或許。我們最近這些年眞的沒有好好了解對方，是不是？」

她把頭轉開，帶著不安的語氣說，「唔……算是吧。」

「妳……喜歡這個男生嗎，葛瑞絲？」

「喔，不，」她說，「我其實不太了解他。」

他點點頭，「妳的下一步？」

「我不知道，」她說，「眞的沒有關係，我不想麻煩任何人。」

有很長一段時間他們都坐著不說話。最後史托納說，「好，妳不要擔心，沒事的。不管妳的決定……不管妳要怎樣，都會沒事的。」

「好的，」她站了起來，低頭看著她父親說，「你和我，我們現在可以講話了。」

「是的，」史托納說，「我們可以了。」

她離開了工作間。史托納等著，直到他聽到二樓的臥房關上。在他回到自己的房間前，他輕輕地走到二樓，把伊迪絲的房門打開。伊迪絲躺臥著，還沒有把衣服換下，但已經睡得很沉了，床頭燈的強光照著她的臉。史托納把燈關上，往樓下走去。

第二天早餐時，伊迪絲幾乎可以說是心情愉快，完全沒有前一個晚上歇斯底里的跡象，說話時的態度彷彿未來只是一個有待處理的假設性問題。她知道那位男生的名字後便爽快地說，「那麼，你覺得我們該要和他父母接觸，還是應該先和那位男生談談呢？我看看……現在是十一月的最後一個星期。兩個星期吧，這樣我們就有足夠時間做所有的安排，或許還有小教堂的婚禮呢。小葛瑞絲，妳那位朋友……什麼名字？」

「伊迪絲，」史托納說，「慢著，妳太理所當然了。或許葛瑞絲和這位年輕人不想結婚呢。我們要跟葛瑞絲談談。」

「有什麼要談的呢？他們當然想要結婚，畢竟他們……他們……小葛瑞絲，告訴妳爸，解釋給他聽。」

葛瑞絲告訴她的父親，「無所謂的，爸，完全無所謂。」

這沒關係，史托納知道；葛瑞絲凝視著史托納背後她無法看穿的遠方，一個她不感興趣的所在。他沉默下來，讓妻子和女兒擬定他們的計劃。

終於決定邀請葛瑞絲的「年輕伙子」來家裡，好讓他與伊迪絲「談談」；伊迪絲稱他爲「年輕伙子」，彷彿他的名字是一項禁忌。她把整個下午安排得彷彿是一幕戲劇，安排了進場及退場的地方，甚至寫了一、兩段台詞。史托納會要求准予離開，葛瑞絲在留下一陣子後也會先行告退，剩下伊迪絲和年輕伙子兩人談話。半小時後史托納會再度出現，然後葛瑞絲也進場，那時候一切都已經安排妥當。

一切都如伊迪絲的計劃進行。後來史托納很好奇當艾德華．傅來爾膽怯地敲門進入那個似乎充滿死敵的房子時，心裡做何感想。他是一個體型高大、頗爲健壯的年輕伙子，輪廓不甚分明並帶幾分愁苦；尷尬與恐懼使他的表情有點僵硬，而且眼睛不看任何人。當史托納離開客廳時，他看見年輕伙子整個陷在椅子裡，前臂放在膝蓋上、眼睛看著地板；半個小時後他回到客廳，年輕伙子還是同一個坐姿，彷彿就算面對伊迪絲小鳥般的喜悅來襲，還是文風不動。

一切都確定了。伊迪絲以高亢、做作，但卻是如假包換的愉快聲調通知史托納「葛瑞絲的年輕伙子」來自聖路易的好家庭，父親是一位股票經紀人，有可能和她自己的父親，或至少是與她父親的銀行，有生意上的往來，「年輕伙子」決定要「盡快地，簡單地」舉行婚禮，兩人至少先休學一、兩年，住在聖路易以「轉換環境，重新開始」，而且雖然他們無法完成這學期的課程，但是會上課上到最後一天，那天下午他們會結婚，那是一個星期五。這實在太完美了——是的，無論如何。

那是一個寒冷蕭瑟的下午。婚禮在一位太平紳士[1]的凌亂不堪的書房裡舉行。只有威廉和伊迪絲到場觀禮；太平紳士的太太是一個不修邊幅的銀髮女人，總是皺著眉頭；她在儀式進行中跑到廚房裡，儀式結束後才出來當證人在證書上簽名。那天是一九四一年十二月十二日。

婚禮的前五天，日本偷襲珍珠港；參加婚禮的威廉·史托納百感交集，那是他從未有過的體驗。就像那些經歷過那段日子的人一樣，他只能想像他被一種麻

1　是指一種源於英國，由政府委任民間人士擔任維持社區安寧、防止非法刑罰及處理一些較簡單的法律程序的職銜。

木感所吞噬，儘管他知道這種麻木感是由深刻而強烈的情緒所複合而成，這種情緒是如此深刻而強烈，讓人們無法承認其存在，因為它無法與人共存。他感受到的是一種人類悲劇的震撼，一種無所不在的驚恐與悲痛，使得家庭的悲劇或個人的不幸被排擠到另外一個國度裡，然而這些悲劇與不幸因發生在一個廣闊的背景裡，便顯得更為強烈，就像一座孤墳坐落在無垠的沙漠裡，讓人越發感到沉痛。史托納以一種幾乎不帶個人感情的憐憫面對這個悲哀的小型結婚儀式，但他竟然莫名其妙地被他女兒消極而冷漠的美及她身旁那位臉帶愁容的年輕伙子所感動。

婚禮結束後，兩個年輕人無精打采地爬上傅來爾的小型敞篷車上，前往聖路易，他們必須住在那裡，也必須再面對另一組父母。史托納看著他們出發，他只能想像他女兒仍是那個曾經在一間遙遠的房間裡以嚴肅的喜悅看著他的那個小女孩，一個早已逝去的可愛小女孩。

婚後兩個月，艾德華·傅來爾被徵召入伍；葛瑞絲決定留在聖路易直到小孩出生。六個月內，傅來爾在太平洋一個小島的沙灘上陣亡，他是眾多還沒接受訓練的新兵之一，被派往該地，要拼命阻截日軍的侵略。一九四二年六月，葛瑞絲的小孩出生；他是一個男孩，葛瑞絲以孩子從未見過，亦不會愛的父親的名字來命名。

那年六月伊迪絲前往聖路易「幫忙」。雖然她力勸葛瑞絲回去哥倫比亞，但是她不願意；她有一間小公寓、有來自傅來爾的保險金的少量收入，以及她的公婆。她似乎很快樂。

「好像有些事情改變了，」伊迪絲悵惘地向史托納說。「我不只是說我們的小葛瑞絲。她也經歷了很多。我想她不願意再被指點了……她把愛送給了你。」

Chapter

XVI

戰爭那幾年是糊在一起的。對史托納來說就好像經歷了一場令人難以忍受的狂風暴雨；他低著頭、咬緊牙關、腦中只想著下一步，再下一步，再下一步。但是不管他有多堅忍[1]，多漠不關心地過他的每一天、每一個星期，他仍是一個極度分裂的人。一部分的他，基於本能的恐懼，讓他在面對日復一日的耗損，和洪水般來襲的毀滅與死亡對他心靈的無情摧殘時，不斷地往後退縮；他再一次看見系上人力的枯竭，看見教室裡不再出現年輕男同學，看見留在教室裡的人臉上飽受折磨的神情，看見這種神情彰顯著心靈的逐步枯萎，以及同情與關懷的損耗。

而另一部分的他，卻強烈地被他想要退避的大屠殺[2]吸引，他發現自己的內心對暴力有某種容忍度，這是他從來不知道的：他渴望牽涉其中、想嚐嚐死亡的滋味、毀滅的痛苦快感、血的感覺。他對自己、對成就了他的大時代感到羞恥與驕傲，以及極度失望。

每個星期、每個月，死者的名字在他耳邊傳出。有時候這些彷彿只是幾個來自久遠記憶中的名字，有時候那個名字會召喚出一張臉，有時候他只記得一個聲音、一個字。

經歷這一切的同時，他繼續教書與研究，儘管他有時候覺得他拱著背抵擋暴風雨，或窩起雙手圍著最後一根火柴上的殘火，都只是白忙一場。

葛瑞絲偶爾回到哥倫比亞探望父母。第一次回來就帶了不足一歲的兒子，但小孩的出現似乎使伊迪絲隱隱感到困擾，儘管她沒有說出口。之後葛瑞絲到哥倫比亞時便把兒子留在聖路易公婆家。史托納其實很想多看到孫子，只是沒有表達他的意願罷了。他已了解到葛瑞絲離開哥倫比亞，或許甚至連懷孕，實際上是都爲了要逃離她的牢獄，而現在她回家，只是出於她本性上的體貼與善意。

史托納發覺葛瑞絲有頗爲嚴重的酗酒問題，雖然伊迪絲一點都沒看出來，或該說是不願承認。他第一次發現這個問題是戰後一年的暑假葛瑞絲回家探望他們時。她顯得特別疲倦，眼圈發黑，臉部肌肉緊繃，臉色蒼白。一天晚上飯後，伊迪絲早早睡了，葛瑞絲和史托納兩人坐在廚房裡喝咖啡。史托納想和她講話，但

1 原文爲「Stoical」，此處譯做「堅忍」。

2 是指第二次世界大戰中由納粹德國國家主導的系統化種族滅絕行動。

是她顯得焦躁不安心煩意亂。他們沉默了很長的時間；最後，葛瑞絲專注地看著他，聳聳肩，忽然間嘆起氣來。

「嗯，」她說，「家裡有沒有酒？」

「沒有，」他說，「恐怕沒有，可能有一瓶雪梨酒，但是……」

「我很想喝點酒。我可以打電話給雜貨店，請他們送一瓶過來嗎？」

「當然可以，」史托納說，「只是妳媽媽和我不常……」

她已經站起來走向客廳。她急促地翻動著電話簿，然後用力地撥著號碼。當她回到廚房時她拐過餐桌，到櫥櫃拿出那瓶半滿的雪梨酒。她在洗碗槽旁的滴水板上取了一個酒杯，斟滿淺褐色的酒。她站著把酒喝完，擦擦嘴巴，輕輕打了一個哆嗦。「酸掉了，」她說，「我討厭雪梨酒。」

她把酒瓶和杯子帶到餐桌上，坐了下來，把酒瓶和杯子放在她的正前方。她再斟了半杯，看著她的爸爸，露出一個怪怪的微笑。

「我喝得稍微多了一些，」她說，「可憐的爸呀。你不知道，是不是？」

「不知道，」他說。

「我每一個星期都告訴自己，下星期我不會喝那麼多；但我總是會喝更多一些，我不知道爲什麼。」

「妳不快樂嗎？」史托納問。

「不，」她說，「我曾相信我很快樂，或者是幾乎很快樂吧，無論如何。其實不是的，我……」她沒有說完。

她喝完最後一口雪梨酒時，雜貨店的送貨員送來了她的威士忌。她把威士忌拿到廚房，用純熟的手法打開瓶蓋，再把剛才的雪梨酒杯倒滿。

他們整夜未睡，直到窗玻璃上亮起一線灰白。葛瑞絲小口小口地不停地喝；夜愈深，她的輪廓愈柔和。她平靜了下來，看起來也較年輕。他們兩人展開多年以來沒有過的對話。

「我覺得，」她說，「我覺得我是故意懷孕的，但是那時候我不清楚；我覺得我甚至不知道我有多想……多需要離開這裡。我很清楚知道除非我自己想懷孕，不然我不會懷孕的，天曉得。所有的高中男生，還有」——她歪著嘴向她父親微笑——「你和媽媽，你們都不知道，是嗎？」

「我想我不知道，」他說。

「媽想要我受歡迎，那麼，好呀，我就受歡迎。這沒什麼，眞的沒什麼。」

「我知道妳不快樂，」史托納覺得有點難以啓齒，「但我從來不知道……我從來不曉得……」

「我覺得我也不曉得，」她說，「我不可能曉得。可憐的艾德華，他是個倒楣鬼。我利用了他，你知道嗎？喔，他是孩子的爸爸沒錯……但我利用了他。他是個好男孩，一直深感羞愧……他受不了。他提前了半年入伍，只想要逃避這一切。是我害了他，我覺得。他是一個那麼好的男孩，但我們卻無法深愛對方。」

他們談到深夜，彷彿是老朋友一樣。史托納這時才了解到，就如她自己說的，她幾乎是樂在她的絕望中；她會平靜地過日子，一年比一年多喝一點點，讓自己可以麻木面對她已變得虛無的生命。他很高興她至少還能這樣；他爲她還可以喝酒感到高興。

二次世界大戰之後的那幾年是他教學生涯最輝煌的時期，而且在某些方面來說也是他生命中最快樂的時刻。那次戰爭的退伍軍人大舉進入校園，並改變了它，帶來了前所未有的生活，而這一切的改變，是源自某種熱情與騷動。他工作得比以前任何時刻來得用功；學生們有一種奇怪的成熟度，態度極爲認眞，且對雞毛蒜皮的事嗤之以鼻。他們不講究時尙或者是繁文縟節，是史托納夢想中的學生，對他們來說學習彷彿就是生命本身，而不是爲了達到目的的手段。他知道這幾年過後，教學工作不會再像現在一樣，因此他投入一種他希望永不休止的筋疲力盡的快樂境界。他很少想起過去或未來，或者是過去或未來裡的種種沮喪與喜悅。他把所有力量集中在工作的一剎那，希望他所做的，能爲他的存在給予定義。

在那幾年間他對自己投入的工作幾乎毫不鬆懈。有時候當女兒回到哥倫比亞探視他們，他會有一種難以忍受的失落感，因爲對他來說，女兒彷彿只是漫無目的地從一個房間閒逛到另一個房間。她才二十五歲，看來卻像三十五。她持續地酗酒，像一個絕望的人，怎麼樣都提不起自信。很明顯地她已漸漸地把小孩的管教權交到聖路易的公婆手上。

他只聽過一次有關凱撒琳・綴思可的消息。一九四九年的初春，他收到東岸一所頗負盛名的大學出版社新書發表的宣傳單，宣佈凱撒琳的書已經出版，並提供了作者的簡單資料。她在麻省一家不錯的文科大學任教，仍然單身。他以最快的速度買了一本。他把書握在手上時，手指好像活了起來。顫抖的手指幾乎讓他無法把書本打開。他翻開前面幾頁，看到「給W. S.[3]」的獻詞。

很長一段時間他淚眼模糊地坐著動也不動。最後他搖搖頭，繼續往下看，直到看完整本書爲止。

這本書寫得就如他預期地一樣好，文體優雅，冷靜而清晰的思辯能力隱藏著一股熱情。他知道他透過文字看到了她，也由於在此時此刻能如此清晰地看到她而感到驚訝。他忽然覺得她就在隔壁，覺得他只是剛剛離開了她；他感到雙手一陣激動，彷彿碰觸到她。他長久以來一直壓抑著的失落感傾瀉而出，把他淹沒，更讓自己被沖到意志力的掌控範圍以外，不願意拯救自己。最後他深情地微笑起來，彷彿進入了回憶；他覺得他已經快六十歲了，應該超越這種激情、這種愛的力量。

但是他超越不了，永遠也超越不了，他知道的。在麻木、冷漠、退卻的假面底下，這股激情仍然強烈，仍然持續著，一直都在那裡。在他年輕時他不假思索地付出；他對眼前的知識，那被阿契・史隆帶到他眼前的知識，付出激情——那是多少年前了啊；他在那些盲目而愚蠢的求愛與結婚的日子中對伊迪絲付出激情；他對凱撒琳付出激情，彷彿自己從來沒有付出過一樣。他曾經以奇怪的方式在人生的每一刻付出，或許在他最不在意的時刻裡，反而付出得最完整。那並不是一種靈，或者是肉的激情；相反地，它是一種包含了靈與肉的力量；更具體地說，它彷彿僅僅是一種愛。對一個女人，或一首詩，它只是在說：看！我活著。

他無法認爲自己老了。有時候在早上刮鬍子時，他看著自己在鏡子裡，卻感到鏡子裡的人以訝異的神情瞪著自己的影像，與他並不是同一個人；雖然雙眼一樣地清澈明亮，卻是鑲嵌在一個醜陋不堪的面具上面，彷彿是爲了不明的原因而進行一種他無法容忍的僞裝，彷彿他可以隨意卸下濃密灰白的眉毛、蓬亂的白

3 原指主角威廉・史托納英文原名 William Stoner 的縮寫。

髮、稜角分明的骨頭上下垂的贅肉，以及一道道讓他佯稱年老的皺紋。

但是他知道，他的年齡並不是僞裝的。戰後這幾年他目睹世人的病態和自己國家的病態；他目睹仇恨與猜疑成爲一種癲狂病，像快速傳播的瘟疫一般橫掃全國；他目睹年輕人再次趕往戰場，大步熱切地走向毫無意義的毀滅，彷彿是惡夢的重溫[4]。而他感到的憐憫與悲哀是如此地歷史悠久，彷彿已成爲他的歲月的一部分，幾乎已讓他無動於衷了。

日子過得很快，他幾乎沒有意識到它的消逝。一九五四年的春天，他六十三歲；他忽然間明白他的教學生涯至多只剩下四年的時間。他試圖眺望比這個期限更遠的地方，但是他看不見，也不想看見。

那年秋天歌頓・芬治的秘書傳來便箋，請他有空的話與院長見個面。他因爲忙碌，所以過了好幾天才擠出一個下午。

史托納每次與歌頓・芬治見面，都必定會對芬治緩慢的老化速度感到些微的驚奇。他比史托納小一歲，看來卻不到五十。他的頭已全禿，臉部胖呼呼的沒有一道皺紋，紅潤的臉色像天使般健康，步履輕盈得像腳底裝了彈簧；最近幾年開始擺出穿著隨便的姿態，常穿花襯衫和奇特的夾克。

史托納找他見面的那個下午，他的神情顯得尷尬。他們閒聊了一陣子，他詢問了伊迪絲的健康狀況，提及自己的妻子卡羅蓮，也提到他們幾天前才計劃找機會兩家人聚一聚。然後他說，「天啊，時光飛逝。」

史托納點頭。

芬治突然嘆了口氣。「好吧，」他說，「我想我們該言歸正傳，你……明年就六十五歲了，我想我們應該做些計劃。」

史托納搖頭說，「我不要立刻，我當然想要占占延退兩年這個方便。」

「我就猜你會這麼想，」芬治身子往後靠，「我才不會，我還有三年，我會退。我有時會想到我錯過了的事，沒去過的地方，還有……眞該死的，比爾，人生苦短啊，你爲什麼不也退了算了？想想退休後的時間……」

「我不知道要如何打發，」史托納說，「我從來沒想過。」

4 指的是一九五〇年至一九五三年間的韓戰。美國派兵支援聯合國軍隊，佔總軍力之百分之八十八。

「唔，眞該死，」芬治說，「在現在，六十五還很年輕，還有時間想……」

「是羅麥司，是嗎？他給你壓力？」

芬治咧齒而笑，「是啊，不然還有誰？」

史托納沉默半晌，然後說，「你告訴羅麥司我不會和你談這件事，告訴他我老了之後脾氣壞、愛吵架，你拿我沒輒。要談的話他要自己來談。」

芬治搖頭大笑，「我會告訴他，我發誓。過了那麼多年，你們兩個老混蛋也該放開一點點了吧。」

但是兩人的衝突沒有立即發生，而當它在次年三月第二學期中眞的發生時，其方式是出乎史托納意料之外的。他再一次被要求前往院長的辦公室，有確定的時間，並暗示其迫切性。

史托納晚了幾分鐘才到達。羅麥司已經到了，僵硬地坐在芬治辦公桌的正前方，他旁邊有一張椅子。史托納慢慢穿越辦公室，坐在椅子上。他轉頭看看羅麥司；羅麥司平靜地凝望著前方，一邊眉毛往上揚，一副不屑的姿態。

芬治盯著他們好一會，嘴上掛著一抹微笑，感到十分可笑。

「好吧，」他說，「我們都知道怎麼回事，是有關史托納退休的事。」他簡單敘述了相關規定——六十五歲得自願退休；按這個規定，史托納願意的話可以在本學年結束時退休，或者在下一個學年內的任何一個學期退休。又或者如果獲得系主任、文學院院長及他本人的同意，他也可以延後至六十七歲退休。屆滿六十七歲後不得再申請延期，除非當事人被授予傑出教授之頭銜，及出任系主任一職，到時……

「這個可能性是微乎其微的，這點我是相信大家都同意的，」羅麥司淡淡地說。

史托納向芬治點點頭，「微乎其微。」

「平心而論，」羅麥司對芬治說，「如果史托納教授趁這機會退休，會是合乎英文系及文學院的最佳利益的。我思考了很久的有關某些課程上以及人事上的改革，都會因這件退休案而得以實現。」

史托納向芬治說，「在我必須要退休前，我沒考慮過因為羅麥司的突發奇想而退休。」

芬治轉向羅麥司。羅麥司說，「我相信有很多事情是史托納教授沒有考慮到的，他可以有更多空閒時間從事一些寫作，我想是他」——他巧妙地頓了一下——「因對教學的奉獻而無法進行的；我想學術界肯定會受到啓發，如果他長期的學術成果得以……」

史托納打斷了羅麥司的話，「現階段我沒有展開任何學術生涯的打算。」

羅麥司坐在椅子上動也不動，卻似乎對芬治鞠了個躬，「我相信我的同事是太謙虛了。按學校規定，我自己在兩年後便必須要解除系主任的職務，我當然會好好利用我的垂暮之年；說眞的，我很期待悠閒的退休生活。」

史托納說，「至少在那個吉祥的時刻到來之前，我希望繼續當英文系的一員。」

羅麥司沉默片刻，然後彷彿自言自語地說，「過去幾年，我好幾次感到史托納教授對本校的努力付出並沒有得到應有的表揚，我覺得讓他在退休之年升等爲正教授，最能凸顯他成就的顚峰。辦個晚宴來紀念他的榮退……一個恰當的儀式，這應該會讓大家感到高興。雖然現在有點遲了，大部分的升等案已經處理完事，不過如果我堅持的話，我確信明年應該可以通過，得以紀念他退休這件喜事。」

他與羅麥司之間多年來的交手，儘管在某種奇怪的意義上讓他感到痛快，但現在看來忽然變得有點瑣碎與卑鄙。他直視羅麥司，疲憊地說，「詞力，經過了那麼多年，我想你對我的了解不該僅僅如此，我從來不在乎任何你認為可以『給』我，或你認為可以為我『做』的。」他頓了一下。實際上他比他想像中來得困倦，他勉力地繼續說，「你說的都不是重點，從來都不是。你是個好人，我想是；也肯定是個好老師。但在某種意義上，你是一個無知的王八蛋。」他又頓了一下，「我不知你心中想什麼，但是我不會退休——不會在今年，或者明年。」他緩慢地站了起來，打起精神，然後說，「兩位先生，我有點累了，請恕我失陪了，我就讓你們去討論你們該討論的吧。」

他知道事情不會就此結束，但是他不在乎。該學年的最後一次系務會議上，羅麥司在報告事項中宣佈史托納教授將在下一學年結束時退休，史托納當下便站了起來，告訴所有同事羅麥司搞錯了，他的退休會在羅麥司宣佈的時間的後兩年生效。秋季學期開學時，大學的新校長邀請他到家裡喝下午茶。他長篇大論地提及他多年來對學校的服務、難能可貴的退休生活，以及他們的感激之情；史托納擺出最令人匪夷所思的態度，稱呼校長爲「年輕人」，還假裝聽不到，使那位年輕人最後必須以他最懷柔的語調在他耳邊大喊大叫。

儘管他才付出他微弱的努力，他已經比他預期的還要疲累，所以到了耶誕假期，他幾乎已經精疲力竭。他告訴自己他的確是老了，而且必須要減輕工作量，才能保持下半年的工作品質。十天的耶誕假期裡他大量地休息，彷彿要養精蓄銳；當他返回崗位講授該學期最後幾週課程時，他所展現的活力與能量令他自己感到訝異。有關他退休的議題似乎平息了，他也懶得再想這個問題。

二月底他的疲憊感再度出現，似乎無法擺脫；他花很長的時間待在家裡，大部分的文書工作都在他小陽台的沙發上完成。到了三月，他開始感到四肢悶痛；他告訴自己他是太累了，到了春暖花開之時應該會好一點，而且他需要休息。四月時他的疼痛已集中到身體的下腹部，偶爾必須要請假，而且他只要走上一段教室與教室間的距離，便花光他所有的體力。五月初，疼痛變得十分強烈，讓他不能再認爲那只是小麻煩。他在大學的附屬醫院安排就醫。

史托納只粗略地了解一連串化驗、檢查和詢問所代表的意義。醫生對他的飲食做了特殊安排、開了一些止痛藥，並安排在下一週化驗完成並彙整了報告後再來複診，到時再做諮詢。他感覺自己有好一點，但仍是相當疲倦。

主治醫師名叫詹明生，是一位年輕人，他告訴史托納他再在大學附設醫院服務幾年後便會去外面執業。他有一張紅潤的圓臉，配上無框眼鏡，有一種焦慮的彆扭神情，但獲得了史托納的信任。

史托納比預約的時間提前幾分鐘到達，但接待人員請他立刻到診間。他沿著院內一條窄長的走廊到達一間小房間，那是詹明生的診間。

詹明生已經在等他了，而史托納也知道他已經等了好一陣子了，文件夾、X光片、病歷整齊排放在桌面上。詹明生站起來，臉上突然露出一個焦慮的微笑，並伸手示意史托納坐到他辦公桌前的椅子上。

「史托納教授，」他說，「請坐，請坐。」

史托納坐了下來。

詹明生皺眉看著桌面排列的各種東西，用手撫平了一張紙，然後坐到辦公椅上。「唔，」他說，「很明顯有下腸道阻塞的症狀，但是X光片上沒有顯示出來，這有點不尋常。喔，有一點陰影；但是不一定有什麼意義。」他用身子轉動辦公椅到X光看片箱前，把X光片掛在燈箱上，打開燈，含糊地指向陰影部分。史托納看了看，但什麼都看不出來。詹明生把燈關上，轉回他的辦公桌前，以公務的口吻說，「你的紅血球數很低，但是看不出來哪裡有感染；紅血球沉降速率低於正常值，血壓偏低。有內部器官腫脹的情形，似乎有點不對勁，你的體重有下降的情形，而……嗯，就你所顯示的病徵，以及我對你的病癥的看法來判斷」——他朝桌面揮了揮手——「我會認爲只有一條路。」他目不轉睛地向史托納微笑，以矯飾的幽默語調說，「我們得要進去看看能找到什麼。」

史托納點頭，「那就是惡性腫瘤囉。」

「唔，」詹明生說，「這話太沉重了，可能性很多，我很確定裡面有腫瘤，但是……唔，我們不能百分百確定是什麼，除非我們進去看看。」

「有多久了？」

「喔，很難說，但是看來……唔，蠻大的，已經有一陣子了。」

史托納沉默片刻，然後說，「你估計我還可以活多久？」

詹明生顯得有點手足無措，「喔，這樣子，聽我說，史托納先生，」他勉強笑了一下，「我們不要妄下結論，爲什麼呢？因爲很有可能……有可能只是一個腫瘤，良性的，你知道嗎？或者……或者有很多其他可能性，我們無法肯定，直到我們……」

「好，」史托納說，「你什麼時候要動手術？」

「越快越好，」詹明生鬆了口氣，「兩、三天內。」

「那麼快，」史托納幾乎已經有點心不在焉了，他定神看著詹明生，「醫生，容我問你幾個問題。我必須要告訴你我希望你能坦白地回答我。」

詹明生點頭。

「如果只是一個腫瘤，是良性的，就如你所說的，幾個星期會有很大的差異嗎？」

「唔，」詹明生感到有點爲難，「會疼痛，而且……喔沒有，沒有很大的差異，我認爲。」

「好，」史托納說，「如果就如你想的那麼糟糕……那麼，幾個星期會有很大的差異嗎？」

隔了一段頗長的時間，詹明生以接近痛苦的神情說，「不會，我認爲不會。」

「那麼，」史托納理性地說，「我要等幾個星期。我有幾樣事情需要解決……有些工作需要進行。」

「我不建議這麼做，你要知道，」詹明生說，「我強烈不建議這麼做。」

「這是當然的，」史托納說。「還有，醫生……你不會對任何人提起這件事，是嗎？」

「不會，」詹明生的語氣中多了幾分熱切，「當然不會。」他重新建議了幾項飲食上的安排，多開了一些藥丸，並確定了下次進醫院的時間。

史托納一點感覺都沒有，彷彿醫生告訴他的只是一個小小的困擾，一個小小的障礙要先排除，才可以完成他必須要做的事。他覺得這件事情在這個時候發生，是有點晚了；羅麥司要找人替代他可能會有困難。

醫生給的藥使他有點暈眩，不過也使他發現一種莫名的快感。時間感被取代了；他發現自己站在潔思樓一樓鑲嵌著木板的走廊上。耳中響著的是遠方的鳥在拍打翅膀時發出的低沉嗡嗡聲；陰暗的走廊上找不到來源的光，一明一暗地隨著心跳的節拍閃著；而他的肌膚緊密地感應著他每一個肢體動作，當他小心翼翼地踏進那黑白明暗的光束裡，便感到全身刺痛。

他站在通往二樓的樓梯前。大理石的梯級在數十年來人們上下走動間，把每階梯級中央的凹槽磨得平滑。當他第一次站在同一個地方往上看時——那是多少年前呢？——那些梯級是幾乎全新的。現在再往上看，他很好奇那些梯級會引領他到哪裡去。他想到時間，及它的溫柔的流轉。他小心地踏上第一塊平滑微凹的梯級，然後提身往上走。

然後他到了歌頓．芬治的文學院辦公室。女秘書說，「芬治院長正要離開……」他心不在焉地點點頭，微笑一下，便走進芬治的辦公室裡。

「歌頓，」他親切地說，臉上仍掛著微笑，「我不會耽擱太久。」

芬治反射性地回應了一個微笑，雙眼已露疲態，「沒問題，比爾，坐吧。」

「我不會耽擱太久，」他又說了一遍，同時感到自己聲音裡有一股奇怪的力量，「是這樣的，我已經改變主意了……我的意思是，有關退休的事。我知道很突兀；很抱歉那麼晚才讓你知道，但是……嗯，我想這對大家都好。這個學期結束我就退了。」

芬治胖呼呼的臉大感詫異，幾乎要垮下來。「怎麼搞的，」他說，「是不是有人逼你的？」

「沒這回事，」史托納說，「是我做的決定，只是……我發現我有些事情想要做。」他進一步解釋說，「而且我眞的需要休息。」

芬治感到惱怒，而史托納也能理解。他好像聽到自己又說了一些道歉的話，也感覺到他的微笑一直愚蠢地掛在臉上。

「好，」芬治說，「我想還不算太晚，我明天開始跑公文，我想你需要準備好你的年薪、保險諸如此類的資料。」

「喔，好，」史托納說，「我有想到，沒問題。」

芬治看看手錶，「有點晚了，比爾。你這一兩天再過來我們談清楚細節吧。

現在呢……唔，我覺得羅麥司該要知道。我晚上給他打電話。」他滿臉笑容地說，「恐怕你這次會讓他高興起來喔。」

「是呀，」史托納說，「恐怕是。」

進醫院前兩個星期有很多事情要做，他決定要一一完成。他取消了之後兩天的課，把他負責指導進行獨立研究、碩士論文和博士論文的學生找來見面。他給學生寫下詳細的指示，引導他們完成已經開始的工作，並把相關的複本放到羅麥司的辦公室信箱裡。對那些認爲自己被拋棄且感到恐慌的學生，他給予安慰，並且爲需要另覓指導教授的學生消除疑慮。他發現他吃的藥丸雖然能減輕他的疼痛，卻使他的頭腦沒以前那麼清晰；因此他只有在白天與學生談話時，或在他晚上閱讀堆積如山的半完成論文、碩士論文及博士論文時，爲了不讓強烈疼痛讓他分心，他才會用藥。

宣佈退休兩天之後，在一個忙碌的下午，他接到歌頓・芬治的電話。

「比爾嗎？是歌頓。哎……有個小問題，我想我該跟你談談。」

「什麼事？」他顯得不耐煩。

「是羅麥司，他頭腦轉不過來，他認爲你的退休應該由他提出。」

「沒關係，」史托納說，「隨便他怎麼想。」

「等等……還有喔，他正在計劃要辦聚餐等諸如此類的事。他說他決定了。」

「歌頓，聽我講，我現在很忙，你可不可以想個方法阻止他？」

「我盡力了，但是他是透過英文系來辦的。如果你要找他來談，我可以，不過你也要在場。他要這樣我也沒轍。」

「好吧，他要什麼時候做這件蠢事？」

歌頓沉默了一下。「下星期五，上課的最後一天，剛好在考試週之前。」

「好吧，」史托納語氣顯得厭煩，「到時我應該已經把事情處理好了，這比現在和他爭執來得簡單，就讓他搞吧。」

「順帶一提，他希望我授予你榮譽退休教授的頭銜，雖然這要等到明年才能完成手續。」

一股大笑的衝動湧上史托納的喉頭。「搞什麼呀，」他說，「也好。」

整個星期他忙到失去時間意識。他不停工作，從星期一到星期五，每天從早上八點到晚上十點。他讀到最後一頁，記了最後一筆筆記，往後靠到椅子上，眼前盡是桌面反射的亮光，頃刻之間，他不知自己身在何處。他環視四周，發現自己在研究室裡。書架上是疊疊累累的書，四個牆角是一堆堆的論文，而文件櫃則敞開著，露出失序的文件。我必須要整頓一下，他心想；我必須把東西收拾好。

「下星期，」他告訴自己，「下星期。」

他懷疑自己能否回得到家。他每吸一口氣似乎都很費力，他集中精神在四肢，強迫它們反應。他站了起來，不讓自己搖晃，他把桌燈關上，站著等到看得見從窗戶照進來的夜色。他舉步維艱地走完幽暗的走廊，離開潔思樓，踏上寂靜的街道回家。

家裡燈還亮著，伊迪絲還沒睡。他用最後一絲力氣爬上前門的階梯，進入客廳。然後他知道自己再也走不動了，到了沙發便坐下來。過了一會，他才再有力氣伸手到西裝背心的口袋裡掏出一小管藥丸。他放了一顆到嘴裡，乾乾地吞下，然後再吞第二顆。藥丸味苦，然而苦味似乎接近愉悅。

他這才注意到伊迪絲一直在房子裡活動，從一個地方走到另一個地方；他但願她還沒有跟他說話。疼痛減低讓他稍微恢復體力後，他知道她還沒開口說話；她繃著臉，鼻子和嘴巴都歪著，走路直挺挺的，帶著幾分怒氣。他想開口說話，但是他不確定自己的聲音是否可靠，還是讓自己暗地忖度她生氣的原因吧。她已經很久沒有生氣了。

最後，她停下來面對著他，身體兩側的雙手捏起了拳頭，「好了吧？你要說什麼嗎？」

他清了一下喉嚨，雙眼定了定神，「我很抱歉，伊迪絲。」他聽到自己的聲音平靜而堅定，「我有點累，我猜。」

「你都沒有先跟我說一聲，是不是？不顧別人。你不覺得我有權知道嗎？」

他疑惑了好一會，然後點了點頭。如果他有多餘的力氣，他會變得憤怒，「妳怎麼知道的？」

「你不要管，我想除了我大家都知道。喔，小威，眞是的。」

「很抱歉，伊迪絲，眞的，很抱歉。我不想讓妳擔心，我打算下星期會告訴妳，在我進醫院之前。沒什麼的；妳不必爲這事擔心。」

「沒什麼！」她憤怒地一笑。「他們說可能是癌症，你知道這是什麼意思嗎？」

他忽然感到一陣虛脫，但是他控制自己不要抓緊任何東西。「伊迪絲，」他淡淡地說，「我們明天再談，好不好，我現在很累。」

她看著他一陣子，「要不要我扶你到房間？」她氣惱地問，「看起來你不行喔。」

「我可以，」他說。

在走到他的房間前，他便後悔沒讓她幫忙——那並不是因爲他後來發現自己高估了自己的體力。

他休息了星期六和星期天兩天，星期一他便可以到班上了。他很早回到家，躺在客廳的沙發上，看著天花板出神。門鈴響起。他正要坐直，並站起來開門，但是門已經打開了。那是歌頓．芬治。他臉色發白，雙手發抖。

「進來吧，歌頓，」史托納說。

「我的天啊，比爾，」芬治說，「爲什麼不告訴我？」

史托納短促地笑了一聲。「我可能還要登報呢，」他說，「我以為可以安靜地進行，不讓大家感到困擾。」

「我知道，但是……天哪，我早知道的話就好了。」

「沒有什麼好感到苦惱的。現在還不明確——只是一個手術而已。是探查性外科手術，他們是這樣說的。是的，你怎麼知道的呢？」

「詹明生，」芬治說，「他也是我的醫生，他說他知道這不合乎醫學倫理，但他覺得我該知道。他說得對，比爾。」

「我懂了，」史托納說，「沒關係。都傳開來了嗎？」

芬治搖搖頭，「還沒。」

「那就請你封口，拜託。」

「沒問題，比爾，」芬治說，「那麼這星期五的餐會……你不需要全程參與的，知道吧。」

「但是我會的，」史托納說，並咧齒而笑，「我總覺得我欠他一點什麼。」

一絲淡淡的笑容掠過芬治的臉，「你已經成為一個卑鄙的高齡王八蛋了，是不是？」

「我想是的，」史托納說。

餐會在學生會的一個小宴會廳舉行。伊迪絲在最後一刻覺得那個場合她可能受不了，所以他獨自赴會。他提前出門，漫步穿越校園，彷彿是一趟春日午後的隨性漫步。就如他所預期的，宴會廳裡空無一人；他找來服務生把太太的名牌拿走，重新安排主桌的位置，讓人看不出空了位子。然後他坐著等待客人到來。

他坐在歌頓．芬治和校長之間。羅麥司當司儀，座位距離史托納三個位子之遠。羅麥司微笑著與身邊的人聊天，沒有看史托納一眼。

宴會廳很快就滿是客人，系上多年沒有眞正和他說過話的同事，在遠遠的地方向他揮手；史托納點頭回應。芬治很少說話，但是小心翼翼地看著史托納。年輕的新校長與史托納講話，展現相當閑熟的社交禮儀，但史托納總是無法記得他的名字。

負責端菜的是身穿白色制服的學生，史托納認得出好幾位，並與他們點頭講話。客人對食物露出難過的神情，但是仍開始進食。宴客廳內洋溢嗡嗡的閒聊聲，也夾雜著各種餐具及瓷器的碰撞聲；史托納知道大家幾乎已經遺忘了他的存在，讓他有空可以處理面前的食物，儀式性地嚼幾口，並看看四周。他的眼睛不睜得大大的話，便無法看到人們的臉；他看見色塊及模糊的身影在他面前晃動，像是被鑲在畫框裡一般，每分每秒掌握著流動的瞬間，建構出新圖案。這景象相當悅目，如果他以某種方式集中注意力，便會忘卻身體上的疼痛。

忽然間，大家沉默起來。他輕輕甩了一下頭，彷彿要從夢中回來。羅麥司從窄長的餐桌末端站了起來，用刀子敲響了水杯。一張俊俏的臉，史托納心不在焉地遐想；還是很英俊。歲月使他窄長的臉更形瘦削，皺紋似乎是來自他日益增加的靈敏度，而不是年齡。他的笑容仍是冷冽中帶著幾分親切，聲音還是一如往昔地宏亮與堅定。

他在說話；但聽在史托納的耳裡是片片斷斷的，彷彿說話者的聲音讓內容從寧靜中響起，然後又在嘴裡寂滅，「……多年來的獻身投入……萬分值得從壓力中解放出來……備受同仁尊敬……」他聽得出其中的反諷，這些年讓他心知肚明，羅麥司的話是說給他聽的。

一陣短促而堅定的掌聲讓他從空想中驚醒。身旁的芬治站起來說話。雖然他抬著頭努力地聽，可是聽不見他說的話；歌頓的嘴唇動著，他盯著他看，一陣掌聲他就坐了下來。校長在他的另一邊站起來說話，內容遊走在諂媚與威脅、幽默與哀傷、遺憾與歡欣兩端。他說他希望史托納的榮退是開始而不是結束，他知道他的離開是大學的損失，他提到傳統的重要性和改變的必須性，也預視多年以後他的學生心中仍會滿懷感激。史托納無法理解他的說話內容，但當他說完後，全場歡聲雷動，滿是笑容。到鼓掌聲漸漸停歇後，在場有人用單薄的聲音喊出，「說句話！」一人在另一端起鬨，後來同一個要求此起彼落地蔓延全場。

芬治在他耳邊低聲說，「要我幫你解圍嗎？」

「不用，」史托納說，「沒關係。」

他站了起來，才發現他沒什麼可說的。他沉默了一段時間，看著面前一張張臉。後來他聽到自己平淡的聲音。「我教了……」他說，然後又重新開始，「我在這個大學教了快四十年的書。如果我沒當老師，我不曉得我會做什麼。如果我不教書，我可能……」他頓了下來，彷彿很茫然。然後他做了結語，「感謝大家讓我教書。」

他坐了下來。之後是一陣掌聲和友善的笑聲。晚會結束，人們還在會場上漫無目的地亂轉。史托納覺得自己不停在握手，不停地微笑，不管對方說什麼他都點頭。校長緊握他的手，露出衷心的笑容，告訴他要多回來聊聊，任何下午都可以。然後他看看手錶，便匆忙地離開了。宴會廳人氣漸漸疏落，史托納站在原來的位子，想培養一點元氣好讓他能穿越會場離開。他等到身子較爲硬朗後便要繞過餐桌出門，途中經過一群群以異樣目光看他的人，彷彿他已經是陌生人。羅麥司站在其中一群人中，史托納路過時他頭也不回；史托納感到很慶幸，經過這些年月，他們不必向對方說話。

第二天他進了醫院，要休息到星期一早上，才進行手術。他大部分時間都在睡覺，對身旁發生的事不感興趣。星期一早上有人在他的手臂上注射了一針；他沿著走廊被推進一間似乎只有天花板及燈光的奇怪房間裡，那時候他已經是半清醒的狀態了。他看到有物體下降到他的面前，他便閉上雙眼。

他醒來後感到噁心和頭痛，下腹部有一個新的地方劇烈疼痛，但不至於使人受不了。他乾嘔了一下，覺得好一點，讓手撫摸下腹部層層包紮著繃帶的地方。他睡到半夜醒來，喝了一杯水，又睡到第二天早上。

他醒來時詹明生站在他的床邊，手指搭在他的左腕上。

「唔，」詹明生說，「我們今天早上覺得如何？」

「很好，我覺得，」他喉頭乾涸，正要伸出手，就已經接到詹明生遞給他的一杯水。喝完後他看著詹明生，等待著。

「唔，」詹明生最後開口說，聽得出有點不安，「我們把腫瘤拿掉了，好大一顆喔。一、兩天後你會覺得好一點的。」

「我可以離開這裡嗎？」史托納問。

「兩、三天後你就可以到處走了，」詹明生說，「問題是，如果你在這裡多待一下，會比較方便。我們沒有辦法……全拿掉。我們會用X光來治療，諸如此類的。你當然是可以進進出出的，但是……」

「不要，」史托納說著，頭已往後靠回枕頭上。他再次感到疲倦。「越快越好，」他說，「我想要回家。」

Chapter

XVII

「喔，小威呀，」她說，「裡面全都爛掉了。」

他正躺在小陽台裡的沙發上，凝望著窗外，時間已接近黃昏，太陽沉沒在水平線下，屋外西邊的房子和樹頂上，一朵長長的浮雲底部的皺褶透著晚霞的紅光。一隻蒼蠅隔著紗窗發出嗡嗡聲，鄰居在後院焚燒垃圾的刺鼻味道在滯止的空氣中瀰漫著。

「什麼？」史托納心不在焉地回頭看他的妻子。

「裡面呀，」伊迪絲說，「醫生說裡面到處都是。啊，小威，可憐的小威呀。」

「是呀，」史托納說。他無辦法讓自己對這件事情提起興趣，「好了，妳不用擔心，最好不去想它。」

她沒有回應，他又轉向窗外看著漸暗的夜色，直到遠方雲上的紅光只剩一抹暗紫。

他回到家一星期多，那天他到醫院裡接受詹明生所說的「治療」，他說的時候還帶著一絲勉強的笑容。詹明生很佩服史托納傷口復原的速度，還說他有四十歲男人的體質之類的話，之後就突然間沉默下來。史托納讓自己的身體被戳被按，讓他們用皮帶把他拴在手術台上，安靜地躺著讓一部大型機器在他身上無聲地來回巡弋。這很愚蠢，他知道，但是他不違抗；這樣做太無情了。這是一件夠小的事情了，如果這樣做能夠讓他們可以在難以逃避的事情上稍稍分神一下。

漸漸地，他知道這個他臥病於其中、可以往窗外眺望的小房間，已經成爲他的世界；也已經開始感到疼痛就如遠方老朋友一般悄悄地回來探視。他懷疑他會不會被要求回到醫院裡；這個下午他從詹明生的口氣已經聽出他的結局，而且他開了一些藥丸給他，萬一「不舒服」時可以使用。

「你可以寫信給葛瑞絲，」他聽到自己這樣告訴伊迪絲，「她很久沒回來看我們了。」

他回頭看見伊迪絲茫然地點頭；她的眼睛，和他的一樣，正在靜靜地凝視窗外漸暗的天色。

之後的兩個星期，他感到身體更虛弱了，開始時是漸漸地，然後速度加快。疼痛再度出現，強烈的程度出乎他意料之外；他服了藥丸，覺得疼痛退到暗處，彷彿是一隻謹愼的猛獸。

葛瑞絲回到家；但他發覺他要和她說的話畢竟不多。她離開了聖路易一陣子，前一天才看到伊迪絲的信。她看來十分疲憊、焦慮，眼皮周圍是黑眼圈；他希望他能做些什麼以減輕她的痛苦，但是他知道自己無能爲力。

「爸你看來不錯，」她說，「很好，你會沒事的。」

「當然，」他露出笑容，「小艾德華好嗎？妳也好嗎？」

她說他很好，小艾德華也很好，那年秋天要念七年級了。他一臉困惑地看著她，「七年級了？」他問。然後他發現這是眞的。「是的，」他說，「我已經忘記他現在多大了。」

「他跟他的……他跟傅來爾先生和太太住在一起，大部分時間，」她說，「這對他來說是最好的安排。」她還說到其他的事，但是他的注意力已無法集中了。他越來越頻繁地發現他難以集中心力在一件事情上，他無法預期他的思想會飄到哪去，有時候他發現他不知道他講的話題從何而來。

「可憐的爸爸，」他聽到葛瑞絲說，這使他的注意力又回到當下。「可憐的爸爸，這些年眞不容易啊，是不是？」

他想了一下，然後說，「不會啊。不過我大概也不想過得太容易吧。」

「媽媽和我……我們都讓你失望，是不是？」

他提起了手，彷彿要觸摸她，「喔，不，」他口氣裡還隱約透著熱情，「妳不需要……」他想要說下去、想要解釋；但是他無法繼續。他閉上眼睛，感到他的思緒已經不能集中，滿是畫面，不斷變動，好像電影一般。他看到伊迪絲在克萊蒙家參加晚宴時與他第一次見面的模樣——藍色的禮服、纖細的手指、漂亮精巧的臉龐帶著微笑、淺藍的眼睛緊緊注視著每一個時刻，彷彿正等待甜蜜的驚異。「妳媽媽……」他說，「她不是一直……」她不是一直都像現在這樣子的；他覺得那位少女雖然已經長大成爲了現在的伊迪絲，但是他在伊迪絲的身影裡一直都看到她的還是少女的時候；他覺得他一直都看見那位少女。

「妳小時候是一個美麗的小孩，」他聽到自己這樣說，而他好一陣子不知道自己是在向誰說話。光影在他眼前游移、成形，現出他女兒的臉，一張有皺紋的、憂鬱的、因憂慮而顯得疲憊的臉，他再次閉上眼睛。「在書房，記得嗎？我工作時妳習慣坐我旁邊。妳好安靜，還有燈光……那燈光。」桌燈的光，他看到了，她勤奮好學的小臉低頭聚精會神地看著書或圖畫，吸收了桌燈的光，平滑的肌膚在房中的暗影下發亮。他聽到遠方迴盪著輕輕的笑聲。「是啊，」他看著面前那張已經長大成人的臉，「是啊，」他再說一遍，「妳一直都在那裡。」

「別出聲了，」她輕輕地說，「你需要多休息。」

這就是他們的告別。第二天她從樓上下來看他，說她要回聖路易幾天，還說了一些他聽不清楚的話，語氣平淡，自我克制。她形容憔悴，雙眼紅紅的，還含著淚水。他們互相注視；她看他看了很久，幾乎不相信眼前所見；然後她轉身離去。他知道那是最後一面。

他不想死；但是在葛瑞絲離去後的某些時刻裡，他會對未來感到有些不耐煩，就好像是一個沒有特別興趣出遊的人對待他要走的旅程一樣。也好像一位旅人，他覺得在離開之前有很多事情等著他完成；但是他想不出要完成什麼。

他已經虛弱到不能走路；他日日夜夜地待在屋後的小陽台裡。伊迪絲把他要讀的書帶來，放在窄床邊的小桌上，好讓他取書時不必太費力氣。

然而他很少閱讀，儘管書本帶來了慰藉。他請伊迪絲把所有窗簾打開，就算是下午的炙熱的陽光斜斜地照進陽台裡，他也不讓她拉上。

有時候伊迪絲會進來坐在他的床邊聊天。他們會談一些瑣碎的事，談他們沒有深交的朋友，談校園裡新的建物，談被拆除的老房子；但是他們所談的並不重要。他們之間多了一份寧靜。那是一份初戀時的寧靜，幾乎沒有任何思辯。史托納了解這份安寧，他們已經寬恕了彼此加諸對方的傷害，他們全心投入一種他們曾經可能擁有的生活。

他現在看著她，心中幾乎沒有一絲遺憾。在黃昏裡柔和的燈光下，她的臉看來年輕，毫無皺紋。如果我可以堅強一點，他想；如果我更了解；如果我更能體諒。最後，更殘忍地，他想：如果我更愛她[1]。彷彿走過一條漫長的路，他的手在被子下移動，去撫摸她的手。她沒有動，過了一會，他便沉沉睡去。

儘管服用了止痛藥，他的思緒，對他來說，似乎還是十分清晰。對此他感到萬分慶幸。但是。彷彿有一種不屬於他的意志力佔據了他的思想，將其推向一個他不認識的方向；時間消逝，而他看不見其過程。

歌頓．芬治幾乎每天都來看他。然而他的記憶無法整理這些訪視的先後順序；有時候歌頓不在的時候他會和他說話，在沒有訪客的房間裡他會被歌頓的聲音嚇到；有時候他與歌頓講到一半，會忽然間停下來眨眨眼，彷彿突然發現他在場。有一次歌頓躡著腳進來，他忽然轉身驚訝地問，「大衛在哪？」當他看見歌頓一臉驚恐時，便微弱地搖搖頭，「對不起，歌頓，我幾乎睡著了；我在想著大衛．馬斯達，有時候我會不自覺地提到一些我心裡在想的東西。是那些藥。」

歌頓微笑著點頭，還開了一個玩笑；史托納很後悔他在此情況提起大衛．馬斯達，而他也知道在那一剎那，歌頓已經遠離了他，再也回不來了。大衛．馬斯達是他們共同喜愛的那位目中無人的男孩，他的幽靈在這些年來維繫著他們的友誼，這段友誼深刻到連他們自己也無法體會。

歌頓帶來同事們對他的關懷之意，斷斷續續提到他可能感興趣的大學事務，但是他的眼神顯得不安，臉上掠過焦慮的笑容。

1 一連串的「如果……」在原文中是用與事實相反假設的文法結構，以表達史托納心中無法逆轉的悔恨。中文的語法較難精確表達這種情感，除非用更多的說明。

伊迪絲進到房間來。歌頓視之爲他的解脫，興奮溢於言表，緩慢而笨拙地站了起來。

「伊迪絲，」他說，「妳坐到這裡來。」

伊迪絲搖搖頭，對史托納眨了眨眼睛。

「比爾老大看來不錯，」芬治說，「天啊，我覺得他比上星期好很多。」

伊迪絲轉身，彷彿剛剛才發現芬治也在場。

「喔，歌頓，」她說。「他看來很糟糕啊，可憐的小威，他待不久了。」

歌頓臉色發白，後退了一步，彷彿嚇了一大跳，「天啊，伊迪絲！」。

「待不久了，」伊迪絲再說一遍，面對著微笑的史托納苦思，「我怎麼辦，歌頓？沒有他我怎麼辦？」

他閉上眼睛，他們消失了；他聽到歌頓輕聲說了一些話，聽到他們離開的腳步聲。

談論死亡是如此容易，這才是值得注意的事。他曾經想告訴歌頓那是多麼容易，他曾經想告訴他談論此事，或者是思考此事不會讓他感到困擾；但是他無法這樣做。現在似乎都沒有關係了；他聽到廚房傳來聲音，歌頓的低沉而急促，伊迪絲的哀怨而簡短。他們在說什麼？

……強烈而急迫的疼痛在他毫無準備之下來襲，幾乎讓他喊了出來。他讓手放開緊緊抓住的床單，指揮它們移向床邊的桌子。他拿了幾顆藥丸放到嘴裡，用水吞下。前額冒出了冷汗，他安靜地躺著，直到疼痛減緩。

他再次聽到聲音；他沒有睜開眼睛。是歌頓嗎？他的聽覺似乎離開了他的軀體，像雲一樣浮在他的上方，把最細微的聲音傳給他。但是他的思想無法確切辨認他聽到的話語。

聲音——是歌頓的嗎？——說著一些有關他這一生的話。雖然他無法辨識這些話語，也甚至不確定那些話語有否眞的被說出口，他的思想，像一隻受傷的猛獸一般，緊緊抓住這個議題。很殘酷地，他以別人眼中對他一生的看法，來看待他自己的一生。

平心靜氣地，相當理性地，他思索著在他人眼中他的一生是如何的失敗。他想要友誼，親密的友誼，可以讓他在人生的競賽中獲得支持鼓勵；他有兩個朋友，一個在還沒被人認識之前便毫無意義地死去，另一個現在遠離了他，進入了另外一種階級的生活……他想要一段專一的，有激情默默維繫著的婚姻；他也曾經有過，但他不知道如何處理這段婚姻，便讓它凋亡。他想要愛；他有過，但他放手，任它掉進一種渾沌的可能性之中。凱撒琳，他想起，「凱撒琳。」

他也想要當一位老師，而他也當上了；但是他知道，他一直都知道，在他大部分的人生裡，他是一位漠不關心的老師。他夢想過某種正直，某種無瑕的純潔；但是他遇上的是妥協，是淪陷在瑣事的樂趣中。他曾經相信智慧，但多年下來，他找到無知。還有呢？他想。還有呢？

你期待什麼？他問自己。

他張開眼睛。眼前一片黑暗。然後他看到窗外的夜空，深藍色的夜空，以及雲端透出薄薄的月色。一定是很晚了，他想。白花花的下午歌頓和伊迪絲站在他身旁，好像只是前一刻才發生的事。是很久以前的事嗎？他說不上來。

他知道他的思想一定是隨著身體的耗損而被削弱，但他沒有預期這會如此地快速。肉體是堅強的，他想；比我們想像中還要堅強。它總是想繼續下去。

他聽到聲音，看到燈光，也感到疼痛來了又去。伊迪絲的臉在他上方盤旋；他覺得他的臉露出笑容。有時候他聽到自己的聲音在說話，覺得聲音很理性，雖然他不太肯定。他覺得伊迪絲的手在他身上，移動他，幫他洗身體。她又得到一個小孩了，他想；最後，她有一個她能關心的小孩了。他希望他能對她說話；他覺得他有話要說。

你期待什麼？他想。

眼皮好像被重物壓住，感覺在顫抖，他努力張開眼睛。他感到強光，那是午後強烈的陽光。他眨了眨眼睛，冷漠地思量著窗外的藍天和太陽邊緣的強光。他確定所看到的是眞實。他動了動他的手，透過這個動作他發覺有一股奇妙的力量在體內流動，彷彿來自空氣。他深深吸了一口氣，不再感到疼痛了。

他每吸一口氣，都似乎增加了他的力氣；他肌膚的感覺敏銳起來，可以感到或明或暗的光束在臉上產生極微小的重量。他提起上半身，以半坐的姿勢，背部靠著牆壁。他現在可以看到戶外。

他覺得自己從一段很長的睡眠中醒來，精神煥發。時間可能是在晚春或初夏——從周遭事物看來，較有可能是初夏。後院裡巨大的榆樹十分茂密，葉子上亮起了一層光澤；巨樹投下的陰影帶來陣陣清涼，這是他熟悉的。空氣裡有厚實的感覺，凝重地擠滿了小草、葉子和花朵的香氣，帶著甜味，混雜在一起，懸浮在空中。他繼續深深地呼吸；聽著呼吸時發出的響聲，感覺甜蜜的夏季積聚胸中。

他也感到，吸進去的空氣，在他身體深處帶來了變化，把某部分停住，把他的頭部固定住，不再移動。然後這感覺過去了，他想，這感覺就是如此。

他覺得有必要找伊迪絲過來；但是後來他知道他不會找她。瀕臨死亡的人都是自私的，他想；他們想擁有屬於自己的時刻，像小孩子一樣。

他再次呼吸著，但這次內心產生了一種他無以名狀的歧異。他覺得他在等待某些東西，等待某些啓悟；但是他覺得他似乎擁有塵世中的分分秒秒。

他聽到遠處傳來笑聲，把頭轉到聲音的來源。一群學生穿越他家的草坪；他們要趕路。他很清楚地看見他們；是三對男女。女孩子四肢修長，優雅地穿著輕薄的夏季裙子，身旁驚艷的男孩快樂地注視著她們。他們輕輕地走過，幾乎不曾碰觸草坪，沒留下他們來時的足跡。他凝望著，直到他們消失在他的視線中，再看不見；他們消失後很長的一段時間裡，笑聲仍在寧靜的夏季午後從遠處的不知何方陣陣傳來。

你期待什麼？他再一次想著。

他忽然感到一陣喜悅，彷彿是隨著夏季的涼風吹送而來。他模糊地記得他曾思考過失敗的人生——彷彿他是多麼的在乎。現在對他來說這些想法是很殘忍的，比起他所經歷過的生命，那是毫無價值的。幽靈出現在他的意識邊緣；他看不到它們，但他知道它們在那裡，集中它們的力量，成形，卻不被他看見或聽見。他正向它們趨近，他知道；但不必急；他要的話可以不理它們；他擁有分分秒秒。

他感到四周變柔軟，倦怠感漸漸蔓延到四肢。然而一股自我身分的認同感忽然強烈地出現，他感覺到這股力量。他是他自己，他了解他所經歷的一切。

他轉過頭來。病床邊桌子上堆積的書很久沒有人碰過了。他讓手在書本上玩弄著；他驚訝地發現他的纖細的手指，以及指關節活動時各部分的精巧連接。他感到指間的力量，讓它們從書堆中取出一本。他要的是他寫的那一本。他握在手中微笑看著那親切的，卻已褪色且有點磨損的紅色書皮。

他一點都不在乎這本書已被遺忘，而且沒有任何用處；他在人類歷史上有沒有價值這個問題，已幾乎是微不足道。他不奢望他能在那逐漸模糊的字裡行間中發現他自己；然而他知道，他不能否認一小部分的他曾經在那裡，以後也會在那裡。

他打開書；此時，它已經不屬於他了。他讓手指迅速翻動書頁，感覺那份從書頁中傳來的激動，彷彿那是有生命的。這份激動透過指尖傳到他的軀體裡；他細細地感受著，等到那份激動瀰漫全身，等到那種熟悉的興奮感恐怖地把他固定在他躺臥的地方。

他的手指鬆開，曾經被握著的書緩慢地，然後迅速地滑過靜止的身軀，墜入房中的沉默裡。

從商籟七十三、「可憐的湯姆」到斯多葛哲學
——譯者後記

一九六五年問世的《史托納》，隔年出售兩千本後絕版。二〇〇六年再版後，有義大利文、德文及法文的譯本相繼出版，並陸續出售了共廿一種語言的翻譯版權，於去年獲得二〇一三年度水石書獎（Waterstones Book of the Year）的殊榮，而它的中文版現已經誕生，捧在讀者的手上。這小說出版至今的五十年間，文學思潮已經從現代進入了後現代，而文學理論也從新批評進入了結構主義、後結構主義，及後結構主義所衍生出來的「後學」時代。如果要回答《史托納》如何能穿越時空、排除語言的隔閡、克服種種文學理論/思潮的挑戰而得以鹹魚翻身這個問題，我寧可老套一點，回到文學的普遍性的課題上來思考。

作者在小說的題詞中便清楚指出，小說的背景密蘇里大學，以及其中的人與事，都屬於虛構。而的確，在翻譯過程中必須處理的各種場景，包括較具體的主角老家附近的布恩維爾村、他活動頻繁的校園內外的建物與街道、女主角老家及蜜月地聖路易、主角與婚外情人度假的深山，都極少牽涉到精確的地理位置或風土民情，甚至系上鬥爭背後的師生倫理及學院行政制度，也是可透過作者文字敘述的爬梳而掌握主角所受到的壓迫。由此可知，這本小說吸引人的地方，似乎不在於其中的獨特的地域風味，而是透過一位學院教授的人生體會，輔以文學理想的追求做襯托，展現出其性格與命運。

儘管如此，不同的讀者也有不同看法。小說作者在一九八〇年代受訪時對男主角有這樣的論斷：「他一生極爲美好。他的一生比別人都好，這是毫無疑問的。他做他想要做的事，而且對所做的事有感情，他對所做的事認爲有其重要性。他是重要價值的見證人。」這個看法正好說明了自身亦爲學院一份子的作者的創作「意圖」：主角「美好的一生」暗示了作者在一九六〇年代面對學院中整體教育理念轉變下對傳統人文教育的堅持（見本書引言）。就作者創作目的與主角堅持文學信念二者的因果關係來說，作者的看法是合情合理的。

不過英國小說家與批評家朱利安．巴恩斯（Julian Barnes）卻不諱言地指出，這部美國小說在歐洲「復活」，可能是因爲小說中的「悲情」與歐洲文化較爲「對味」，而即使部分美國批評家讀出了小說中「悲觀」的層面，卻會認爲與美國人的個性不合，特別是書中的「寧靜感」和男主角「逆來順受」的人生態度，並指出美國小說通常比較「吵鬧」，就算是主角面對困境而「逆來順受」，亦須要酒精做痲痹，但小說中的主角除了學生時代喜愛與同窗好友喝啤酒、在蜜月期間喝過半瓶紅酒、一次家庭聚會，及另一次新屋入伙之外，在他成年後的劇情中卻幾乎「滴酒不沾」。

上述小說作者與讀者間不同的觀點與角度，都可以在此小說中找到更多的例證，譬如主角酗酒的女兒，恰好是用酒精來逃避她無法逃避的痛苦一生，而主角也在最後一章回望一生，認爲自己儘管當了老師，也大部分是一位漠不關心的老師。但是一部文學的「後起生命」（afterlife）可能並不是原作者或評論者能形塑圈定，就如已故翻譯論者勒弗維爾（André Lefevere）就說過，一個文學作品的聲望，可能與其「內在價值」（intrinsic value）關係不大，鄧約翰的詩沉寂了幾百年，再被艾略特發現，並不是艾氏獨具慧眼，而是鄧氏詩歌印證了二十世紀初的現代主義文學美學，是鄧氏的形象被「翻譯」或「重寫」，現代化爲新的文學運動的代言人。又按德拉巴司帝達的說法，「文學翻譯」這個行爲，其實是譯者「保存或再造了他可能在原文中所看到的美學意圖或效果（preserve or recreate the aesthetic intentions or effects that may be perceived in the source text）」（Dirk Delabastita, p.69）。准此，《史托納》中哪一些成分是讓二十一世紀歐洲讀者產生共鳴的呢？更直接地說，如果我同意歐洲讀者所欣賞的「悲情」調子的話，是小說中的哪些層面說服了我？

小說的第一章，史托納因商籟七十三而揚棄其務農的宿命，並開始其文學的追尋，當史隆說史托納在「戀愛」，他指的是該詩的最後兩句：「因你所見，將使你熱愛更強烈/熱愛那即將離你而去之一切。」史托納對文學的熱愛、他一生對文學的投入、對文學教育的執著，及其理解外在世界的人文精神，貫穿了整部小說，直到嚥下最後一口氣時，手中仍握著他一生唯一的著作。受過文學訓練或只經驗豐富的讀者是不會忽略這首詩的重要性的。該十四行詩的前十二行，分別透過「深秋」、「日落」及「病榻」三組意象，論述生命終將歸於寂滅的無奈，總是潛藏在史托納對文學的熱愛與追求的背後。而小說的最後一整章，當史托納的生命邁向終點，更可以說是「演出」了詩中第三組四行詩：「你會在我身上看見那仍在發熱之火／燃燒著他青春的灰燼，／它必將熄滅於病榻之上／耗盡了維生的養分。」我們可以說，出現在第一章的商籟七十三預言了主角的一生，建構了整個小說的「悲情」。

同樣的，第二章研究生時代的史托納與好友芬治和馬斯達在酒館裡的對話，也是充滿了「預言」色彩。馬斯達手中握著的水煮蛋，儼然是預言家的水晶球，道出了三人的命運。他說史托納是弱者，大學是他的庇護所，使他不被外面殘酷的世界所摧殘。史托納的教師身分，只不過是《李爾王》一劇中的「可憐的湯姆」，到處被惡鬼詛咒，逃到破屋裡，視之爲安身之處。在第十六章結尾的榮退餐會上，他能說的也只是「如果我沒當老師，我不曉得我會做什麼。」在那個教育機構裡史托納度過他悲情的一生：錯誤的婚姻、女兒成爲婚姻關係的犧牲品、因忠於文學教育的信念而捲入系上人事鬥爭、找到眞愛卻因世俗的眼光而被迫放棄……

這看來的確是個人的悲劇。不過史托納在第十五章結尾爲未婚懷孕的女兒倉促舉辦婚禮的一幕，更能讓讀者體會這些個人遭遇與大時代變遷的神秘關聯所開展的情感深度。婚禮那天正是珍珠港事件後的第五天：

他感受到的是一種人類悲劇的震撼，一種無所不在的驚恐與悲痛，使得家庭的悲劇或個人的不幸被排擠到另外一個國度裡，然而這些悲劇與不幸因發生在一個廣闊的背景裡，便顯得更為強烈，就像一個孤墳因坐落在無垠的沙漠裡，便讓人越發感到沉痛。

細心的讀者都會注意到，《史托納》的敘述者最詳細記錄的，往往是戰爭的日子。而整部小說的主要內容，幾乎是與兩次世界大戰及五〇年代中期的韓戰重疊，如果我們把史托納導師史隆透過回憶訴說其小時候經歷一八六〇年代的美國入戰，便可以看出以戰禍成就的「廣闊的背景」其實建構了整部小說的主題，以及勾勒出其情感結構。在第二章當第一次世界大戰正要開打，史托納與史隆談及自己應否入伍，史隆言簡意賅地說：「人類參與了很多戰爭，有勝有敗，但都不是軍事上的，也不會被歷史紀錄下來。」後來史托納選擇不入伍，遂在學院裡開始了他一生非軍事的、沒有戰場的戰事，除了目睹眞實戰爭對周遭所帶來的人力耗費及人性的崩壞，也在自己人生的戰役中體會人性的醜惡。

史托納這位「可憐的湯姆」身處的世界又是如何的冷酷無情呢？我們可以在史托納於母親的葬禮後沉思人與土地的關係中可見一二：

他環視那一小片埋葬著無數像他父母的荒蕪無樹的墳地，並循著平地往農莊的方向，往那個他出生長大的，他父母消磨一生的地方看去。他想到年復一年那片土地向他們徵收的成本，而它卻毫無改變——或許是更荒蕪、更吝於回饋。毫無改變。他們的生命耗費在無趣的勞動、意志力的崩壞、智力的麻木。現在他們躺在他們貢獻了生命的土地裡；慢慢地，年復一年，他們會被吞噬；

慢慢地潮濕與腐敗會侵擾裝載他們的松木，而慢慢地會碰觸到他們的肉體；最後會消耗淨盡他們最後一絲的所有。他們會成為那片他們很久以前曾經貢獻他們生命的無情土地的毫無意義的一部分。

如果說他的一生比他的父母活得更有意義，能在肉體崩解後仍在世上留下一絲印記，就是他寫了一本書。然而儘管它是他一生對文學的承諾，是他身體的延伸，其下場在本質上與他的殘軀並無二致，與他，以及他體內的癌細胞一起毀滅，在他斷氣時「墜入房中的沉默裡」：

他一點都不在乎這本書已被遺忘，而且沒有任何用處；他在人類歷史上有沒有價值這個問題，已幾乎是微不足道的。他不奢望在那逐漸模糊的字裡行間中會發現他自己；然而他知道，他不能否認一小部分的他曾經在那裡，以後也在那裡。

這部著作的意義，只是存在於主角的意識裡，而這個意義將與他的毀滅而一起被遺忘。這個認知其實是給了讀者一個極大的震撼，體會到比主角史托納更深一層的無奈。不過，這部小說也透過主角的生命態度，啓發讀者應有的態度，面對一切將「歸於寂滅」。在描述主角面對這個無情的世界，小說作者常用「stoical」一字，文中曾被翻譯成「恬淡寡欲」（指主角父母一輩子的生活態度）或「堅忍」（指主角默默承受來自他身邊大大小小的衝擊），這兩個看來不太起眼的用詞，很容易讓人忽略了原文中指涉的哲學思想背景。Stoical 來自斯多葛哲學思想（Stoicism），是希臘化時代在亞歷山大帝的統治下開疆闢土，使希臘人頓失城邦制度所賦予的安逸感，因而必須有新的人生觀，來面對變幻莫測的新世界。那是以一種冷靜而疏離的態度面對人生的不幸與無常，從而獲得心靈的平和。斯多葛哲學後來不僅是羅馬帝國的立國精神，更不斷對歐陸的思想發展產生影響力，並與基督教某些面向彼此呼應而得以延續。上引述的史托納對土地的認知，便充滿了斯多葛哲學思想中對自然律的論述，認爲自然有其運行的法則，人的生老病死的生命歷程，就像春夏秋冬的更迭，是自然律彰顯的方式，人的死亡代表一切的終結與消逝，再度成爲大自然的一部分。

我論及商籟七十三，「可憐的湯姆」以及斯多葛哲學思想的目的，一方面是補充本小說原序言中並未提到的宏觀主題架構，另一方面是說明本小說譯者切入此小說及其翻譯的幾個重要面向。小說作者透過莎士比亞的經典以及在西方思想史上有深遠影響力的斯多葛哲學，交織出一幅人類命運的藍圖，強烈暗示史托納一生的意義：「史托納的同事在他生前並沒有特別敬重他，現在已很少提起他了。」小說開首的第二段這樣寫道。另外小說中很多地方語句之間缺乏轉折，顯得破碎，實質上是模擬了主角的情感結構，以及外在世界的冷漠與疏離。而作者把全知觀點應用到極致，把當下事件放在一個更寬廣的歷史脈絡下觀照，凸顯其意義，這是營造悲情氣氛另一重要手法。在第三章主角聽完了未來妻子訴說自己的過去後，敘述者便加入他的「見證」：「多年之後，他會發現，那個十二月的晚上他們第一次長時間在一起的一個半小時之後，她沒有再向他說更多關於她自己了。」在第五章當主角發現與妻子的溝通障礙後，敘述者便讓讀者「預知」他們一生的婚姻關係：「才一個月，他已知道他的婚姻是一個失敗；不到一年，他已經不再抱有任何改善的希望。」又像在第十一章主角因學生事務與羅麥司交惡之後想要和解，被拒絕後，敘述者便暗示兩人衝突的嚴重性：「此後的二十年間，兩人彼此沒有直接說過話。」上述幾個主題面向及其衍生的敘述風格可說是主導了小說的翻譯策略，奠定敘述口吻、氣氛經營。

在翻譯的技術層面上，因近年來翻譯論述漸趨成熟，論者鮮少強調譯文必須符合信達雅等老舊原則，曾一度引起熱烈討論的「歸化」（意譯）、「異化」（直譯）翻譯方法的對立，也因爲二者必然的相對性而難分優劣。有反省能力的論者往往會重新思考翻譯行爲的「原罪」，也是說回到原文與譯文之間無可跨越的語言差異上，而且在語言轉換時「得」與「失」的問題上思考翻譯的意義。葉維廉在〈破『信達雅』：翻譯的後起生命〉一文中便指出語言差異與譯文效果之間的辯證關係：

> 英文裡可以利用一連串的片語和關係代名詞構成的子句……做無限長的延展。中文沒有這樣的語法結構，所以在轉化時，往往會出現以下的情況（一）

由於這些片語和子句都是修飾片語或子句，都是作形容詞用，轉到中文，按照中文的習慣，都必須放在名詞的前面；但在實際上，只有短的片語和子句可以，長的便必須將之拆分為數句，這樣一來，原有的浪濤奔逐的一氣呵成，就會變得支離破碎。（二）有時就是不可以拆分，結果是出現了閱讀困難的歐化句法。（p.81）

此段文字除了指出翻譯策略的選擇，是「得」「失」互見之外，更是暗示「信」這個原則有不同層面，是對原文形式的「信」，還是對意義的「信」？是語言上（linguistics）的「信」，還是語用上（pragmatics）的「信」？要詰屈聱牙的「信」，還是要琅琅上口的「信」？如果我們把翻譯文本的消費市場納入考量，翻譯是要忠於原作者，還是要忠於譯文的消費者？

作爲一位詩人及經驗豐富的譯家，余光中更能體會到翻譯者的任務及翻譯的侷限：

> 譯者的目的，是把一本書，不，一位作家，帶到另外一種語文裡去。這一帶，是出境也是入境，把整個人都帶走了樣，不是改裝易容，而是脫胎換骨。幸運的話，是變成了原來那位作家的子女，神氣和舉止立可指認，或者退一步，變成了他的姪女、外甥、雖非酷肖，卻能依稀。若是不幸呢，就連同鄉、同宗都不像了，不然就是遺傳了壞的基因，成為對母體的諷刺漫畫。（〈作者、學者、譯者〉p.171-172）

原文與譯文之間儘管是「一脈相連」，但是譯文已不再是原文「自己」，只是「近親」而已。如果說余光中以「家族相似性」（family resemblance）作爲隱喻，爲翻譯文本做了最精準的定義，「脫胎換骨」則可以說是原文與譯文的介面，直指翻譯活動中兩種語言的轉換機制。作爲一位兼具多種身分的文字藝術實踐者，余光中早就建構了一套成熟而能付諸實踐的文學/文字觀。在二〇〇四年發表在中國時報的〈成語和格言〉一文中，余光中就從語文結構的層次，明確地指出「美文」的特徵，包括它的成分及美感來源，他的概念是由成語的「簡潔」、「對稱」、「悅耳」開始，進而結合「成語」與「白話文」所產生的化學作用而成的文學語言觀：

很多人以為白話取代了文言文之後，文言就全廢了。其實文言並未作廢，而是以成語的身分留了下來，其簡練工整可補白話的不足，可在白話的基調上適時將句法或節奏收緊，如此一緊一鬆，駢散互濟，文章才有變化，才能起波瀾……。成語用在白話文裡，可以潤滑節奏、調劑句法、變化風格。

看過余光中翻譯的《不可兒戲》便可知此套理論的高度實用性。其實這套「理論」在行家之間應該算是公開的秘密，我們翻開夏濟安早年翻譯梭羅的《冬日漫步》，便可發現不少類似余光中心目中的理想文字風格：

We sleep, and at length awake to the still reality of a winter morning. The snow lies warm as cotton or down upon the window sil.... Silently we unlatch *the door, letting the <u>drift</u> fall in, and step abroad to see the <u>cutting</u> air.*

我們也睡著了，一覺醒來，正是冬天的早晨，萬籟無聲，雪厚厚地堆著，窗欄上像是鋪了溫暖的棉花……我們悄悄地拔去門閂，雪花飄飄，立刻落到屋子裡來；走出屋外，寒風迎面撲來，利如刀割。（輔線為筆者所加，凸顯中英文相對應之處）

夏濟安的譯文，用了不少四字句，嚴格來說雖不完全是余光中所說的「成語」，卻創造了新的節奏感，以及強調了視覺、聽覺及觸覺的效果，再加上句子拆解重組成較短的句子，使讀者多了「呼吸」的機會，可讀性也大大提高。余光中或夏濟安強調的文字美學，簡單的說是契合了華語文讀者的閱讀習慣，這套文字美學用在翻譯上自有其合理之處。

本小說的翻譯策略，一方面受余光中的文字美學的影響，一方面卻提高警覺，以免過度的中國化而喪失原文透過長句的敘述在瞬間產生綿密的感官效果。以下是一個例子，說明適度拆解與保留原文風貌之間的平衡：

He went slowly down the stairs and wondered at the veined cold marble that seemed to slip a little beneath his feet.

他慢慢步下樓梯，紋理清晰的冰冷大理石地板在他的腳底下有點滑溜溜的，讓他感到不可思議。

連接詞「and」換成逗點，是順理成章的，「wondered」從引導子句的功能轉換成「說明性」（comment）的「不可思議」，也是因語言差異而做的必然選擇，中間則是堅持保留原文各種視覺與觸覺的感官經驗，不予以拆解。其實四字在處理某些時間副詞時，效果會不錯，例如「Once, late, after his evening class...」譯成「有一次，天色已晚，晚上的課結束後……」或者是「It was winter, and a snow had fallen during the day...」譯成「時已入冬，下午才下過一場雪……」。而有時候四字句的運用會有助於解決原文語意重複，而使譯文文意更一針見血：

Through it all he continued to teach and study, though he sometimes felt that he hunched his back futilely against the driving storm and cupped his hands uselessly around the dim flicker of his last poor match.

經歷這一切的同時，他繼續教書與研究，儘管他有時候覺得他拱著背抵擋暴風雨，或窩起雙手圍著最後一根火柴上的殘火，只是一場白工。

不過，上面提及文字結構，可能只是翻譯活動的一部分。一部小說有不同角色的互動，有敘述者的意識活動，而故事的發展則是在無數不同的場景中進行，如何呈現原文中的視覺意象，讓讀者「身歷其境」，是翻譯的一大挑戰。簡單的說，視覺意象即是文字所召喚出的畫面，翻譯時譯者看的畫面不對，就是文字再精確，也會讓譯文讀者看得一頭霧水。林語堂把沈復一句「捉蝦蟆，鞭數十，驅之別院」翻成「I caught the toad, struck it several dozen times, and chased it out of the courtyard」，不懂中文的英文讀者或許會問：「一隻癩蝦蟆被打了數十下，還能動嗎？怎麼打的？用什麼打的？」可見林語堂的譯文中只把「鞭」看成動詞而已，並未讓讀者「看出」主角用野草爲「鞭」，作爲攻擊癩蝦蟆的武器！回到《史托納》這部小說上，由於英語有其語言特性，給予一些訊息處理上的方便，卻使翻譯成中文的過程中成爲一項挑戰。譬如說史托納的主治醫師在看完手上的X光片之後要把它掛在身旁的燈箱上給主角看，一連串的動作是：「He turned his chair, set an X-ray in a frame, switched on a light, and pointed vaguely」。「He turned his chair」一句讀者很容易便「看見」這個畫面，「知道」他坐的是一張有滾輪的辦公椅，雙腳一撐，屁股一扭，便可以完成他後面的任務。類似的一句是將要成爲主角外遇對象的綴思可小姐突然造訪他的辦公室時，他一陣慌亂站了起來的描寫：「He pushed his chair back and got awkwardly to his feet」，雖然只是兩個簡單的動作，一先一後，卻牽涉一個問題：人還沒有站起來之前，如何推開自己的椅子？如何用相對「簡約」的中文句子涵蓋如此複雜與肢體動作相關的訊息，是最讓譯者感到困擾的。

其實整個翻譯過程中，我都是先透過文字，在腦中形成明確的畫面後，才斟酌原文的語法，把畫面再現，就像有一幕主角妻子被先生戳破她社交圈忽然變小，而自我防衛地對先生擺出一副鄙夷的神情：

With an almost masculine gesture, Edith shook a cigarette from the package beside her plate, stuck it between her lips and lighted it with the stub of another that she had half finished. She inhaled deeply without taking the cigarette from her lips and tilted her head back, so that when she looked at William her eyes were narrowed and quizzical and calculating.

伊迪絲用近乎是粗獷的手勢，拎起餐盤旁邊那包香菸，抖出一根來，塞進嘴裡，用另一根她只抽了一半的菸蒂上的殘火點燃起來。她深深吸了一口，仍把菸刁在嘴裡，頭斜斜的向後抬起，因此當她看著威廉時，瞇成一線的眼睛是探詢的、算計的。

原文「Edith shook a cigarette from the package beside her plate」中的文法結構讓一連串拿菸盒、甩動、抖出的動作只能意會，其中牽涉一連串的肢體動作，訴諸文字則需要更精密的次序安排；「仍把菸刁在嘴裡」與「瞇成一線的眼睛」則與原文的句法沒有對應關係，純粹是視覺意象的捕捉。有時候是由於中英語言在功能上的差異而必須要重新安排「畫面」，以保留原文「簡約」的文字風格：

The house was built in a crude square, and the unpainted timbers sagged around the porch and doors. It had with the years taken on the colors of the dry land—gray and brown, streaked with white.

屋子大致是方形，沒有上漆的木板呈灰色與棕色，間著白色條紋，經年累月後漸漸與周邊旱地的色彩接近，門廊與門身附近的木材，也已開始凹陷。

這兩個句子中「沒有上漆的木板」應該是最主要的視覺意象，構成第二句所指的整棟房子「it」的畫面，及房子在歲月的摧殘下，色澤與周遭環境漸漸合而爲一。原文中的敘述是引導讀者從房子的形狀，到被壓彎的門廊與門身，然後到房子整體的顏色融合到周遭環境的色彩裡，最後再說明那些「木板」的顏色及樣式。如果要按照這個視覺次序翻譯的話，「unpainted timbers」必須要處理兩次，即是在翻譯「it」的時候要再次交代「沒有上漆」的訊息，而且要另外想辦法把木板的顏色加進去。這種翻譯的效果會使原文顯得累贅而囉唆。因此我是選擇放棄原文的觀物順序，從房子的整體（包括木材顏色、樣式與環境的彼此融合滲透）入手，最後處理局部，以獲得較爲簡約的敘述效果，也使畫面較爲完整。

我在翻譯課裡常常告訴學生，翻譯的挑戰，主要是在於把原文的訊息如何「應有盡有」地再現在譯文理。老實說，很多譯文讀起來流暢，其實是省略了原文的訊息，這是可想而知的，在學生的作業中也是屢見不鮮。同理，原文訊息越豐富，越是挑戰譯者處理譯文句子的能力，以上抽菸的姿態是一個例子，以下是一個描寫風景的例子，在兼顧原文豐富的資訊及中文語法結構的容忍度的前提下，做了這樣的處理：

It was winter, and a low damp Midwestern mist floated over the campus. Even at midmorning the thin branches of the dogwood trees glistened with hoarfrost, and the black vines that trailed up the great column before Jess hall were rimmed with iridescent crystals that winked against the grayness.

冬天的校園瀰漫著中西部微濕的薄霧，雖然快到中午，山茱萸上纖細的樹枝仍閃亮地結著白霜，潔思樓外繞著巨柱往上攀爬的褐色葡萄藤鑲滿彩虹般的結晶，在一片灰濛濛裡眨眼。

不過就如我前面所說，翻譯是一個權衡「得」「失」的過程。譯者以自己對原文的體會，心中產生一個理想的「譯本」，再落實在譯文的文字架構裡，「應有盡有」當然是最高指導原則，然而當理想的譯本與原文訊息產生矛盾，便是該做妥協的時候，以下是唯一一個讓我耿耿於懷的例子：

Edith had been curiously unmoved at her father's funeral. During the elaborate ceremonies she sat erect and hard-faced, and her expression did not alter when she had to go past her father's body, resplendent and plump, in the ornate coffin.

說來奇怪，伊迪絲在父親的喪禮上完全無動於衷。在冗長的儀式中她的坐姿挺直，而容嚴肅，到瞻仰遺容的時候，她的神情亦無改變。

雙語的讀者會很快看出，上一段文字裡最後描述父親遺體的兩個形容詞和最後一個副詞片語被刪除了。此段文字出現在第八章開首，敘述者正準備交代女主角喪父後從過去被壓抑的生命中解放出來。喪禮這一幕是一個強烈的暗示，以女主角對父親的冷漠，做爲她對過去的否定。「to go past her father's body…in the… coffin」正是中國傳統喪禮中的「瞻仰遺容」無誤，因此「coffin」的畫面應已有所交代。剩下「resplendent」與「plump」形容「神采奕奕」的遺體及其「肥孜孜」的外型，以及「ornate」形容棺木的豪華講究，似應帶出敘述者的諷刺口吻，而且放在右分支（right branching）的結構末端，對主要句子的語意功能影響不大。但是如果要「應有盡有」地在左分支的中文文法架構中處理這些形容詞，勢必要有一番設想，在「瞻仰遺容」這個動作之外再添補對「遺體」及「棺木」的描述，或者是放棄「瞻仰遺容」這個用語，逐字翻成「當她走過（？）躺在豪華棺木裡父親神采奕奕的肥胖遺體時……」因爲這些考慮都會干擾，或甚至模糊了這一幕中女主角心理狀態的呈現，因此我選擇了不處理這些形容詞。

以上拉拉雜雜地說明了我對這部小說的理解及翻譯過程。在進行翻譯的八個月裡，分享著史托納一生的學院故事：他對文學的熱愛與投入、在教學上無法把自己的體會透過語言傳達給學生的無奈、人與人之間，甚至是與摯愛之間的鴻溝無法彌平、各種侷限無法超越，總是覺得是在說我自己。也因此更加深我對這部小說的肯定，因爲好的文學，總是能夠跨越時空，發揮其動人的力量。史托納寫的書最後已經「墜入房中的沉默裡」，不知結局如何，但是他的一生卻透過此翻譯，得以延續，我給予祝福。

引用書目——

葉維廉，〈破『信達雅』：翻譯的後起生命〉。《中外文學》，23卷4期，1994。

余光中，〈成語和格言〉。《中國時報》，2004/2/9-10。

余光中，〈作者、學者、譯者〉。《余光中談翻譯》。北京：中國對外翻譯出版公司，2002。

Delabastita, Dirk. "Literary Translation." Handbook of Translation Studies. Vol. 3. Eds. Yves Gambier & Luc Van Doorslaer. Amsterdam: John Benjamin publishing Co., 2011.

史托納 STONER

作者一 約翰 · 威廉斯（John Williams）。譯者一 馬耀民。編輯一許睿珊。校訂一 聞翊均。發行人一 林聖修。封面及版型設計一 永眞急制 Workshop。內文排版一吳睿哲。出版一 啟明出版事業股份有限公司。地址一 新竹市民族路 27 號 5 樓。電話一 03-522-2463。傳眞一 03-522-2634。網站一 www.cmp.tw。讀者服務信箱一 service@cmp.tw。法律顧問一 北辰著作權事務所。印刷一 煒揚印刷企業有限公司

總經銷一 紅螞蟻圖書有限公司。地址一 台北市內湖區舊宗路二段 121 巷 19 號。電話一 02-2795-3656。傳眞一 02-2795-4100

2014 年 8 月初版。2016 年 9 月二版一刷。ISBN 978-986-88560-3-5(平裝)。定價一 350 元

版權所有 翻印必究。如有缺頁破損、裝訂錯誤，請寄回本公司更換

STONER By John Williams

Copyright © 1965 by John Williams
Introduction copyright © 2003 by John McGahern
Published by arrangement with the author through Frances Collin, Literary Agent and Bardon-Chinese Media Agency
Complex Chinese translation copyright © 2014
By CM Publishing Co. Ltd.
ALL RIGHTS RESERVED

史托納 / 約翰 . 威廉斯 (John Williams) 作；
馬耀民譯 .
-- 初版 . -- 新竹市：啟明，民 103.08
面；公分
譯自：Stoner
ISBN 978-986-88560-3-5 (平裝)
874.57　　103017781